中国20世纪
名家散文经典

沈从文◎著

林非◎主编

沈从文(1902—1988)，原名沈岳焕，湖南凤凰人，30年代知名作家。15岁离家到地方部队当文书，随军辗转湘、川、黔三省边境一带。1923年到北京。在北大旁听，结识了徐志摩、郁达夫等人。曾在《晨报》副刊发表作品。1928年南下上海，与丁玲、胡也频创办《红黑》杂志。1930年在青岛大学任教，1933年到北京主编《大公报》文艺副刊，同时主编几种报纸副刊。自20年代起，出版了《鸭子》《旅店及其他》《好管闲事的人》《石子船》《老夫人》《月下小景》等几十部小说集，成为当时新文学领域中小说创作数量最多的作家之一。代表作《边城》。

沈从文散文集

不折不从，亦慈亦让；星斗其文，赤子其人。

陕西新华出版
太白文艺出版社·西安

图书在版编目（CIP）数据

沈从文散文集 / 沈从文著. -- 西安：太白文艺出版社，2016.3（2024.5重印）
（中国20世纪名家散文经典 / 林非主编）
ISBN 978-7-5513-0890-8

Ⅰ.①沈… Ⅱ.①沈… Ⅲ.①散文集－中国－现代 Ⅳ.①I266

中国版本图书馆CIP数据核字（2016）第004483号

沈从文散文集
SHEN CONGWEN SANWENJI

作　　者	沈从文
主　　编	林非
责任编辑	王大伟　荆红娟　张　笛
整体设计	和兴文化
出版发行	太白文艺出版社
经　　销	新华书店
印　　刷	三河市嵩川印刷有限公司
开　　本	700mm×960mm　1/16
字　　数	208千字
印　　张	13
版　　次	2016年3月第1版
印　　次	2024年5月第2次印刷
书　　号	ISBN 978-7-5513-0890-8
定　　价	49.80元

版权所有　翻印必究
如有印装质量问题，可寄出版社印制部调换
联系电话：029-81206800
出版社地址：西安市曲江新区登高路1388号（邮编：710061）
营销中心电话：029-87277748　029-87217872

主　编　林　非
副主编　陈华昌
编　委　（以姓氏笔画为序）
　　　　王湜华　乔继堂
　　　　刘应争　张品兴
　　　　苏　冰　李晓丽
　　　　惠西平

中国20世纪名家散文经典

序　言

贾焕亭

　　1981年9月,沈从文先生为戴乃迭先生选译他的11篇散文——《散文选译》写的序言中,曾感慨道:"虽十分认真写了许多作品,它的得失成毁都还缺少应有理解。"这不无遗憾,又带几分孤寂的慨叹,很是激荡了一番我当时平静的心。待我心上的波浪化作涟漪,又从涟漪化作一面明镜时,那心的明镜上,映照出不少早已作古的现代文学名家形象,其中郁达夫的形象存留时间最久,他的形象虽然模糊不清,他的声音却铿锵入耳,他对我说:"……一位内廷供奉,曾对蒙田说:'皇帝陛下曾经读过你的书,很想认识认识你这一个人。'你知道他是怎么回答的呢?'假使皇帝陛下认识了我的书的话。'他回答说,'那他就认识我的人了。'"我似乎进入冥想中:"是啊,书为人言,言为心声。"我一眨眼,眼前一片空白,什么也没有,耳畔回荡着郁达夫的话,我的话,沈从文的话,它们久久萦绕不散。我想,沈从文先生的这种苦衷,不单单是指人们对他的作品评价,也包括了人们对他的思想和人格评说;同时,这苦衷也折射出他的散文创作观——他的全部散文作品是他的心灵烛照。

　　一部真正成功的散文作品,起码的也是首要的,它应该是作者心的裸露、灵的烛照,应该映现出作者活灵灵的个性来。在沈从文的散文中,最能袒露胸怀显现作家个性的是《从文自传》《湘西散记》和《湘西》。湘西的水色,湘西的山光,湘西的人民,湘西的习俗,湘西的社会,沈从文为什么描摹得那么幽美,又那么咸愁。还有那种全身心投入得自我溶化的情调,那种写意画抒情诗的韵致,读后都让人有着别一种滋味在心头,就是因为他手中的笔"用到我较为熟悉的人事上"(《〈沈从文散文选〉题记》)。但是如何对待和处理"较为熟悉的人事"上,却因作家的思想、气

质、艺术观念和美学追求的差异而大相径庭的。

沈从文将近15岁时就离开了家乡湘西,一直居住在北京、上海、青岛等大城市。由一个曾坐在"不可收拾的破烂命运之舟上"(《一封未曾付邮的信》)到处流浪的少年,而成为走上北京大学讲坛的教授,生活环境的迁徙流变,文化氛围的更迭变幻,社会地位的升格荣显,都丝毫没有剥蚀掉他那"乡下人"的眼光,"乡下人"的感情,"乡下人"的气质。我觉得沈从文散文最可贵之处,就在于它的毫无雕琢修饰,更不矫情做作地写出了这一个"乡下人"来。他的笔致信马由缰,行于所当行,止于所当止,写顽、写愚、写昧、写爱、写真我,不藏拙、不讳言,写我的放肆、不就规范、不拘约法,但却又不越大矩,是多么的天然去雕饰啊。他正是在自己"较为熟悉的人事上",从娓娓道来的亲历中,抒写出他的生活感受,人生体验和生命探索。我们也正是从那些清秀明丽如沅水的文字中,从那些闪耀着大自然秀美恬适光彩的画卷中,从那些格局单调的乡镇河街上,从那些粗蛮的水手、服从的战兵、铤而走险的土匪、吊脚楼上挖空每个顾客钱包的妓女……芸芸众生中,看到一个活生生的真似湘西"乡下人",又不似湘西"乡下人"的沈从文,看到了一颗为民族的命运、为人生的意义而默默思考的灵魂。

好诗必有好意境,而具有诗歌气质的散文,自然也是离不开意境的。沈从文一开始从事散文创作时,就有意追求"看是不是能产生点散文诗"的效果(《〈沈从文散文选〉》题记)。沈从文的散文意境,不是匠心独运执意营造的人工意境,而是浸润着他的精神和灵魂的意境。如在《桃源与沅州》中,沈从文乘坐的桃源小划子,在清明透彻的沅水上下游动起来了,他的视野也随之展翅奋飞起来,一会儿追溯到两千年前的屈原在此溯流而上的情景,一会儿驻留在眼前的香花香草上。那长叶飘拂、花朵下垂、风致楚楚、香味淡远的兰芷,那黛色的崖石、幽香眩目的丛丛奇葩,那小小洄旋的溪流,——那迷人心目的圣境。那可触可感的现实,弥漫着具有厚重历史感的文化氛围。辰州是沈从文一提起它就充满感情的地方,在驶往辰州的水路上,有长潭中的顺风滑行,河水从船舷轻轻擦过;有险滩激流中的惊心眩目,巨浪在船旁万马奔腾;有壁立拔峰的高山、黛绿相间的邱阜、翠色迎人的小山;还有母鸡生蛋声、隔河喊人声,修船、放木

筏的、划船的停下手中的活儿,引颈追逐鼓声锣声炮仗声,——这美如一幅画、一首诗的小小水村……面对这一切,沈从文坐在舱口日光下,向着河流清算他对于这条河水这个地方的一切旧账。那汤汤的流水,使他彻悟了一点人生;这条河水,过去给他的是"知识",如今给他的是"智慧"。"山头一抹淡淡的午后阳光感动我,水底各色圆如棋子的石头也感动我。我心中似乎毫无渣滓,透明烛照,对万汇百物,对拉船人与小小船只,一切都那么爱着,十分温暖的爱着!我的感情早已融入这第二故乡一切光景声色里了。我仿佛很渺小很谦卑,对一切有生无生似乎都在伸手,且……"(《一九三四年一月十八日》)这种意境往往就是沈从文情感流程的中继站,就是他的整个心路历程,他实践着"我要写我自己的心和梦的历史"(《水云》)的艺术追求。这意境既淋漓地抒发出沈从文个人独有的情调和韵致,又为读者创造了一个个充裕的审美空间,使我们也随之悠悠地徜徉在愉悦的审美快感之中。

没有激情绝对产生不了艺术,而高质量的艺术创作活动又绝对离不开思索。现代散文中的上乘之作都有着各自的思索。沈从文虽然不是具备了思想家特质的现代著名作家,但是他的散文并不乏深沉的思索。沈从文的散文涉笔于他故乡一条绵延千里的沅水流域,他把沅水和它的五个支流、十多个县分的城镇及几百个大小码头给他的印象,一一写入他的散文中。他笔下的人事哀乐,景物变幻,无不饱含着浓浓的乡情。乡情爆发激情,激情之火冶炼出沈从文独有的思索是各种各样的。

那是在鸭窠围的夜晚,河面静静的,木筏上火光小了,船上的灯光少了。吊脚楼上,又有妇人唱小曲的声音,灯光摇曳,且有猜拳声音,……由此,沈从文竟能想象出一幅非常动人的图画,他太熟悉他们的哀乐了,那一切也有他一份。"看他们在那里把每个日子打发下去,也是眼泪也是笑,离我虽那么远,同时又与我那么近。这正同读一篇描写西伯利亚的农人生活动人作品一样,使人掩卷引起无言的哀戚。我如今只用想象去领味这些人生活的表面姿态,却用过去一分经验,接触着了这种人的灵魂。"这是融合在同病相怜的激情中的思索。

在辰河小船上,沈从文瞻望澄碧无尽的长流,发生无限感慨:"十六年来竹林里的鸟雀,那分从容处,犹如往日一个样子,水面划船人愚蠢朴

质勇敢耐劳处，也还相去不远。但这个民族，在这一堆长长日子里，为内战，毒物，饥馑，水灾，如何向堕落与灭亡大路走去。一切人生活习惯，又如何在巨大压力下失去了它原来的纯朴型范，形成一种难以设想的模式。"这是愤懑激情中的忧郁思索。

在辰州的河上，看到日夜不断千古长流的河水里的石头和沙子，水面腐烂的草木，破碎的船板，沈从文想起历史："一套用文字写成的历史，除了告给我们一些另一时代另一群人在这地面上相砍相杀的故事外，我们决不会再多知道一些要知道的事情。"历史对于脊梁略弯的拉船人毫无意义，"然而提到他们这点千年不变无可记载的历史，却使人引起无言的哀戚"。沈从文在这历史的沉思和未来的瞻望中，溶注着对祖国、对民族多么沉郁的深情啊。在《箱子岩》中，沈从文对人、自然、历史的思索，更是充满着急切激情，但个中却夹杂着无可奈何的情绪。

如果说《湘行散记》处处洋溢着炽热的激情，那么《湘西》则是更多了几分冷静的理性思索的篇章。

我们读沈从文的散文，玩味和欣赏他那优美秀丽、清新自然、愉悦畅快的语言文字时，真犹如同他一起或搭大船或乘小划子，在沅水流域畅游了一番。读到他文字的平易和透明处，宛若置身于汩汩流淌的清明透彻的沅水上；读到他语言的流畅和跌宕时，似有荡桨点篙闯急流的感受；就是偶而读到他那土语和文白夹杂处，也让你感到突然搁浅在滩头激流里似的，当然这只是偶尔，如果总是被搁浅在滩头激流里，那就太难堪了。

我们读沈从文的散文，有时会有一层层迷蒙的雾幛飘然而至，变幻着你视野里的情与境。眼前，或是夕阳的霞光万道、灿烂耀眼，把那夹江高矗的石壁涂得五彩斑斓，那崭削的石壁上青黛的本色，那石壁半腰百米的石缝中，那石罅间悬着的无数巨大的横梁，那横梁上的一个个暗红色长形大木柜，……这是一派远古的洪荒世界；或是玫瑰色的云朵，金刚石的小星，那银白翅膀的小仙人，把她的膀尖刺入碧蓝透明的天空，那驾着蝴蝶把花瓣上的露当酒喝的真宰，那像一盆泥鳅不断骚动的世界，那苍白灰颓的天空……这是一派怪诞而梦幻的世界。而在这样的世界中活动着的人呢，仿佛都是与"自然"相融合、狂热、有力、远古的原始人，在这些人身上，蕴涵着沈从文对原始人和原始力量的特有情结。不论是远古的洪荒

世界,还是怪诞而梦幻的世界,都笼罩着恍惚而渺茫的神秘色彩。

这种恍惚而渺茫的神秘色彩,在他早期的散文作品《Laomei, Zuohen!》中,表现得尤为强烈突出。那用"我的梦"铸成的偶像;那白日做梦的独行人;那黄黄的月色里,草间的火萤、瑟瑟作响的芦苇、敲着小锣的金铃子,他们一同进入一个夸大的梦境;我在梦境中的种种感触、疑惑、找寻失去的心、蒙眬、恐惧、颤抖、凄凉、忧愁、向虚空里追求、苦楚、幽怨等心理活动和心路历程;那在迷茫的找寻中,感受着追求的慰藉和舒适的精神享受;那在亦梦亦真的幻境中,忘却了"白日做梦"的自我超脱。不仅把读者的精神圈围在一个迷茫神秘的氛围中,时时牵制着读者那颗好奇览胜的心理,而且不时地给读者以心灵的震撼。我读到这种情境时,往往我的心就突然加快了跳动,有几乎要蹦出来的感觉。

沈从文的散文为什么带有神秘色彩和对原始人、原始力量的追求呢,我想,这是这位具有崇高事业心的严肃作家的一种艺术追求和美学追求,而这些追求又跟他把探测和求索"生命的意义同价值"作为自己毕生奋斗的目标有极大的关系。"生命的意义同价值"这是一个内涵宏邈深邃而又永恒的课题,这是需要全人类共同参与探索的课题。面对这样一个人类的恒久而深奥的课题,沈从文选择了历史的视角,他力图从原始人那里找寻人性中共通的东西,从历史的积淀中挖掘出推动时代前进的力量。沈从文有时似乎捕捉到了什么,抑或探测到了什么;有时又似乎什么也没有捕捉得到,抑或什么也没有探测得到。所以,他的笔致往往徘徊于迷茫和神秘之中,就是理所当然的了。

也许是爱恋乡土之情浓烈到化不开的程度,也许是对生命真正意义是什么?是节制还是奔放?是矜持还是疯狂?是一个故事还是一种事实?抱定"这不是我要回答的问题,他人也不能强迫我答复。"(《水云》)也许是永远为现象所倾心,只能以官能上的愉快不愉快去取舍一切,也许是因为他不是思想家,也许是⋯⋯沈从文把自己的激情和思索更多的倾注在对故乡真善美的挖掘上,而不能去思索和探讨更为广阔更为深层的社会与人生问题。不,都不是。

沈从文创作于"用笔比较成熟""一生生命力最旺盛"那几年的散文作品,是他探索生命奥秘的艺术结晶。这时他已把自己的艺术使命定位

在对生命的探索上。他为探测生命的深度才去涉猎"爱",他认为"爱就是生的一种方式,知道爱的也并不多"。他为之默默追求的艺术理想是:"我实需要'静',用它来培养'知',启发'慧',悟彻'爱'和'怨'等等文字相对的意义。到明白较多后,再用它来重新给'人'好好作一度诠释,超越世俗爱憎哀乐的方式,探索'人'的灵魂深处或意识边际,发现'人',说明'爱'与'死'可能具有若干新的形式。这工作必然可将那个'我'扩大,占有更大的空间,或更长久的时间。"(《烛虚五》)了解和理解沈从文的这一艺术哲学,对我们更准确地把握和评价他的散文思想内涵和审美价值,是十分必要的。

1995年7月28日于北京安华里

中国 20 世纪名家散文经典

目　录

序言 1

一个戴水獭皮帽子的朋友　1

桃源与沅州　6

鸭窠围的夜　11

一个多情水手与一个多情妇人　16

辰河小船上的水手　23

箱子岩　29

老伴　34

虎雏再遇记　39

滕回生堂今昔　44

常德的船　49

沅陵的人　55

白河流域几个码头　63

泸溪・浦市・箱子岩　68

辰溪的煤　74

沅水上游几个县分　78

凤凰　85

新湘行记　95

市集 100

到北海去 104

街 108

昆明冬景 111

云南看云 115

北平的印象和感想 119

一封未曾付邮的信 124

小草与浮萍 127

Lǎomei, Zuohen！ 131

时间 136

潜渊 138

生命 142

美与爱 144

忆翔鹤 147

我所见到的司徒乔先生 152

友情 155

郁达夫张资平及其影响 159

从徐志摩作品学习"抒情" 163

水云——
  我怎么创造故事，故事怎么创造我 169

从新文学转到历史文物——
  1980年11月24日在美国圣若大学的讲演 190

一个戴水獭皮帽子的朋友

我由武陵(常德)过桃源时,坐在一辆新式黄色公共汽车上。车从很平坦的沿河大堤公路上奔驰而去,我身边还坐定了一个懂人情有趣味的老朋友,这老友正特意从武陵县伴我过桃源县。他也可以说是一个"渔人",因为他的头上,戴的是一顶价值四十八元的水獭皮帽子,这顶帽子经过沿路地方时,却很能引起一些年青娘儿们注意的。这老友是武陵地域中心春申君墓旁杰云旅馆的主人。常德、河洑、周溪、桃源,沿河近百里路以内"吃四方饭"的标致娘儿们,他都特别熟习;许多娘儿们也就特别熟习他那顶水獭皮帽子。但照他自己说,使他迷路的那点年龄业已过去了,如今一切已满不在乎,白脸长眉毛的女孩子再不使他心跳,水獭皮帽子,也并不需要娘儿们眼睛放光了。他今年还只三十五岁。十年前,在这一带地方凡有他撒野机会时,他从不放过那点机会。现在既已规规矩矩作了一个大旅馆的大老板,童心业已失去,就再也不胡闹了。当他二十五岁左右时,大约就有过四十左右女人净白的胸腔被他亲近过。我坐在这样一个朋友的身边,想起国内无数中学生,在国文班上很认真的读陶靖节《桃花源记》情形,真觉得十分好笑。同这样一个朋友坐了汽车到桃源去,似乎太幽默了。

朋友还是个爱玩字画也爱说野话的人。从汽车眺望平堤远处,薄雾里错落有致的平田、房子、树木,全如敷了一层蓝灰,一切极爽心悦目。汽车在大堤上跑去,又极平稳舒服。朋

友口中糅合了雅兴与俗趣,带点儿惊讶嚷道:

"这野杂种的景致,简直是画!"

"自然是画!可是是谁的画?"我说。"牯子大哥,你以为是谁的画?"我意思正想考问一下,看看我那朋友对于中国画方面的知识。

他笑了。"沈石田这狗养的,强盗一样好大胆的手笔!"说时还用手比划着,"这里一笔,那边一扫,再来磨磨蹭蹭,十来下,成了。"

我自然不能同意这种赞美,因为朋友家中正收藏了一个沈周手卷,姓名真,画笔并不佳,出处是极可怀疑的。说句老实话,当前从窗口入目的一切,潇洒秀丽带点雄浑苍莽气概,还得另外找寻一句恰当的比拟,方能相称啊。我在沉默中的意见,似乎被他看明白了,他就说:

"看,牯子老弟你看,这点山头,这点树,那一片林梢,那一抹轻雾,真只有王麓台那野狗干的画得出。因为他自己活到八九十岁,就真像只老狗。"

这一下可被他"猜"中了。我说:

"这一下可被你说中了。我正以为目前远远近近风物极和王麓台卷子相近;你有他的扇面,一定看得出。因为它很巧妙的混合了秀气与沉郁,又典雅,又恬静,又不做作。不过有时笔不免脏脏的。"

"好,有的是你这文章魁首的形容!人老了,不大肯洗脸洗手,怎么不脏?"接着他就使用了一大串野蛮字眼儿,把我喊作小公牛,且把他自己水獭皮帽子向上翻起的封耳,拉下来遮盖了那两只冻得通红的耳朵,于是大笑起来了。仿佛第一次所说的话,本不过是为了引起我对于窗外景致注意而说,如今见我业已注意,充满兴趣的看车窗外离奇景色,他便很快乐的笑了。

他掔着我们的肩膊很猛烈的摇了两下,我明白那是他极高兴的表示。我说:

"牯子大哥,你怎么不学画呢?你一动手,就会弄得很高明的!"

"我讲,牯子老弟,别丢我吧。我也像是一个仇十洲,但是只会画妇人的肚皮,真像你说,'弄得很高明'的!你难道不知道我是个什么人吗?鼻子一抹灰,能冒充绣衣哥吗?"

"你是个妙人。绝顶的妙人。"

"绣衣哥,得了,什么庙人,寺人,谁来割我的××?我还预备割掉许多男人的××,省得他们装模作样,在妇人面前露脸!我讨厌他们那种样子!"

"你不讨厌的。"

"牯子老弟,有的是你这绣衣哥说的。不看你面上,我一定要……"

这个朋友言语行为皆粗中有细,且带点儿妩媚,可算得是个妙人!

这个人脸上不疤不麻,身个儿比平常人略长一点,肩膊宽宽的,且有两只体面干净的大手,初初一看,可以知道他是个军队中吃粮子上饭跑四方人

物,但也可以说他是一个准绅士。从五岁起就欢喜同人打架,为一点儿小事,不管对面的一个大过他多少,也一面辱骂一面挥拳打去。不是打得人鼻青脸肿,就是被人打得满脸血污。但人长大到二十岁后,虽在男子面前还常常挥拳比武,在女人面前,却变得异常温柔起来,样子显得很懂事怕事。到了三十岁,处世便更谦和了,生平书读得虽不多,却善于用书,在一种近于奇迹的情形中,这人无师自通,写信办公事时,笔下都很可观。为人性情又随和又不马虎,一切看人来,在他认为是好朋友的,掏出心子不算回事;可是遇着另外一种老想占他一点儿便宜的人呢,就完全不同了。——也就因此在一般人中他的毁誉是平分的;有人称他为豪杰,也有人叫他作坏蛋。但不妨事,把两种性格两个人格拼合拢来,这人才真是一个活鲜鲜的人!

　　十三年前我同他在一只装军服的船上;向沅水上游开去,船当天从常德开头,泊到周溪时,天已快要夜了。那时空中正落着雪子,天气很冷,船顶船舷都结了冰。他为的是惦念到岸上一个长眉毛白脸庞小女人,便穿了崭新绛色缎子的猞猁皮马褂,从那为冰雪冻结了的大小木筏上慢慢的爬过去,一不小心便落了水。一面大声嚷"牯子老弟,这下我可完了",一面还是笑着挣扎。待到努力从水中挣扎上船时,全身早已为冰冷的水弄湿了。但他换了一件新棉军服外套后,却依然很高兴的从木筏上爬拢岸边,到他心中惦念那个女人身边去了。三年前,我因送一个朋友的孤雏转回湘西时,就在他的旅馆中,看了他的藏画一整天。他告我,有幅文徵明的山水,好得很,终于被一个小姨子婆娘攫走,十分可惜。到后一问,才知道原来他把那画卖了三百块钱,为一个小娼妇点蜡烛挂了一次衣。现在我又让那个接客的把行李搬到这旅馆中来了。

　　见面时我喊他:"牯子大哥,我又来了,不认识我了吧。"

　　他正站在旅馆天井中分派用人抹玻璃,自己却用手抹着那顶绒头极厚的水獭皮帽子,一见到我就赶过来用两只手同我握手,握得我手指酸痛,大声说道:"咳,咳,你这个小骚牯子又来了,什么风吹来的?妙极了,使人正想死你!"

　　"什么话,近来心里闲得想到北京城老朋友头上来了吗?"

　　"什么画,壁上挂,——当天赌咒,天知道,我正如何念你!"

　　这自然是一句真话,粮子上出身的人物,对好朋友说谎,原看成为一种罪恶。他想念我,只因为他新近花了四十块钱,买得一本倪元璐所摹写的武侯前后出师表。他既不知道这东西是从岳飞石刻出师表临来的,末尾那两颗巴掌大的朱红印记,把他更弄糊涂了。照外行人说来,字既然写得极其"飞舞",四百也不觉得太贵,他可不明白那个东西应有的价值,又不明出处。花了那一笔钱,从一个川军退伍军官处把它弄到手,因此想着我来了。于是我们一面说点十年前的有趣野话，一面就到他的房中欣赏宝物去了。

这朋友年青时，是个绿营中正标守兵名分的巡防军，派过中营衙门办事，在花园中栽花养金鱼，后来改作了军营里的庶务，又作过两次军需，又作过一次参谋，时间使一些英雄美人成尘成土，把一些傻瓜坏蛋变得又富又阔；同样的，到这样一个地方，我这个朋友，在一堆倏然而来悠然而逝的日子中，也就作了武陵县一家最清洁安静的旅馆主人，且同时成为爱好古玩字画的"风雅"人了。他既收买了数量可观的字画，还有好些铜器与瓷器，收藏的物件泥沙杂下，并不如何希罕。但在那么一个小小地方，在他那种经济情形下，能力却可以说尽够人敬服了。若有什么风雅人由北方或由福建广东，想过桃源去看看，从武陵过身时，能泰然坦然把行李搬进他那个旅馆去，到了那个地方，看看过厅上的芦雁屏条，同长案上一切陈设，便会明白宾主之间实有同好，这一来，凡事皆好说了。

还有那向湘西上行过川黔考察方言歌谣的先生们，到武陵时最好就是到这个旅馆来下榻。我还不曾遇见过什么学者，比这个朋友更能明白中国格言谚语的用处，他说话全是活的，即便是诨话野话，也莫不各有出处，言之成章。而且妙趣百出，庄谐杂陈。他那言语比喻丰富处，真像是大河流水，永无穷尽。在那旅馆中住下，一面听他詈骂用人，一面使我就想起在北京城圈里编国语大辞典的诸先生，为一句话一个字的用处，把《水浒》，《金瓶梅》，《红楼梦》……以及其他所有元明清杂剧小说翻来翻去，剪破了多少书籍！若果他们能够来到这旅馆里，故意在天井中撒一泡尿，或装作无心的样子，把些瓜果皮壳脏东西从窗口随意抛出去，或索性当着这旅馆老板面前，作点不守规矩缺少理性的行为。好，等着你就听听那作老板的骂出希奇古怪字眼儿，你会觉得原来这里还搁下了一本活生生大辞典！倘若有个社会经济调查团，想从湘西弄到点材料，这旅馆也是最好下榻的处所。因为辰河沿岸码头的税收、烟酒、妓女，以及桐油、朱砂的出处行价，各个码头上管事的头目姓名脾气，他知道的也似乎比县衙门里"包打听"还更清楚。——他事情懂得多哩！

只因为我已十多年不再到这条河上，一切皆极生疏了，他便特别热心，答应伴送我过桃源，为我租雇小船，照料一切。

十二点钟我们从武陵动身，一点半钟左右，汽车就到了桃源县停站。我们下了车，预备去看船时，几件行李成为极麻烦的问题了。老朋友说，若把行李带去，到码头边叫小划子时，那些吃水上饭的人，会"以逸待劳"，把价钱放在一个高点上，使我们无法对付。若把行李寄放到另外一个地方，空手去看船，我们便又"以逸待劳"了。我们信任了老朋友的主张，照他的意思，一到桃源站，我们就把行李送到一个卖酒曲的人家去。到了那酒曲铺子，拿烟

的是个四十岁左右的中年胖妇人,他的干亲家。倒茶的是个十五六岁的白脸长身头发黑亮亮的女孩子,腰身小,嘴唇小,眼目清明如两粒水晶球儿,见人只是转个不停。论辈数,说是干女儿呢。坐了一阵,两人方离开那人家洒着手下河边去。在河街上一个旧书铺里,一帧无名氏的山水小景牵引了他的眼睛,二十块钱把画买定了,再到河边去看船,船上人知道我是那个大老板的熟人,价钱倒很容易说妥了。来回去让船总写保单,取行李,一切安排就绪,时间已快到半夜了。我那小船明天一早方能开头,我就邀他在船上住一夜,他却说酒曲铺子那个十五年前老板的女儿,正炖了一只母鸡等着他去消夜,点了一段废缆子,很快乐的跳上岸摇着晃着匆匆走去了。

　　他上岸从一些吊脚楼柱下转入河街时,我还听到河街一哨兵喊口号,他大声答着"百姓",表明他的身份。第二天天刚发白,我还没醒,小船就已向上游开动了。大约已经走了三里路,却听得岸上有个人喊我的名字,沿岸追来,原是他从热被里脱出赶来送我的行的。船傍了岸。天落着雪。他站在船头一面抖去肩上雪片,一面质问弄船人,为什么船开得那么早。

　　我说:"牯子大哥,你怎么的,天气冷得很,大清早还赶来送我!"

　　他钻进舱里笑着轻轻的向我说:"牯子老弟,我们看好了的那幅画,我不想买了。我昨晚上还看过更好的一本册页!"

　　"什么人画的?"

　　"当然仇十洲。我怕仇十洲那杂种也画不出。牯子老弟,好得很……"话不说完他就大笑起来。我明白他话中所指了。

　　"你又迷路了吗?你不是说自己年已老了吗?"

　　"到了桃源还不迷路吗?自己虽老别人可年青?牯子老弟,你好好的上船吧,不要胡思乱想我的事情,回来时仍住到我的旅馆里,让我再照料你上车吧。"

　　"一路复兴,一路复兴。"那么嚷着,于是他同豹子一样,一纵又上了岸,船就开了。

桃源与沅州

全中国的读书人,大概从唐朝以来,命运中注定了应读一篇《桃花源记》。因此把桃源当成一个洞天福地。人人皆知道那地方是武陵渔人发现的,有桃花夹岸,芳草鲜美。远客来到,乡下人就杀鸡温酒,表示欢迎。乡下人都是避秦隐居的遗民,不知有汉朝,更无论魏晋了。千余年来读书人对于桃源的印象,既不怎么改变,所以每当国体衰弱发生变乱时,想作遗民的必多,这文章也就增加了许多人的幻想,增加了许多人的酒量。至于住在那儿的人呢,却无人自以为是遗民或神仙,也从不曾有人遇着遗民或神仙。

桃源洞离桃源县二十五里。从桃源县坐小船沿沅水上行,船到白马渡时,上南岸走去,忘路之远近乱走一阵,桃花源就在眼前了。那地方桃花虽不如何动人,竹林却很有意思。如椽如柱的大竹子,随处皆可发现前人用小刀划留下的诗歌。新派学生不甘自弃,也多刻下英文字母的题名。竹林里间或潜伏一二剪径壮士,待机会霍地从路旁跃出,仿照《水浒传》上英雄好汉行为,向游客发个利市,使人措手不及,不免吃点小惊。桃源县城则与长江中部各小县城差不多,一入城门最触目的是推行印花税与某种公债的布告。城中有棺材铺,官药铺,有茶馆酒馆,有米行脚行,有和尚道士,有经纪媒婆。庙宇祠堂多数为军队驻防,门外必有个武装同志站岗。土栈烟馆既照章纳税,就受当地军警保护。代表本地的出产,边街上有几十家玉器作坊,用珉石染红着绿,琢成酒杯笔架等物,货物品质平平常常,价钱却不轻贱。另外还有个名为"后江"的地方,住下无数公私不分的妓女,很认真经营她们的职业。有些

人家在一个菜园平房里,有些却又住在空船上,地方虽脏一点倒富有诗意。这些妇女使用她们的下体,安慰军政各界,且征服了往还沅水流域的烟贩,木商,船主以及种种因公出差过路人,挖空了每个顾客的钱包,维持许多人生活,促进地方的繁荣。一县之长照例是个读书人,从史籍上早知道这是人类一种最古的职业,没有郡县以前就有了它,取缔既与"风俗"不合,且影响到若干人生活,因此就很正当的定下一些规章制度,向这些人来抽收一种捐税(并采取了个美丽名词叫作"花捐"),把这笔款项用来补充地方行政,保安,或城乡教育经费。

桃源既是个有名地方,每年自然就有许多"风雅"人,心慕古桃源之名,二三月里携了《陶靖节集》与《诗韵集成》等参考资料和文房四宝,来到桃源县访幽探胜。这些人往桃源洞赋诗前后,必尚有机会过后江走走。由朋友或专家引导,这家那家坐坐,烧盒烟,喝杯茶。看中意某一个女人时,问问行市,花个三元五元,便在那龌龊不堪万人用过的花板床上,压着那可怜妇人胸膛放荡一夜。于是记游诗上多了几首无题艳遇诗,把"巫峡神女"、"汉皋解珮"、"刘阮天台"等等典故,一律被引用到诗上去。看过了桃源洞,这人平常若是很谨慎的,自会觉得应当即早过医生处走走,于是匆匆的回家了。至于接待过这种外路"风雅"人的神女呢,前一夜也许陆续接待过了三个麻阳船水手,后一夜又得陪伴两个贵州省牛皮商人。这些女人照例说不定还被一个散兵游勇,一个县公署执达吏,一个公安局书记,或一个当地小流氓长时期包定占有,客来时那人往烟馆过夜,客去后再回到妇人身边来烧烟。

妓女的数目占城中人口比例数不小。因此仿佛有各种原因,她们的年龄都比其他大都市更无限制。有些人年在五十以上,还不甘自弃,同十六七岁孙女辈行来参加这种生活斗争,每日轮流接待水手同军营中火夫。也有年纪不过十四五岁,乳臭尚未脱尽,便在那儿服侍客人过夜的。

她们的技艺是烧烧鸦片烟,唱点流行小曲,若来客是粮子上跑四方人物,还得唱唱军歌党歌和时下电影明星的新歌,应酬应酬,增加兴趣。她们的收入有些一次可得洋钱二十三十,有些一整夜又只得一块八毛。这些人有病本不算一回事。实在病重了,不能作生意挣饭吃,间或就上街到西药房去打针,六零六、三零三扎那么几下,或请走方郎中配副药,朱砂茯苓乱吃一阵,只要支持得下去,总不会坐下来吃白饭。直到病倒了,毫无希望可言了,就叫毛伙用门板抬到那类住在空船中孤身过日子的老妇人身边去,尽她咽最后那一口气。死去时亲人呼天抢地哭一阵,罄所有请和尚安魂念经,再托人赊购副四合头棺木,或借"大加一"买副薄薄板片,土里一埋也就完事了。

桃源地方已有公路,直达号称湘西咽喉的武陵(常德),每日都有八辆十辆新式载客汽车,按照一定时刻在公路上奔驰。距常德约九十里,车票价钱

一元。这公路从常德且直达湖南省会长沙,汽车路程约四小时,车票价约六元。公路通车时,有人说这条公路在湘省经济上具有极大意义,意思是对于黔省出口"特货"运输可方便不少。这人似乎不知道特货过境每次必三百担五百担,公路上一天不过十几辆汽车来回,若非特货再加以精制,每天能运输多少?关于特货的精制,在各省严厉禁烟宣传中,平民谁还有胆量来作这种非法勾当。假若在桃源县某种铺子里,居然有人能够设法购买一点黄色粉末药物,作为谈天口气,随便问问,就会明白那货物的来源是有来头的。信不信由你,大股东中大头脑有什么"龄"字辈"子"字辈,还有沿江之督办,上海之闻人。且明白出产并不是桃源县城。沿江上行六十里,有二十部机器日夜加工,运输出口时或用轮船直往汉口,却不需借公路汽车转运长沙。

真可称为桃源名产值得引人注意的,是家鸡同鸡卵。街头巷尾无处不可以发现这种冠赤如火庞大庄严的生物,经常有重达一二十斤的。凡过路人初见这地方鸡卵,必以为鸭卵或鹅卵。其次,桃源有一种小划子,轻捷,稳当,干净,在沅水中可称首屈一指。一个外省旅行者,若想到湘西的永绥、乾城、凤凰研究湘边苗族的分布状况。或想从湘西往四川的酉阳、秀山调查桐油的生产,往贵州的铜仁调查朱砂水银的生产,往玉屏调查竹料种类,注意造箫制纸的手工业生产情况,皆可在桃源县魁星阁下边,雇妥那么一只小船,沿沅水溯流而上,直达目的地,到地时取行李上岸落店,毫无何等困难。

一只桃源小划子上只能装载一二客人。照例要个舵手,管理后梢,调动船只左右。张挂风帆,松紧帆索,捕捉河面山谷中的微风。放缆拉船,量渡河面宽窄与河流水势,伸缩竹缆。另外还要拦头工人,上滩下滩时看水认容口,出事前提醒舵手躲避石头、恶浪与洑流,出事后点篙子需要准确稳重。这种人还要有胆量,有气力,有经验。张帆落帆都得很敏捷的即时拉桅下绳索。走风船行如箭时,使蹲坐在船头上叫喝呼啸,嘲笑同行落后的船只。自己船只落后被人嘲骂时,还要回骂;人家唱歌也得用歌声作答。两船相碰说理时,不让别人占便宜。动手打架时,先把篙子抽出拿在手上。船只逼入急流乱石中,不问冬夏,都得敏捷而勇敢的脱光衣裤,向急流中跳去,在水里尽肩背之力使船只离开险境。掌舵的因事故不能尽职,就从船顶爬过船尾去,作个临时舵手。船上若有小水手,还应事事照料小水手,指点小水手。更有一份不可推却的职务,便是在一切过失上,应与掌舵的各据小船一头,相互辱宗骂祖,继续使船前进。小船除此两人以外,尚需个小水手居于杂务地位,淘米、烧饭、切菜、洗碗,无事不作。行船时应荡桨就帮同荡桨,应点篙就帮同持篙。这种小水手大都在学习期间,应处处留心,取得经验同本领。除了学习看水,看风,记石头,使用篙桨以外,也学习挨打挨骂。尽各种古怪希奇字眼儿成天在耳边反复响着,好好的保留在记忆里,将来长大时再用它来

辱骂旁人。上行无风吹，一个人还负了纤板，曳着一段竹缆，在荒凉河岸小路上拉船前进。小船停泊码头边时，又得规规矩矩守船。关于他们经济情势，舵手多为船家长年雇工，平均算来合八分到一角钱一天。拦头工有长年雇定的，人若年富力强多经验，待遇同掌舵的差不多。若只是短期包来回，上行平均每天可得一毛或一毛五分钱，下行则尽义务吃白饭而已。至于小水手，学习期限看年龄同本事来，有些人每天可得两分钱作零用，有些人在船上三年五载吃白饭。上滩时一个不小心，闪不知被自己手中竹篙弹入乱石激流中，泅水技术又不在行，在水中淹死了，船主方面写得有字据，生死家长不能过问，掌舵的把死者剩余的一点衣服交给亲长说明白落水情形后，烧几百钱纸，手续便清楚了。

一只桃源划子，有了这样三个水手，再加上一个需要赶路，有耐心，不嫌孤独，能花个二十三十的乘客，这船便在一条清明透澈的沅水上下游移动起来了。在这条河里在这种小船上作乘客，最先见于记载的一人，应当是那疯疯癫癫的楚逐臣屈原。在他自己的文章里，他就说道："朝发枉渚兮，夕宿辰阳。"若果他那文章还值得称引，我们尚可以就"沅有芷兮澧有兰"与"乘舲上沅"这些话，估想他当年或许就坐了这种小船，溯流而上，到过出产香草香花的沅州。沅州上游不远有个白燕溪，小溪谷里生长芷草，到如今还随处可见。这种兰科植物生根在悬崖罅隙间，或蔓延到松树枝桠上，长叶飘拂，花朵下垂成一长串，风致楚楚，花叶形体较建兰柔和，香味较建兰淡远。游白燕溪的可坐小船去，船上人若伸手可及，多随意伸手摘花，顷刻就成一束。若崖石过高，还可以用竹篙将花打下，尽它堕入清溪洄流里，再从溪里把花捞起。除了兰芷以外，还有不少香草香花，在溪边崖下繁殖。那种黛色无际的崖石，那种一丛丛幽香眩目的奇葩，那种小小洄旋的溪流，合成一个如何不可言说迷人心目的圣境！若没有这种地方，屈原便再疯一点，据我想来，他文章未必就能写得那么美丽。

什么人看了我这个记载，若神往于香草香花的沅州，居然从桃源包了小船过沅州去，希望实地研究解决《楚辞》上几个草木问题，到了沅州南门城边，也许无意中会一眼瞥见城门上有一片触目黑色，因好奇想明白它，一时可无从向谁询问，他所见到的只是一片新的血迹，并非什么古迹。大约在清党前后，有个晃州姓唐的青年，北京农科大学毕业生，在沅州晃州两县，用党务特派员资格，率领了两万以上四乡农民和一群青年学生，肩持各种农具，上城请愿。守城兵先已得到长官命令，不许请愿群众进城。于是双方自然发生了冲突。一面是旗帜，木棒，呼喊与愤怒，一面是居高临下，一尊机关枪同十支步枪。街道既那么窄，结果站在最前线上的特派员同四十多个青年学生与农民，便全在城门边牺牲了。其余农民一看情形不对，抛下农具四散

跑了。那个特派员的尸体，于是被兵士用刺刀钉在城门木板上示众三天。三天过后，便连同其他牺牲者，一齐抛入屈原所称赞的清流里喂鱼吃了。几年来本地人在内战反复中被派捐拉夫，在应付差役中把日子混过去，大致把这件事也慢慢的忘掉了。

桃源小船载到沅州府，舵手把客人行李扛上岸，讨得酒钱回船时，这些水手必乘兴过南门外皮匠街走走。那地方同桃源的后江差不多，住下不少经营最古职业的人物，地方既非商埠，价钱可公道一些。花五角钱关一次门，上船时还可以得一包黄油油的上净烟丝，那是十年前的规矩。照目前百物昂贵情形想来，一切当然已不同了，出钱的花费也许得多一点，收钱的待客也许早已改用"美丽牌"代替"上净丝"了。

或有人在皮匠街蓦然间遇见水手，对水手发问："弄船的，'肥水不落外人田'，家里有的你让别人用，用别人的你还得花钱，这上算吗？"

那水手一定会拍着腰间麂皮抱兜，笑眯眯的回答说："大爷，'羊毛出在羊身上'，这钱不是我桃源人的钱，上算的。"

他回答的只是后半截，前半截却不必提。本人正在沅州，离桃源远过六七百里，桃源那一个他管不着。

便因为这点哲学，水手们的生活，比起"风雅人"来似乎洒脱多了。若说话不犯忌讳，无人疑心我"袒护无产阶级"，我还想说，他们的行为，比起那些读了些"子曰"，带了《五百家香艳诗》去桃源寻幽访胜，过后江讨经验的"风雅人"来，也实在还道德的多。

一九三五年三月作于北京

中国20世纪名家散文经典

鸭窠围的夜

　　天快黄昏时落了一阵雪子,不久就停了。天气真冷,在寒气中一切都仿佛结了冰。便是空气,也像快要冻结的样子。我包定的那一只小船,在天空大把撒着雪子时已泊了岸,从桃源县沿河而上这已是五个夜晚。看情形晚上还会有风有雪,故船泊岸边时候便从各处挑选好地方。沿岸除了某一处有片沙岨宜于泊船以外,其余地方全是黛色如屋的大岩石。石头既然那么大,船又那么小,我们都希望寻觅得到一个能作小船风雪屏障,同时要上岸又还方便的处所。凡是可以泊船的地方早已被当地渔船占去了。小船上的水手,把船上下各处撑去,钢钻头敲打着沿岸大石头,发出好听的声音,结果这只小船,还是不能不同许多大小船只一样,在正当泊船处插了篙子,把当作锚头用的石碇抛到沙上去,尽那行将来到的风雪,摊派到这只船上。
　　这地方是个长潭的转折处,两岸是高大壁立千丈的山,山头上长着小小竹子,长年翠色逼人。这时节两山只剩余一抹深黑,赖天空微明为画出一个轮廓。但在黄昏里看来如一种奇迹的,却是两岸高处去水已三十丈上下的吊脚楼。这些房子莫不俨然悬挂在半空中,借着黄昏的余光,还可以把这些希奇的楼房形体,看得出个大略。这些房子同沿河一切房子有个共通相似处,便是从结构上说来,处处显出对于木材的浪费。房屋既在半山上,不用那么多木料,便不能成为房子吗?半山上也用吊脚楼形式,这形式是必须的吗?然而这条河水

的大宗出口是木料，木材比石块还不值价。因此，即或是河水永远涨不到处，吊脚楼房子依然存在，似乎也不应当有何惹眼惊奇的。但沿河因为有了这些楼房，长年与流水斗争的水手，寄身船中枯闷成疾的旅行者，以及其他过路人，却有了落脚处了。这些人的疲劳与寂寞是从这些房子中可以一律解除的。地方既好看，也好玩。

河面大小船只泊定后，莫不点了小小的油灯，拉了篷。各个船上皆在后舱烧了火，用铁鼎罐煮红米饭。饭焖熟后，又换锅子熬油。哗的把菜蔬倒进热锅里去。一切齐全了，各人蹲在舱板上三碗五碗把腹中填满后，天已夜了。水手们怕冷怕动的，收拾碗盏后，就莫不在舱板上摊开了被盖，把身体钻进那个预先卷成一筒又冷又湿的硬棉被里去休息。至于那些想喝一杯的，发了烟瘾得靠靠灯，船上烟灰又翻尽了的，或一无所为，只是不甘寂寞，好事好玩想到岸上去烤烤火谈谈天的，便莫不提了桅灯，或燃一段废缆子，摇晃着从船头跳上了岸，从一堆石头间的小路径，爬到半山上吊脚楼房子那边去，找寻自己的熟人，找寻自己的熟地。陌生人自然也有来到这条河中来到这种吊脚楼房子里的时节，但一到地，在火堆旁小板凳上一坐，便是陌生人，即刻也就可以称为熟人乡亲了。

这河边两岸除了停泊有上下行的大小船只三十左右以外，还有无数在日前趁融雪涨水放下形体大小不一的木筏。较小的木筏，上面供给人住宿过夜的棚子也不见，一到了码头，便各自上岸找住处去了。大一些的木筏呢，则有房屋，有船只，有小小菜园与养猪养鸡栅栏，还有女眷和小孩子。

黑夜占领了全个河面时，还可以看到木筏上的火光，吊脚楼窗口的灯光，以及上岸下船在河岸大石间飘忽动人的火炬红光。这时节岸上船上都有人说话，吊脚楼上且有妇人在黯淡灯光下唱小曲的声音，每次唱完一支小曲时，就有人笑嚷。什么人家吊脚楼下有匹小羊叫，固执而且柔和的声音，使人听来觉得忧郁。我心中想着，"这一定是从别一处牵来的，另外一个地方，那小畜生的母亲，一定也那么固执的鸣着吧。"算算日子，再过十一天便过年了。"小畜生明不明白只能在这个世界上活过十天八天？"明白也罢，不明白也罢，这小畜生是为了过年而赶来的，应在这个地方死去的。此后固执而又柔和的声音，将在我耳边永远不会消失。我觉得忧郁起来了。我仿佛触着了这世界上一点东西，看明白了这世界上一点东西，心里软和得很。

但我不能这样子打发这个长夜。我把我的想象，追随了一个唱曲时清中夹沙的妇女声音，到她的身边去了。于是仿佛看到了一个床铺，下面是草荐，上面摊了一床用旧帆布或别的旧货作成脏而又硬的棉被，搁在床正中被单上面的是一个长方木托盘，盘中有一把小茶盏，一个小烟盒，一支烟枪，一块小石头，一盏灯。盘边躺着一个人在烧烟。唱曲子的妇人，或是袖了手捏

着自己的膀子站在吃烟者的面前,或是靠在男子对面的床头,为客人烧烟。房子分两进,前面临街,地是土地,后面临河,便是所谓吊脚楼了。这些人房子窗口既一面临河,可以凭了窗口呼喊河下船中人,当船上人过了瘾,胡闹已够,下船时,或者尚有些事情嘱托,或有其他原因,一个晃着火炬停顿在大石间,一个便凭立在窗口,"大老你记着,船下行时又来。""好,我来的,我记着的。""你见了顺顺就说:会呢,完了;孩子大牛呢,脚膝骨好了。细粉带三斤,冰糖或片糖带三斤。""记得到,记得到,大娘你放心,我见了顺顺大爷就说:会呢,完了。大牛呢,好了。细粉来三斤,冰糖来三斤。""杨氏,杨氏,一共四吊七,莫错账!""是的,放心呵,你说四吊七就四吊七,年三十夜莫会要你多的!你自己记着就是了!"这样那样的说着,我一一都可听到,而且一面还可以听着在黑暗中某一处咩咩的羊鸣。我明白这些回船的人是上岸吃过"荤烟"了的。

我还估计得出,这些人不吃"荤烟",上岸时只去烤烤火的,到了那些屋子里时,便多数只在临街那一面铺子里。这时节天气太冷,大门必已上好了,屋里一隅或点了小小油灯,屋中土地上必就地掘了浅凹火炉膛,烧了些树根柴声。火光煜煜,且时时刻刻爆炸着一种难于形容的声音。火旁矮板凳上坐有船上人,木筏上人,有对河住家的熟人。且有虽为天所厌弃还不自弃年过七十的老妇人,闭着眼睛蜷成一团蹲在火边,悄悄的从大袖筒里取出一片薯干或一枚红枣,塞到嘴里去咀嚼。有穿着肮脏身体瘦弱的孩子,手擦着眼睛傍着火旁的母亲打盹。屋主人有退伍的老军人,有翻船背运的老水手,有单身寡妇,借着火光灯光,可以看得出这屋中的大略情形,三堵木板壁上,一面必有个供奉祖宗的神龛,神龛下空处或另一面,必贴了一些大小不一的红白名片。这些名片倘若有那些好事者加以注意,用小油灯照着,去仔细检查检查,便可以发现许多动人的名衔,军队上的连附。上士,一等兵,商号中的管事,当地的团总,保正,催租吏,以及照例姓滕的船主,洪江的木簰商人,与其他各行各业人物,无所不有。这是近一二十年来经过此地若干人中一小部分的题名录。这些人各用一种不同的生活,来到这个地方,且同样的来到这些屋子里,坐在火边或靠近床边,逗留过若干时间。这些人离开了此地后,在另一世界里还是继续活下去,但除了同自己的生活圈子中人发生关系以外,与一同在这个世界上其他的,却仿佛便毫无关系可言了。他们如今也许早已死掉了;水淹死的,枪打死的,被外妻用砒霜谋杀的,然而这些名片却依然将好好的保留下去。也许有些人已成了富人名人,成了当地的小军阀,这些名片却仍然写着催租人,上士等等的衔头。……除了这些名片,那屋子里是不是还有比它更引人注意的东西呢?锯子,小捞兜,香烟大画片,装干栗子的口袋……

提起这些问题时使人心中很激动。我到船头上去眺望了一阵,河面静静的,木筏上火光小了,船上的灯光已很少了,远近一切只能借着水面微光看出个大略情形。另外一处的吊脚楼上,又有了妇人唱小曲的声音,灯光摇摇不定,且有猜拳声音。我估计那些灯光同声音所在处,不是木筏上的篙头在取乐,就是水手们小商人在喝酒。妇人手指上说不定还戴了水手特别为从常德府捎带来的镀金戒指,一面唱曲一面把那只手理着鬓角,多动人的一幅画图!我认识他们的哀乐,这一切我也有份。看他们在那里把每个日子打发下去,也是眼泪也是笑,离我虽那么远,同时又与我那么相近。这正同读一篇描写西伯利亚的农人生活动人作品一样,使人掩卷引起无言的哀戚。我如今只用想象去领味这些人生活的表面姿态,却用过去一分经验,接触着了这种人的灵魂。

羊还固执的鸣着。远处不知什么地方有锣鼓声音,那一定是某个人家禳土酬神还愿巫师的锣鼓。声音所在处必有火燎与九品蜡照耀争辉。眩目火光下必有头包红布的老巫师独立作旋风舞,门上架上有黄钱,平地有装满了谷米的平斗。有新宰的猪羊伏在木架上,头上插着小小五色纸旗。有行将为巫师用口把头咬下的活生公鸡,缚了双脚与翼翅,在土坛边无可奈何的躺卧。主人锅灶边则热了满锅猪血稀粥,灶中正火光熊熊。

邻近一只大船上,水手们已静静的睡下了,只剩余一个人吸着烟,有时时刻刻把烟管敲着船舷。也像听着吊脚楼的声音,为那点声音所激动,引起种种联想,忽然按捺自己不住了,只听到他轻轻的骂着野话,擦了支自来火,点上一段废缆,跳上岸往吊脚楼那里去了。他在岸上大石间走动时,火光便从船篷空处漏进我的船中。也是同样的情形吧,在一只装载棉军服向上行驶的船上,泊到同样的岸边,躺在成束成捆的军服上面,夜既太长,水手们爱玩牌的各蹲坐在舱板上小油灯光下玩天九,睡既不成,便胡乱穿了两套棉军服,空手上岸,借着石块间还未融尽残雪返照的微光,一直向高岸上有灯光处走去。到了街上,除了从人家门罅里露出的灯光成一条长线横卧着,此外一无所有。在计算中以为应可见到的小摊上成堆的花生,用哈德门长烟盒装着干瘪瘪的小橘子,切成小方块的片糖,以及在灯光下看守摊子的把眉毛扯得极细的妇人(这些妇人无事可作时还会在灯光下作点针线的),如今什么也没有,既不敢冒昧闯进一个人家里面去,便只好又回转河边船上了。但上山时向灯光凝聚处走去,方向不会错误。下河时可糟了。糊糊涂涂在大石小石间走了许久,且大声喊着,才走近自己所坐的一只船。上船时,两脚全是泥,刚攀上船舷还不及脱鞋落舱,就有人在棉被中大喊:"伙计哥子们,脱鞋呀!"把鞋脱了还不即睡,便镶到水手身旁去看牌,一直看到半夜,——十五年前自己的事,在这样地方温习起来,使人对于命运感到十分惊异。我

懂得那个忽然独自跑上岸去的人,为什么上去的理由!

等了一会儿,邻船上那人还不回到他自己的船上来,我明白他所得的必比我多了一些。我想听听他回来时,是不是也像别的船上人,有一个妇人在吊脚楼窗口喊叫他。许多人都陆续回到船上了,这人却没有上船。我记起"柏子"。但是,同样是水上人,一个那么快乐的赶到岸上去,一个却是那么寂寞的跟着别人后面走上岸去,到了那些地方,情形不会同柏子一样,也是很显然的事了。

为了我想听听那个人上船时那点推篷声音,我打算着,在一切声音全已安静时,我仍然不能睡觉。我等待那点声音。大约到午夜,水面上却起了另外一种声音。仿佛鼓声,也仿佛汽油船马达转动声,声音慢慢的近了,可是慢慢的又远了。像是一个有魔力的歌唱,单纯到不可比方,也便是那种固执的单调,以及单调的延长,使一个身临其境的人,想用一组文字去捕捉那点声音,以及捕捉在那长潭深夜一个人为那声音所迷惑时节的心情,实近于一种徒劳无功的努力。那点声音使我不得不再从那个业已用被单塞好空罅的舱门,到船头去搜索它的来源。河面一片红光,古怪声音也就从红光一面掠水而来。原来日里隐藏在大岩下的一些小渔船,在半夜前早已静悄悄的下了拦江网。到了半夜,把一个从船头伸在水面的铁兜,盛上燃着熊熊烈火的油柴,一面用木棒槌有节奏的敲着船舷各处漂去。身在水中见了火光而来与受了析声吃惊四窜的鱼类,便在这种情形中触了网,成为渔人的俘虏。当地人把这种捕鱼方法叫"赶白"。

一切光,一切声音,到这时节已为黑夜所抚慰而安静了,只有水面上那一分红光与那一派声音。那种声音与光明,正为着水中的鱼和水面的渔人生存的搏战,已在这河面上存在了若干年,且将在接连而来的每个夜晚依然继续存在。我弄明白了,回到舱中以后,依然默听着那个单调的声音。我所看到的仿佛是一种原始人与自然战争的情景。那声音,那火光,都近于原始人类的战争,把我带回到四五千年那个"过去"时间里去。

不知在什么时候开始落了很大的雪,听船上人细语着,我心想,第二天我一定可以看到邻船上那个人上船时节,在岸边雪地上留下那一行足迹,那寂寞的足迹,事实上我却不曾见到,因为第二天到我醒来时,小船已离开那个泊船处很远了。

一个多情水手与一个多情妇人

我的小表到了七点四十分时,天光还不很亮。停船地方两山过高,故住在河上的人,睡眠仿佛也就可以多些了。小船上水手昨晚上吃了我五斤河鱼,吃过了鱼,大约还记得着那吃鱼的原因,不好意思再睡,这时节业已起身,卷了铺盖,在烧水扫雪了。两个水手一面工作一面用野话编成韵语骂着玩着,对于恶劣天气与那些昨晚上能晃着火炬到有吊脚楼人家去同宽脸大奶子妇人纠缠的水手,含着无可奈何的妒嫉。

大木筏都得天明时漂滩,正预备开头,寄宿在岸上的人已陆续下了河,与宿在筏上的水手们,共同开始从各处移动木料。筏上有斧斤声与大摇槌砰砰的敲打木桩声音。许多在吊脚楼寄宿的人,从妇人热被里脱身,皆在河滩大石间踉跄走着,回归船上。妇人们恩情所结,也多和衣靠着窗边,与河下人遥遥传述那种种"后会有期各自珍重"的话语。很显然的事,便是这些人从昨夜那点露水恩情上,已经各在那里支付上一把眼泪与一把埋怨。想到这些眼泪与埋怨,如何揉进这些人的生活中,成为生活之一部分时,使人心中柔和得很!

第一个大木筏开始移动时,约在八点左右。木筏四隅数十支大桡,泼水而前,筏上且起了有节奏的"唉"声。接着又移动了第二个。……木筏上的桡手,各在微明中画出一个黑色的轮廓。木筏上某一处必扬着一片红红的火光,火堆旁必有人正蹲下用钢罐煮水。

我的小船到这时节一切业已安排就绪,也行将离岸,向长

潭上游溯江而上了。

只听到河下小船邻近不远某一只船上,有个水手哑着嗓子喊人:

"牛保,牛保,不早了,开船了呀!"

许久没有回答,于是又听那个人喊道:

"牛保,牛保,你不来当真船开动了!"

再过一阵,催促的转而成为辱骂,不好听的话已上口了。

"牛保,牛保,狗×的,你个狗就见不得河街女人的×!"

吊脚楼上那一个,到此方仿佛初从好梦中惊醒,从热被里妇人手臂中逃出,光身跑到窗边来答着:

"宋宋,宋宋,你喊什么?天气还早咧。"

"早你的娘,人家木簰全开了,你×了一夜还尽不够!"

"好兄弟,忙什么?今天到白鹿潭好好的喝一杯!天气早得很!"

"早得很,哼,早你的娘!"

"就算是早我的娘吧。"

最后一句话,不过是我想象的。因为河岸水面那一个,虽尚呶呶不已,楼上那一个却业已沉默了。大约这时节那个妇人还卧在床上,也开了口,"牛保,牛保,你别理他,冷得很!"因此即刻又回到床上热被里去了。

只听到河边那个水手喃喃的骂着各种野话,且有意识把船上家伙撞磕得很响。我心想:这是个什么样子的人,我倒应该看看他。且很希望认识岸上那一个。我知道他们那只船也正预备上行,就告给我小船上水手,不忙开头,等等同那只船一块儿开。

不多久,许多木筏离岸了,许多下行船也拔了锚,推开篷,着手荡桨摇橹了。我卧在船舱中,就只听到水面人语声,以及橹桨激水声,与橹桨本身被扳动时咿咿呀呀声。河岸吊脚楼上妇人在晓气迷蒙中锐声的喊人,正如同音乐中的笙管一样,超越众声而上。河面杂声的综合,交织了庄严与流动,一切真是一个圣境。

我出到舱外去站了一会。天已亮了,雪已止了,河面寒气逼人。眼看这些船筏各戴上白雪浮江而下,这里那里扬着红红的火焰同白烟,两岸高山则直矗而上,如对立巨魔,颜色淡白,无雪处皆作一片墨绿。奇景当前,有不可形容的瑰丽。

一会儿,河面安静了。只剩下几只小船同两片小木筏,还无开头意思。

河岸上有个蓝布短衣青年水手,正从半山高处人家下来,到一只小船上去。因为必须从我小船边过身,故我把这人看得清清楚楚。大眼,宽脸,鼻子短,宽阔肩膊下挂着两只大手(手上还提了一个棕衣口袋,里面填得满满的),走路时肩背微微向前弯曲,看来处处皆证明这个人是一个能干得力的

水手！我就冒昧的喊他，同他说话：

"牛保，牛保，你玩得好！"

谁知那水手当真就是牛保。

那家伙回过头来看看是我叫他，就笑了。我们的小船好几天以来，皆一同停泊，一同启碇，我虽不认识他，他原来早就认识了我的。经我一问，他有点害羞起来了。他把那口袋举起带笑说道：

"先生，冷呀！你不怕冷吗？我这里有核桃，你要不要吃核桃？"

我以为他想卖给我些核桃，不愿意扫他的兴，就说我要，等等我一定向他买些。

他刚走到他自己那只小船边，就快乐的唱起来了。忽然税关复查处比邻吊脚楼人家窗口，露出一个年青妇人鬓发散乱的头颅，向河下人锐声叫将起来：

"牛保，牛保，我同你说的话，你记着吗？"

年青水手向吊脚楼一方把手挥动着。

"唉，唉，我记得到！……冷！你是怎么的啊！快上床去！"大约他知道妇人起身到窗边时，是还不穿衣服的。

妇人似乎因为一番好意不能使水手领会，有点不高兴的神气。

"我等你十天，你有良心，你就来——"说着，砰的一声把格子窗放下了。这时节眼睛一定已红了。

那一个还向吊脚楼喃喃说着什么，随即也上了船。我看看，那是一只深棕色的小货船。

我的小船行将开头时，那个青年水手牛保却跑来送了一包核桃。我以为他是拿来卖给我的，赶快取了一张值五角的票子递给他。这人见了钱只是笑。他把钱交还，把那包核桃从我手中抢了回去。

"先生，先生，你买我的核桃，我不卖！我不是作生意人。（他把手向吊脚楼指了一下，话说得轻了些）那婊子同我要好，她送我的。送了我那么多，还有栗子，干鱼。还说了许多痴话，等我回去过年呗。……"

慷慨原是辰河水手一种通常的性格。既不要我的钱，皮箱上正搁了一包烟台苹果，我随手取了四个大苹果送给他，且问他：

"你回不回来过年？"

他只笑嘻嘻的把头点点，就带了那四个苹果飞奔而去。我要水手开了船。小船已开到长潭中心时，忽然又听到河边那个哑嗓子在喊嚷：

"牛保，牛保，你是怎么的？我×你的妈，还不下河，我翻你的三代，还……"

一会儿，一切皆沉静了，就只听到我小船船头分水的声音。

听到水手的辱骂，我方明白那个快乐多情的水手，原来得了苹果后，并不即返船，仍然又到吊脚楼人家去了。他一定把苹果献给那个妇人，且告给妇人这苹果的来源，说来说去，到后自然又轮着来听妇人说的痴话，所以把下河的时间完全忘掉了。

小船已到了辰河多滩的一段路程，长潭尽后就是无数大滩小滩。河水半月来已落下六尺，雪后又照例无风，较小船只即或可以不从大漕上行，沿着河边浅水处走去也依然十分费事。水太干了，天气又实在太冷了点。我伏在舱口看水手们一面骂野话，一面把长篙向急流乱石间掷去，心中却念及那个多情水手，船上滩时浪头俨然只想把船上人攫走。水流太急，故常常眼看业已到了滩头，过了最紧要处，但在抽篙换篙之际，忽然又会为急流冲下。海水又大又深，大浪头拍岸时常如一座小山，但它总使人觉得十分温和。河水可同一股火，太热情了一点，时时刻刻皆想把人攫走，且仿佛完全只凭自己意见作去。但古怪的是这些弄船人，他们逃避激流同漩水的方法十分巧妙。他们得靠水为生，明白水，比一般人更明白水的可怕处；但他们为了求生，却在每个日子里每一时间皆有向水中跳去的准备。小船一上滩时，就不能不向白浪里钻去，可是他们却又必有方法从白浪里找到出路。

在一个小滩上，因为河面太宽，小漕河水过浅，小船缆绳不够长不能拉纤，必需尽手足之力用篙撑上，我的小船一连上了五次皆被急流冲下。船头全是水。到后想把船从对河另一处大漕走去，漂流过河时，从白浪中钻出钻进，篷上也沾了水。在大漕中又上了两次，还花钱加了个临时水手，方把这只小船弄上滩。上过滩后问水手是什么滩，方知道这滩名"骂娘滩"。（说野话的滩！）即或是父子弄船，一面弄船也一面得互骂各种野话，方可以把船弄上滩口。

一整天小船尽是上滩，我一面欣赏那些从船舷驰过急于奔马的白浪，一面便用船上的小斧头，剥那个风流水手见赠的核桃吃。我估想这些硬壳果，说不定每一颗还都是那吊脚楼妇人亲手从树上摘下，用鞋底揉去一层苦皮，再一一加以选择，放到棕衣口袋里来的。望着那些棕色碎壳，那妇人说的"你有良心你就赶快来"一句话，也就尽在我耳边响着。那水手虽然这时节或许正在急水滩头趴伏到石头上拉船，或正脱了裤子涉水过溪，一定却记忆着吊脚楼妇人的一切，心中感觉十分温暖。每一个日子的过去，便使他与那妇人接近一点点。十天完了，过年了，那吊脚楼上，照例门楣上全贴了红喜钱，被捉的雄鸡啊呵呵呵的叫着。雄鸡宰杀后，把它向门角落抛去，只听到翅膀扑地的声音。锅中蒸了一笼糯米，热气腾腾的倒入大石臼中，两人就开始在一个石臼里捣将起来。一切事都是两个人共力合作，一切工作中都掺合有笑谑与善意的诅咒。于是当真过年了。又是叮咛与眼泪，在一分长长的日子里有所期待,留在船上另一个放声的辱骂催促着,方下了船,又是核桃与栗子,干鲤鱼与……

到了午后,天气太冷,无从赶路。时间还只三点左右,我的小船便停泊了。停泊地方名为杨家岨。依然有吊脚楼,飞楼高阁悬在半山中,结构美丽悦目。小船傍在大石边,只须一跳就可以上岸。岸上吊脚楼前枯树边,正有两个妇人,穿了毛蓝布衣裳,不知商量些什么,幽幽的说着话。这里雪已极少,山头皆裸露作深棕色,远山则为深紫色。地方静得很,河边无一只船,无一个人,无一堆柴。不知河边哪一块大石后面有人正在捶捣衣服,一下一下的捣。对河也有人说话,却看不清楚人在何处。

小船停泊到这些小地方,我真有点担心。船上那个壮年水手,是一个在军营中开过小差作过种种非凡事情的人物,成天在船上只唱着"过了一天又一天,心中好似滚油煎",若误会了我箱中那些带回湘西送人的信笺信封,以为是值钱东西,在唱过了埋怨生活的戏文以后,转念头来玩个新花样,说不定我还来不及被询问"吃板刀面或吃云吞"以前,就被他解决了。这些事我倒不怎么害怕,凡是蠢人作出的事我不知道什么叫吓怕的。只是有点儿担心,因为若果这个人作出了这种蠢事,我完了,他跑了,这地方可糟了。地方既属于我那些同乡军官大老管辖,就会把他们可忙坏了。

我盼望牛保那只小船赶来,也停泊到这个地方,一面可以不用担心,一面还可以同这个有人性的多情水手谈谈。

直等到黄昏,方来了一只邮船,靠着小船下了锚。过不久,邮船那一面有个年青水手嚷着要支点钱上岸去吃"荤烟",另一个管事的却不允许,两人便争吵起来了。只听到年青的那一个呶呶絮语,声音神气简直同大清早上那个牛保一个样子。到后来,这个水手负气,似乎空着个荷包,也仍然上岸过吊脚楼人家去了。过了一会还不见他回船,我很想知道一下他到了那里作些什么事情,就要一个水手为我点上一段废缆,晃着那小小火把,引导我离了船,爬了一段小小山路,到了所谓河街。

五分钟后,我与这个穿绿衣的邮船水手,一同坐到一个人家正屋里火堆旁,默默的在烤火了。面前一个大油松树根株,正伴同一饼油渣,熊熊的燃着快乐的火焰。间或有人用脚或树枝拨了那么一下,便有好看的火星四散惊起。主人是一个中年妇人,另外还有两个老妇人,不断向水手提出种种问题,且把关于下河的油价、木价、米价、盐价,一件一件来询问他,他却很散漫的回答,只低下头望着火堆。从那个颈项同肩膊,我认得这个人性格同灵魂,竟完全同早上那个牛保一样。我明白他沉默的理由,一定是船上管事的不给他钱,到岸上来赊烟不到手。他那闷闷不乐的神气,可以说是很妩媚。我心想请他一次客,又不便说出口。到后机会却来了。门开处进来了一个

年事极轻的妇人,头上裹着大格子花布首巾,身穿葱绿色土布袄子,系一条蓝色围裙,胸前还绣了一朵小小白花。那年青妇人把两只手插在围裙里,轻脚轻手进了屋,就站在中年妇人身后。说真话,这个女人真使我有点儿惊讶。我似乎在什么地方另一时节见着这样一个人,眼目鼻子皆仿佛十分熟习。若不是当真在某一处见过,那就必定是在梦里了。公道一点说来,这妇人是个美丽得很的生物!

最先我以为这小妇人是无意中撞来玩玩,听听从下河来的客人谈谈下面事情,安慰安慰自己寂寞的。可是一瞬间,我却明白她是为另一件事而来的了。屋主人要她坐下,她却不肯坐下,只把一双放光的眼睛尽瞅着我,待到我抬起头去望她时,那眼睛却又赶快逃避了。她在一个水手面前一定没有这种羞怯,为这点羞怯我心中有点儿惆怅,引起了点儿怜悯。这怜悯一半给了这个小妇人,却留下一半给我自己。

那邮船水手眼睛为小妇人放了光,很快乐的说:

"夭夭,夭夭,你打扮得真像个观音!"

那女人抿嘴笑着不理会,表示这点阿谀并不希罕,一会儿方轻轻的说:

"我问你,白师傅的大船到了桃源不到?"

邮船水手回答了,妇人又轻轻的问:

"杨金保的船?"

邮船水手又回答了,妇人又继续问着这个那个。我一面向火一面听他们说话,却在心中计算一件事情。小妇人虽同邮船水手谈到岁暮年末水面上的情形,但一颗心却一定在另外一件事情上驰骋。我几乎本能的就感到了这个小妇人是正在对我感到特别兴趣。不用惊奇,这不是希奇事情。我们若稍懂人情,就会明白一张为都市所折磨而成的白脸,同一件称身软料细毛衣服,在一个小家碧玉心中所能引起的是一种如何幻想,对目前的事也便不用多提了。

对于身边这个小妇人,也正如先前一时对于身边那个邮船水手一样,我想不出用个什么方法,就可以使这个有了点儿野心与幻想的人,得到她所要得到的东西。其实我在两件事上皆不能再吝啬了,因为我对于他们皆十分同情。但试想想看,倘若这个小妇人所希望的是我本身,我这点同情,会不会引起五千里外另一个人的苦痛?我笑了。

……假若我给这水手一笔钱,让这小妇人同他谈一个整夜?

我正那么计算着,且安排如何来给那个邮船水手的钱,使他不至于感觉难为情。忽然听那年青妇人问道:

"牛保那只船?"

那邮船水手吐了一口气,"牛保的船嘛,我们一同上骂娘滩,溜了四次。

末后船已上了滩,那拦头的伙计还同他在互骂,且不知为什么互相用篙子乱打乱划起来,船又溜下滩去了。看那样子不是有一个人落水,就得两个人同时落水。"

有谁发问:"为什么?"

邮船水手感慨似的说:"还不是为那一张×!"

几人听着这件事,皆大笑不已。那年青小妇人,却长长的吁了一口气。

忽然河街上有个老年人嘶声的喊人:

"夭夭小婊子,小婊子婆,卖×的,你是怎么的,夹着那两片小×,一眨眼又跑到哪里去了!你来!……"

小妇人听门外街口有人叫她,把小嘴收敛作出一个爱娇的姿势,带着不高兴的神气自言自语说:"叫骡子又叫了。你就叫吧。夭夭小婊子偷人去了!投河吊颈去了!"咬着下唇很有情致的盯了我一眼,拉开门,放进了一阵寒风,人却冲出去,消失到黑暗中不见了。

那邮船水手望了望小妇人去处那扇大门,自言自语的说:"小婊子偏偏嫁老烟鬼,天晓得!"

于是大家便来谈说刚才走去那个小妇人的一切。屋主中年妇人,告给我那小妇人年纪还只十九岁,却为一个年过五十的老兵所占有。老兵原是一个烟鬼,虽占有了她,只要谁有土有财就让床让位。至于小妇人呢,人太年青了点,对于钱毫无用处,却似乎常常想得很远很远。屋主人且为我解释很远很远那句话的意思,给我证明了先前一时我所感觉到的一件事情的真实。原来这小妇人虽生在不能爱好的环境里,却天生有种爱好的性格。老烟鬼用名分缚着了她的身体,然而那颗心却无从拘束。一只船无意中在码头边停靠了,这只船又恰恰有那么一个年青男子,一切派头都和水手不同,夭夭那颗心,将如何为这偶然而来的人跳跃!屋主人所说的话,增加了我对于这个年青妇人的关心。我还想多知道一点,请求她告给我,我居然又知道了些不应当写在纸上的事情。到后来,谈起命运,那屋主人沉默了,众人也沉默了。各人眼望着熊熊的柴火,心中玩味着"命运"这个字的意义,而且皆俨然有一点儿痛苦。

我呢,在沉默中体会到一点"人生"的苦味。我不能给那个小妇人什么,也再不作给那水手一点点钱的打算了。我觉得他们的欲望同悲哀都十分神圣,我不配用钱或别的方法渗进他们命运里去,扰乱他们生活上那一份应有的哀乐。

下船时,在河边我听到一个人唱《十想郎》小曲,曲调卑陋声音却清圆悦耳。我知道那是由谁口中唱出且为谁唱的。我站在河边寒风中痴了许久。

辰河小船上的水手

我自从离开了那个水獭皮帽子的朋友以后，独自坐到这只小船上，已闷闷的过了十天。小船前后舱面既十分窄狭，三个水手白日皆各有所事：或者正在吵骂，或者是正在荡桨撑篙，使用手臂之力，使这只小船在结了冰的寒气中前进。有时两个年青水手即或上岸拉船去了，船前船后又有湿淋淋的缆索牵牵绊绊，打量出去站站，也无时不显得碍手碍脚，很不方便。因此我就只有蜷伏在船舱里，静听水声与船上水手辱骂声，打发了每个日子。

照原定计划，这次旅行来回二十八天的路程，就应当安排二十二个日子到这只小船上。如半途中这小船发生了什么意外障碍，或者就多得四天五天。起先我尽记着水獭皮帽子的朋友"行船莫算，打架莫看"的格言，对于这只小船每日应走多少路，已走多少路，还需要走多少路，从不发言过问。他们说"应当开头了"，船就开了，他们说"这鬼天气不成，得歇憩烤火"，我自然又听他们歇憩烤火。天气也实在太冷了一点，篙上桨上莫不结了一层薄冰。我的衣袋中，虽还收藏了一张桃源县管理小划子的船总亲手所写"十日包到"的保单，但天气既那么坏，还好意思把这张保单拿出来向掌舵水手说话吗？

我口中虽不说什么，心里却计算到所剩余的日子，真有点儿着急。

三个水手中的一人，似乎已看准了我的弱点，且在另外一件事情上，又看准了我另外一项弱点，想出了个两得其利的办

法来了。那水手向我说道：

"先生，你着急，是不是？不必为天气发愁。如今落的是雪子，不是刀子。我们弄船人，命里派定了划船，天上纵落刀子也得作事！"

我的坐位正对着船尾，掌舵水手这时正分张两腿，两手握定舵把，一个人字形的姿势对我站定。想起昨天这只小船搁入石罅里，尽三人手足之力还无可奈何时，这人一面对天气咒骂各种野话，一面卸下了裤子向水中跳去的情形，我不由得微哂了一下。我说："天气真坏！"

他见我眉毛聚着，便笑了。"天气坏不碍事，只看你先生是不是要我们赶路，想赶快一些，我同伙计们有的是办法！"

我带了点埋怨神气说："不赶路，谁愿意在这个日子里来在河上受活罪？你说有办法，告我看是什么办法！"

"天气冷，我们手脚也硬了。你请我们晚上喝点儿酒，活活血脉，这船就可以在水面上飞！"

我觉得这个提议很正当，便不追问先划船后喝酒，如何活动血脉的理由，即刻就答应了。我说："好得很，让我们的船飞去吧，欢喜吃什么买什么。"

于是这小船在三个划船人手上，当真俨然一直向辰河上游飞去。经过钓船时就喊买鱼，一拢码头时就用长柄大葫芦满满的装上一葫芦烧酒。沿河两岸连山皆深碧一色，山头常戴了点白雪，河水则清明如玉。在这样一条河水里旅行，望着水光山色，体会水手们在工作上与饮食上的勇敢处，使我在寂寞里不由得不常作微笑！

船停时，真静。一切声音皆为大雪以前的寒气凝结了。只有船底的水声，轻轻的轻轻的流过去，——使人感觉到它的声音，几乎不是耳朵却只是想象。三个水手把晚饭吃过后，围在后舱钢灶边烤火烘衣。

时间还只五点二十五分，先前一时在长潭中摇橹唱歌的一只大货船，这时也赶到快要靠岸停泊了。只听到许多篙子钉在浅水石头上的声音，且有人大嚷大骂。他们并不是吵架，不过在那里"说话"罢了。这些人说话照例永远得使用几个粗野字眼儿，也正同我们使用标点符号一样，倘若忘了加上去，意思也就很容易模糊不清楚了。这样粗野字眼儿的使用，即在父子兄弟间也少不了。可是这些粗人野人，在那吃酸菜臭牛肉说野话的口中，高兴唱起歌来时，所唱的又正是如何美丽动人的歌！

大船靠定岸边后，只听到有一个人在船上大声喊叫：

"金贵，金贵，上岸××去！"

那个名为金贵的水手，似乎正在那只货船舱里鱿鱼海带间，嘶着个嗓子回答说：

"你××去我不来。你娘×××正等着你！"

我那小船上三个默默的烤火烘衣的水手，听到这个对白，便一同笑将起来了。其中之一学着邻船人语气说：

"××去，×你娘的×。大白天像狗一样在滩上爬，晚上好快乐！"

另一个水手就说：

"七老，你要上岸去，你向先生借两角钱也可以上岸去！"

几个人把话继续说下去，便讨论到各个小码头上吃四方饭娘儿们的人材与铁事来了。说及其中一些野妇人悲喜的场面时，真使我十分感动。我再也不能孤独的在舱中坐下了，就爬到那个钢灶边去，同他们坐在一处去烤火。

我搀入那个团体时，询问那个年纪较大的水手：

"掌舵的，我十五块钱包你这只船，一次你可以捞多少！"

"我可以捞多少，先生！我不是这只船的主人，我是个每年二百四十吊钱雇定的舵手，算起来一个月我有两块三角钱，你看看这一次我捞多少！"

我说："那么，大伙计，你拦头有多少！全船皆得你，难道也是二百四十吊一年吗？"

那一个名为七老的说："我弄船上行，两块六角钱一次，下行吃白饭！"

"那么，小伙计，你呢？我看你手脚还生疏得很！你昨天差点儿淹坏了，得多吃多喝，把骨头长结实一点点！"

小子听我批评到他的能力就只干笑，掌舵的代他说话：

"先生要你多吃多喝，你不听到吗？这小子看他虽长得同一块发糕一样，其实就只能吃能喝，撒篙子拉纤全不在行！"

"多少钱一月？"我说，"一块钱一月，是不是？"

那个小水手自己笑着开了口："多少钱一月？十个铜子一天——×他的娘，天气多坏！"

我在心中打了一下算盘，掌舵的八分钱一天，拦头的一角三分一天，小伙计一分二厘一天。在这个数目下，不问天气如何，这些人莫不皆得从天明起始天黑为止，作他应分作的事情。遇应当下水时，便即刻跳下水中去。遇应当到滩石上爬行时，也毫不推辞即刻前去。在能用气力时，这些人就毫不吝惜气力打发了每个日子，人老了，或大六月发痧下痢，躺在空船里或太阳下死掉了，一生也就算完事了。这条河中至少有十万个这样过日子的人。想起了这件事情，我轻轻的吁了一口气。

"掌舵的，你在这条河里划了几年船？"

"我今年五十三，十六岁就到了船上。"

三十七年的经验，七百里路的河道，水涨水落河道的变迁，多少滩，多少

潭,多少码头,多少石头——是的,凡是那些较大的知名的石头,这个人就无一不能够很清清楚楚的举出它们的名称和故事!划了三十七年的船,还只是孤身一人,把经验与气力每天作八分钱出卖,来在这水上漂泊,这个古怪的人!

"拦头的大伙计,你呢?你划了几年船?"

"我照老法子算今年三十一岁,在船上五年。在军队里也五年,我是个逃兵,七月里才从贵州开小差回来的!"

这水手结实硬朗处,倒真配作一个兵。那分粗野爽朗处也很像个兵。掌舵的水手人老了,眼睛发花,已不能如年青人那么手脚灵便,小水手年龄又太小了一点,一切事皆不在行,全船最重要的人物就是他。昨天小船上滩,小水手换篙较慢,被篙子弹入急流里去时,他却一手支持篙子,还能一手把那个小水手捞住,援助上船。上了船后那小子又惊又气,全身湿淋淋的,抱定桅子荷荷大哭。他一面笑骂着种种野话,一面却赶快脱了棉衣单裤给小水手替换。在这小船上他一个人脾气似乎特别大,但可爱处也就似乎特别多。

想起小水手掉到水中被援起以后的样子,以及那个年纪大一点的脱下了裤子给他掉换,光着个下身在空气里弄船的神气,这心中充满了不可言说的感情。我向小水手带笑说:"小伙计,你呢?"

那个拦头的水手就笑着说:"他吗?只会吃只会哭,作错了事骂两句,还会说点蠢话:'你欺侮我,我用刀子同你拼命!'拿你刀子来切我的××,老子还不见过刀子,怕你!"

小水手说:"老子哭你也管不着!"

拦头的水手说:"不管你你还会有命!落了水爬起来,有什么可哭?我不脱下衣来,先生不把你毯子,不冷死你!十五六岁了的人,命好早×出了孩子,动不动就哭,不害羞!"

正说着,邻船上有水手很快乐的用女人窄嗓子唱起曲子,晃着一个火把,上了岸,往半山吊脚楼取乐去了。

我说:"大伙计,你是不是也想上岸去玩玩?要去就去,我这里有的是零钱。要几角钱?你太累了,我请客!"

掌舵的老水手听说我请客,赶忙在旁打边鼓儿说:"七老,你去,先生请客你就去,两吊钱先生出得起!"

他妩媚的咕咕笑着。我知道那是什么意思,就取了值四吊钱的五角钞票递给他。小水手笑乐着为他把作火炬的废绳燃好。于是推开了篷,这个人就被两个水手推上了岸,也摇晃着个火把,爬上高坎到吊脚楼地方取乐去了。

人走去后,掌舵的水手方把这个人的身世为我详细说出来。原来这个人的履历上,还有十一个月土匪的经验应当添注上去。这个人大白天一面弄船一面吼着说:"老子要死了,老子要作土匪去了。"种种独白的理由,我方完全明白了。

我心中以为这个人既到了河街吊脚楼,若不是同那些宽脸大奶子女人在床上去胡闹,必又坐到火炉边,夹杂在一群划船人中间向火,嚼花生或剥酸柚子吃。那河街照例有屠户,有油盐店,有烟馆,有小客店,还有许多妇人提起竹篾织就的圆烘笼烤手,一见到年青水手就作眉作眼。还有妇女年纪大些的,鼻梁根扯得通红,太阳穴贴上了膏药,作丑事毫不以为可羞。看中了某一个结实年青的水手时,只要那水手不讨厌她,还会提了家养母鸡送给水手!那些水手胡闹到半夜里回到船上,把缚着脚的母鸡,向舱里同伴热被上抛去,一些在睡梦里被惊醒的同伴,就会喃喃的骂着:"溜子,溜子,你一条××换一只母鸡,老子明早天一亮用刀割了你!"于是各个臭被一角皆起了咕咕的笑声。……

我还正在那个拦头水手行为上,思索到一个可笑的问题,不知道他那么上岸去,由他说来,究竟得到了些什么好处,可是他却出我意料以外,上岸不久又下了河,回到小船上来了,小船上掌艄水手正点了个小油灯,薄薄灯光照着那水手的快乐脸孔。掌艄的向他说:

"七老,怎么的,你就回来了,不同婊子过夜!"

小水手也向他说了一句野话,那小子只把头摇着且微笑着,赶忙解下了他那根腰带。原来他棉袄里藏了一大堆橘子,腰带一解,橘子便在舱板上各处滚去。问他为什么得了那么多橘子,方知道他虽上岸,却并不胡闹,只到河街上打了个转,在一个小铺子里坐了一会儿,见有橘子卖,知道我欢喜吃橘子,就把钱全买了橘子带回来了。

我见着他那很有意思的微笑,我知道他这时所作的事,对于他自己感觉如何愉快,我便笑将起来,不说什么了。四个人剥橘子吃时,我要他告给我十一个月作土匪的生活,有些什么可说的事情,让我听听。他就一直把他的故事说到十二点钟。我真像读了一本内容十分新奇的教科书。

天气如所希望的终于放晴了,我同这几个水手在这只小船上已经过了十二个日子。

天既放晴后,小船快要到目的地时,坐在船舱中一角,瞻望澄碧无尽的长流,使我发生无限感慨。十六年以前,河岸两旁黛色庞大石头上,依然是在这样晴朗冬天里,有野莺与画眉鸟从山谷中竹篁里飞出来,在石头上晒太阳,悠然自得的哼唱悦耳的曲子,直到有船近身时,又方始一齐向竹林中飞去。十六年来竹林里的鸟雀,那分从容处,犹如往日一个样子,水面划船人

愚蠢朴质勇敢耐劳处，也还相去不远。但这个民族，在这一堆长长日子里，为内战，毒物，饥馑，水灾，如何向堕落与灭亡大路走去。一切人生活习惯，又如何在巨大压力下失去了它原来的纯朴型范，形成一种难于设想的模式！

　　小船到达我水行的终点浦市时，约在下午四点钟左右。这个经过昔日的繁荣而衰败了多年的码头，三十年前是这个地方繁荣达到顶点的时代。十五年前地方业已大大衰落，那时节沿河长街的油坊，尚常有三两千新油篓晒在太阳下，沿河七个用青石作成的码头，有一半还停泊了结实高大四橹五舱运油船。此外船只多从下游运来淮盐，布匹，花纱，以及川黔边区所需的洋广杂货。川黔边境由旱路运来的朱砂，水银，苎麻，五倍子，莫不在此交货转载。木材浮江而下时，常常半个河面皆是那种大木筏。本地市面则出炮仗，出印花布，出肥人，出肥猪。河面既异常宽平，码头又特别干净整齐，虽从那些大商号里，寺庙里，都可见出这个商埠在日趋于衰颓，然而一个旅行者来到此地时，一切规模总仍然可得到一个极其动人的印象！街市尽头河下游为一长潭，河上游为一小滩，每当黄昏薄暮，落日沉入大地，天上暮云为落日余晖所烘炙，剩余一片深紫时，大帮货船从上而下，摇船人泊船近岸，在充满了薄雾的河面，浮荡的催橹歌声，又正是一种如何壮丽稀有的歌声！

　　如今小船到了这个地方后，看看沿河各码头，早已破烂不堪。小船泊定的一个码头，一共有十二只船，除了有一只船载运了方柱形毛铁，一只船载辰溪烟煤，正在那里发签起货外，其他船只似乎已停泊了多日，无货可载。有七只船还在小桅上或竹篙上，悬了一个用竹缆编成的圆圈，作为"此船出卖"的标志。

　　小船上掌艄水手同拦头水手全上岸去了，只留下小水手守船，我想乘天气还不曾断黑，到长街上去看看这一切衰败了的地方，是不是商店中还能有个把肥胖子。一到街口却碰着了那两个水手，正同个骨瘦如柴的长人在一个商店门前相骂。问问旁人是什么事情，方知道这长子原来是个屠户，争吵的原因只是对于所买的货物分量轻重有所争持。看到他们那么气急败坏大声吵骂无个了结，我就不再走过去了。

　　下船时，我一个人坐在那小小船只空舱里让黄昏来临，心中只想着一件古怪事情：

　　"浦市地方屠户也那么瘦了，是谁的责任？希望到这个地面上，还有一群精悍结实的青年，来驾驭钢铁征服自然，这责任应当归谁？"一时自然不会得到任何结论。

箱子岩

十五年以前,我有机会独坐一只小篷船,沿辰河上行,停船在箱子岩脚下。一列青黛崭削的石壁,夹江高矗,被夕阳烘炙成为一个五彩屏障。石壁半腰约百米高的石缝中,有古代巢居者的遗迹,石罅隙间横横的悬撑起无数巨大横梁,暗红色长方形大木柜尚依然好好的搁在木梁上。岩壁断折缺口处,看得见人家茅棚同水码头,上岸喝酒下船过渡人也得从这缺口通过。那一天正是五月十五,河中人过大端阳节①。箱子岩洞窟中最美丽的三只龙船,早被乡下人拖出浮在水面上。船只狭而长,船舷描绘有朱红线条,全船坐满了青年桨手,头腰各缠红布。鼓声起处,船便如一支没羽箭,在平静无波的长潭中来去如飞。河身大约一里路宽,两岸皆有人看船,大声呐喊助兴。且有好事者,从后山爬到悬岩顶上去,把"铺地锦"百子边炮从高岩上抛下,尽边炮在半空中爆裂,形成一团团五彩碎纸云尘,砰砰砰砰的边炮声与水面船中锣鼓声相应和。引起人对于历史回溯发生一种幻想,一点感慨。

当时我心想:多古怪的一切!两千年前那个楚国逐臣屈原,若本身不被放逐,疯疯癫癫来到这种充满了奇异光彩的地方,目击身经这些惊心动魄的景物,两千年来的读书人,或许就没有福分读《九歌》那类文章,中国文学史也就不会如现在的样子了。在这一段长长岁月中,世界上多少民族皆堕落了,

---

① 农历五月十五为大端阳节。

衰老了，灭亡了。即如号称东亚大国的一片土地，也已经有过多少次被来自西北方沙漠中的蛮族，骑了膘壮的马匹，手持强弓硬弩，长枪大戟，到处践踏蹂躏！（辛亥革命前夕，在这苗蛮杂处的一个边镇上，向土民最后一次大规模施行杀戮的统治者，就是一个北方清朝的宗室！辛亥以后，老袁梦想作皇帝时，又有两师北老在这里和滇军作战了大半年）然而这地方的一切，虽在历史中照样发生不断的杀戮，争夺，以及一到改朝换代时，派人民担负种种不幸命运，死的因此死去，活的被逼迫留发，剪发，在生活上受新朝代种种限制与支配。然而细细一想，这些人根本上又似乎与历史毫无关系。从他们应付生存的方法与排泄感情的娱乐看上来，竟好像今古相同，不分彼此。这时节我所眼见的光景，或许就和两千年前屈原所见的完全一样。

那次我的小船停泊在箱子岩石壁下，附近还有十来只小渔船，大致打渔人也在玩龙船竞渡的，所以渔船上妇女小孩们，无不十分兴奋，各站在尾梢上或船篷上锐声呼喊。其中有几个小孩子，我只担心他们太快乐兴奋，会把住家的小船跳沉。

日头落尽云影尢光时，两岸渐渐消失在温柔暮色里。两岸看船人呼喝声越来越少，河面被一片紫雾笼罩，除了从锣鼓声中尚能辨别那些龙船方向，此外已别无所见。然而岩壁缺口处却人声嘈杂，且闻有小孩子哭声，有妇女们尖锐叫唤声，综合给人一种悠然不尽的感觉。天已经夜了，吃饭是正经事。我原先尚以为再等一会儿，那龙船一定就会傍近岩边来休息，被人拖进石窟里，在快乐呼喊中结束这个节日了。谁知过了许久，那种锣鼓声尚在河面飘扬着，表示一班人还不愿意离开小船，回转家中。待到我把晚饭吃过后，爬出舱外一望，呀，天上好一轮圆月。月光下石壁同河面，一切如镀了银，已完全变换了一种调子。岩壁缺口处水码头边，正有人用废竹缆或油柴燃着火燎，火光下只见许多穿白衣人的影子移动。问问船上水手，方知道那些人正把酒食搬移上船，预备分派给龙船上人。原来这些青年人白日里划了一整天船，看船的已慢慢散尽了，划船的还不尽兴，并且谁也不愿意扫兴示弱，先行上岸，因此三只长船还得在月光下玩个上半夜。

提起这件事，使我重新感到人类文字语言的贫俭。那一派声音，那一种情调，真不是用文字语言可以形容的事情。要一个长年身在城市里住下，以读读《楚辞》就"神王意移"的人，来描绘那月下竞舟的一切，更近于徒然的努力。我可以说的，只是自从我把这次水上所领略的印象保留到心上后，一切书本上的动人记载，全看得平平常常，不至于发生任何惊讶了。这正像我另外一时，看过人类许多不同花样的愚蠢杀戮，对于其余书上叙述到这件事情时，同样不能再给我如何感动。

十五年后我又有了机会乘坐小船沿辰河上行,应当经过箱子岩。我想温习温习那地方给我的印象,就要管船的不问迟早,把小船在箱子岩下停泊。这一天是十二月七号,快要过年的光景。没有太阳的阴沉酿雪天,气候异常寒冷。停船时还只下午三点钟左右,岩壁上藤萝草木叶子多已萎落,显得那一带班驳岩壁十分瘦削。悬岩高处红木柜,只剩下三四具,其余早不知到哪儿去了,小船最先泊在岩壁下洞窟边,冬天水落得太多,洞口已离水面两三丈以上。我从石壁裂罅爬上洞口,到搁龙船处看了一下,旧船已不知坏了还是早被水冲去了,只见有四只新船搁在石梁上,船头还贴有鸡血同鸡毛,一望就明白是今年方下水的。出得洞口时,见岩下左边泊定五只渔船,有几个老渔婆缩颈敛手在船头寒风中修补渔网。上船后觉得这样子太冷落了,可不是个办法,就又要船上水手为我把小船撑到岩壁断折处有人家地方去,就便上岸,看看乡下人过年以前是什么光景。

　　四点钟左右,黄昏已逐渐腐蚀了山峦与树石轮廓,占领了屋角隅。我独自坐在一家小饭铺柴火边烤火。我默默的望着那个火光煜煜的枯树根,在我脚边很快乐的燃着,爆炸出轻微的声音。铺子里人来来往往,有些说两句话又走了,有些就来镶在我身边长凳上,坐下吸他的旱烟。有些来烘烘脚,把穿着湿草鞋的脚去热灰里乱搅。看看每一个人的脸子,我都发生一种奇异的乡情。这里是一群会寻快乐的正直善良乡下人,有捕鱼的,打猎的,有船上水手和编制竹缆工人。若我的估计不错,那个坐在我身旁,伸出两只手向火,中指节有个放光顶针的,肯定还是一位乡村里的成衣人。这些人每到大端阳时节,都得下河去玩一整天的龙船。平常日子特别是隆冬严寒天气,却在这个地方,按照一种分定,很简单的把日子过下去。每日看过往船只摇橹扬帆来去,看落日同水鸟。虽然也同样有人事上的得失,到恩怨纠纷成一团时,就陆续发生庆贺或仇杀。然而从整个说来,这些人生活却仿佛同"自然"已相融合,很从容的各在那里尽其性命之理,与其他无生命物质一样,唯在日月升降寒暑交替中放射,分解。而且在这种过程中,人是如何渺小的东西,这些人比起世界上任何哲人,也似乎还更知道的多一些。

　　听他们谈了许久,我心中有点忧郁起来了。这些不辜负自然的人,与自然妥协,对历史毫无担负,活在这无人知道的地方;另外尚有一批人,与自然毫不妥协,想出种种方法来支配自然,违反自然的习惯,同样也那么尽寒暑交替,看日月升降。然而后者却在慢慢改变历史,创造历史。一份新的日月,行将消灭旧的一切。我们用什么方法,就可以使这些人心中感觉一种对"明天"的"惶恐",且放弃过去对自然和平的态度,重新来一股劲儿,用划龙船的精神活下去?这些人在娱乐上的狂热,就证明这种狂热能换个方向,就可使他们还配在世界上占据一片土地,活得更愉快更长久一些。不过有什

么办法，可以改造这些人的狂热到一件新的竞争方面去，可是个费思索的问题。

一个跛脚青年人，手中提了一个老虎牌新桅灯，灯罩光光的，洒着摇着从外面走进屋子。许多人见了他都同声叫唤起来："什长，你发财回来了！好个灯！"

那跛子年纪虽很轻，脸上却刻划了一种兵油子的油气与骄气，在乡下人中仿佛身份特高一层。把灯搁在木桌上，大洋洋的坐近火边来，拉开两腿摊出两只大手烘火，满不高兴的说："碰鬼，运气坏，什么都完了。"

"船上老八说你发了财，瞒我们。怕我们开借。"

"发了财，哼。用得着瞒你们？本钱去七角，桃源行市只一块零，除了上下开销，二百两货有什么捞头，我问你。"

这个人接着且连骂带唱的说起桃源后江娘儿们种种有趣的情形，使得一般人活泼兴奋起来。话说得正有兴味时，一个人来找他，说："什长，猪蹄膀炖好了，酒已热好了。"他搓搓手，说声"有偏各位"，提起那个新桅灯就走了。

原来这个青年汉子，是个打鱼人的独生子。三年前被省城里募兵委员看中了招去，训练了三个月，就开到江西边境去同共产党打仗。打了半年仗，一班兄弟中只剩下他一个人好好的活着，奉令调回后防招募新军补充时，他因此升了班长。第二次又训练三个月，再开到前线去打仗。于是碎了一只腿，抬回省中军医院诊治，照规矩这只腿得用锯子锯去。一群同乡都以为从辰州地方出来的家乡人，"辰州符"比截割高明得多了，信他个洋小法像话吗？就把他从医院中抢出，在外边用老办法找人敷水药治疗。说也古怪，不到三个月，那只腿居然不必截割全好了。战争是个什么东西他也明白了。取得了本营证明，领得了些伤兵抚恤费后，于是回到家乡来，用什长名义受同乡恭维，又用伤兵名义作点特别生意。这生意也就正是有人可以赚钱，有人可以犯法，政府也设局收税，也制定法律禁止，又可以杀头又可以发财那种从各方面说来都似乎极有出息的生意。我想弄明白那什长的年龄，从那个当地唯一成衣人口中，方知道这什长今年还只二十一岁。那成衣人还说："这小子看事有眼睛，作事有魄力，蹶了一只腿，还会一月一个来回下常德府，吃喝玩乐发财走好运。若两只腿全弄坏，那就更好了。"

有个水手插口说："这是什么话。"

"什么画，壁上挂。穷人打光棍，一只腿打坏了不顶事。如两只腿全打坏了，他就不会卖烟土走私赚了钱，再到桃源县后江玩花姑娘了！"

成衣人末后一句打趣话，把大家都弄笑了。

回船时，我一个人坐在灌满冷气的小小船舱中，屈指计算那什长年龄，

二十一岁减十五,得到个数目是六。我记起十五年前那个夜里一切光景,那落日返照,那狭长而描绘朱红线条的船只,那锣鼓与热情兴奋的呼喊,……尤其是临近几只小渔船上欢乐跳掷的小孩子,其中一定就有一个今晚我所见到的跛脚什长。唉,历史,多么古怪的事物。生恶性痈疽的人,照旧式治疗方法,可用一星一点毒药敷上,尽它溃烂,到溃烂净尽时,再用药物使新的肌肉生长,人也就恢复健康了。这跛脚什长,我对他的印象虽异常恶劣,想起他就是一个可以溃烂这乡村居民灵魂的人物,不由人不寄托一种幻想……

二十年前澧州镇守使王正雅部队一个平常马夫,姓贺名龙,兵乱时,一菜刀切下了一个散兵的头颅,二十年后就得惊动三省集中十万军队来解决这马夫。谁个人会注意这小小节目,谁个人想象得到人类历史是用什么写成的!

老伴

我平日想到泸溪县时，回忆中就浸透了摇船人催橹歌声，且被印象中一点儿小雨，仿佛把心也弄湿了。这地方在我生活史中占了一个位置，提起来真使我又痛苦又快乐。

泸溪县城界于辰州与浦市两地中间，上距浦市六十里，下达辰州也恰好六十里。四面是山，对河的高山逼近河边，壁立拔峰，河水在山峡中流去。县城位置在洞河与沅水汇流处，小河泊船贴近城边，大河泊船去城约三分之一里。（洞河通称小河，沅水通称大河）洞河来源远在苗乡，河口长年停泊了五十只左右小小黑色洞河船。弄船者有短小精悍的花帕苗，头包格子花帕，腰围短裙子。有白面秀气的所里人，说话时温文尔雅，一张口又善于唱歌。洞河既水急山高，河身转折极多，上行船到此已不适宜于借风使帆。凡入洞河的船只，到了此地，便把风帆约成一束，作上个特别记号，寄存于城中店铺里去，等待载货下行时，再来取用。由辰州开行的沅水商船，六十里为一大站，停靠泸溪为必然的事。浦市下行船若预定当天赶不到辰州，也多在此过夜。然而上下两个大码头把生意全已抢去，每天虽有若干船只到此停泊，小城中商业却清淡异常。沿大河一方面，一个稍稍像样的青石码头也没有。船只停靠都得在泥滩与泥堤下，落了小雨，上岸下船不知要滑倒多少人！

十七年前的七月里，我带了"投笔从戎"的味儿，在一个"龙头大哥"兼"保安司令"的带领下，随同八百乡亲，乘了从高

村抓封得到的三十来只大小船舶，浮江而下，来到了这个地方。靠岸停泊时正当傍晚，紫绛山头为落日镀上一层金色，乳色薄雾在河面流动。船只拢岸时摇船人照例促橹长歌，那歌声揉合了庄严与瑰丽，在当前景象中，真是一曲不可形容的音乐。

第二天，大队船只全向下游开拔去了，抛下了三只小船不曾移动。两只小船装的是旧棉军服，另一只小船，却装了十三名补充兵，全船中人年龄最大的一个十九岁，极小的一个十三岁。

十三个人在船上实在太挤了。船既不开动，天气又正热，挤在船上也会中暑发痧。因此许多人白日里尽光身泡在长河清流中，到了夜里，便爬上泥堤去睡觉。一群小子身上全是空无所有，只从城边船户人家讨来一大捆稻草，各自扎了一个草枕，在泥堤上仰面躺了五个夜晚。

这件事对于我个人不是一个坏经验。躺在尚有些微余热的泥土上，身贴大地，仰面向天，看尾部闪放宝蓝色光辉的萤火虫匆匆促促飞过头顶。沿河是细碎人语声，蒲扇拍打声，与烟杆剥剥的敲着船舷声。半夜后天空有流星曳了长长的光明下坠。滩声长流，如对历史有所陈诉埋怨。这一种夜景，实在是我终身不能忘掉的夜景！

到后落雨了，各人竟上了小船。白日太长，无法排遣，各自赤了双脚，冒着小雨，从烂泥里走进县城街上去观光。大街头江西人经营的布铺，铺柜中坐了白发皤然老妇人，庄严沉默如一尊古佛，大老板无事可作，只腆着个肚皮，叉着两手，把脚拉开成为八字，站在门限边对街上檐溜出神。窄巷里石板砌成的行人道上，小孩子扛了大而朴质的雨伞，响着寂寞的钉鞋声。待到回船时，各人身上业已湿透，就各自把衣服从身上脱下，站在船头相互帮忙拧去雨水。天夜了，便满船是呛人的油气与柴烟。

在十三个伙伴中我有两个极要好的朋友。其中一个是我的同宗兄弟，名叫沈万林。年纪顶大，与那个在常德府开旅馆头戴水獭皮帽子的朋友，原本同在一个中营游击衙门里服务当差，终日栽花养金鱼，事情倒也从容悠闲。只是和上面管事头目合不来，忽然对职务厌烦起来，把管他的头目痛打了一顿，自己也被打了一顿，因此就与我们作了同伴。其次是那个年纪顶年青的，名字就叫"开明"，一个赵姓成衣人的独生子，为人伶俐勇敢，稀有少见。家中虽盼望他能承继先人之业，他却梦想作个上尉副官，头戴金边帽子，斜斜佩上条红色值星带，站在副官处台阶上骂差弁，以为十分神气。因此同家中吵闹了一次，负气出了门。这小孩子年纪虽小，心可不小！同我们到县城街上转了三次，就看中了一个绒线铺的和他年龄差不多的女孩子，问我借钱向那女孩子买了三次白棉线草鞋带子。他虽买了不少带子，那时节其实连一双多余的草鞋都没有，把带子买得同我们回转船上时，他且说："将来若作了副官,当天赌咒,一定要回来讨那女孩子作媳妇。"那女孩子名叫"××",我写"边城"故事时,弄渡船的外孙女,明慧温柔的品性,就从那绒线铺小女孩印象而来。我们各人对于这女孩子印象似乎都极好,不过当时却只有他一个人特别勇敢天真,好意思把那一点糊涂希望说出口来。

日子过去了三年,我那十三个同伴,有三个人由驻防地的辰州请假回家去,走到泸溪县境驿路上,出了意外的事情,各被土匪砍了二十余刀,流一滩血倒在大路旁死掉了。死去的三人中,有一个就是我那同宗兄弟。我因此得到了暂时还家的机会。

那时节军队正预备从鄂西开过四川就食,部队中好些年青人一律被遣送回籍。那保安司令官意思就在让各人的父母负点儿责:以为一切是命的,不妨打发小孩子再归营报到,担心小孩子生死的,自然就不必再来了。我于是和那个伙伴并其他二十多个年青人,一同挤在一只小船中,还了家乡。小船上行到泸溪县停泊时,虽已黑夜,两人还进城去拍打那人家的店门,从那个女孩手中买了一次白带子。

到家不久,这小子大约不忘却作副官的好处,借故说假期已满,同成衣人爸爸又大吵了一架,偷了些钱,独自走下辰州了。我因家中无事可作,不辞危险也坐船下了辰州。我到得辰州老参将衙门报到时,方知道本军部队四千人,业已于四天前全部开拔过四川,所有相熟伙伴完全走尽了。我们已不能过四川,改成为留守处人员。留守处只剩下一个上尉军需官,一个老年上校副官长,一个跛脚中校副官,以及两班新刷下来的老弱兵士。开明被派作勤务兵,我的职务为司书生,两人皆在留守处继续供职。两人既受那个副官长管辖,老军官见我们终日坐在衙门里梧桐树下唱山歌,以为我们应找点正经事作作,就想出个巧办法,派遣两人到附近城外荷塘里去为他钓蛤蟆。两人一面钓蛤蟆一面谈天,我方知道他下行时居然又到那绒线铺买了一次带子。我们把蛤蟆从水荡中钓来,剥了皮洗刷得干干净净后,用麻线捆着那东西小脚,成串提转衙门时,老军官就加上作料,把一半熏了下酒,剩下一半还托同乡带回家中去给老太太享受。我们这种工作一直延长到秋天,才换了另外一种。

过了约一年,有一天,川边来了个特急电报:部队集中驻扎在湖北边上来凤小县城里,正预备拉夫派捐回湘,忽然当地切齿发狂的平民,受当地神兵煽动,秘密约定由神兵带头打先锋,发生了民变,各自拿了菜刀、镰刀、撇麻砍柴刀,大清早分头猛扑各个驻军庙宇和祠堂来同军队作战。四千军队在措手不及情形中,一早上就放翻了三千左右。总部中除那个保安司令官同一个副官侥幸脱逃外,其余所有高级官佐职员全被民兵砍倒了。(事后闻平民死去约七千,半年内小城中随处还可发现白骨)这通电报在我命运上有

了个转机,过不久,我就领了三个月遣散费,离开辰州,走到出产香草香花的芷江县,每天拿了个紫色木戳,过各屠桌边验猪羊税去了。所有八个伙伴已在川边死去,至于那个同买带子同钓蛤蟆的朋友呢,消息当然从此也就断绝了。

整整过去十七年后,我的小船又在落日黄昏中,到了这个地方停靠下来。冬天水落了些,河水去堤岸已显得很远,裸露出一大片干枯泥滩。长堤上有枯苇刷刷作响,阴背地方还可看到些白色残雪。

石头城恰当日落一方,雉堞与城楼皆为夕阳落处的黄天衬出明明朗朗的轮廓。每一个山头仍然镀上了金,满河是橹歌浮动,(就是那使我灵魂轻举永远赞美不尽的歌声!)我站在船头,思索到一件旧事,追忆及几个旧人。黄昏来临,开始占领了整个空间。远近船只全只剩下一些模糊轮廓,长堤上有一堆一堆人影子移动。邻近船上炒菜落锅声音与小孩哭声杂然并陈。忽然间,城门边响了一声卖糖人的小锣,铛……

一双发光乌黑的眼珠,一条直直的鼻子,一张小口,从那一槌小锣声中重现出来。我忘了这份长长岁月在人事上所发生的变化,恰同小说书本上角色一样,怀了不可形容的童心,上了堤岸进了城。城中接瓦连椽的小小房子,以及住在这小房子里的人民,我似乎与他们都十分相熟。时间虽已过了十七年,我还能认识城中的道路,辨别城中的气味。

我居然没有错误,不久就走到了那绒线铺门前了。恰好有个船上人来买棉线,当他推门进去时,我紧跟着进了那个铺子。有这样希奇的事情吗?我见到的不正是那个女孩吗?我真惊讶得说不出话来。十七年前那小女孩就成天站在铺柜里一垛棉纱边,两手反复交换动作挽她的棉线,目前我所见到的,还是那么一个样子。难道我如浮士德一样,当真回到了那个"过去"了吗?我认识那眼睛,鼻子,和薄薄的小嘴。我毫不含糊,敢肯定现在的这一个就是当年的那一个。

"要什么呀?"就是那声音,也似乎与我极其熟习。

我指定悬在钩上一束白色东西,"我要那个!"

如今真轮到我这老军务来购买系草鞋的白棉纱带子了!当那女孩子站在一个小凳子上,去为我取钩上货物时,铺柜里火盆中有茶壶沸水声音,某一处有人吸烟声音。女孩子辫发上缠的是一绺白绒线,我心想:"死了爸爸还是死了妈妈?"火盆边茶水沸了起来,小槅扇门后面有个男子哑声说话:

"小翠,小翠,水开了,你怎么的?"女孩子虽已即刻很轻捷灵便的跳下凳子,把水罐挪开,那男子却仍然走出来了。

真没有再使我惊讶的事了,在黄晕晕的煤油灯光下,我原来又见到了那成衣人的独生子,这人简直可说是一个老人。很显然的,时间同鸦片烟已毁

了他。但不管时间同鸦片烟在这男子脸上刻下了什么记号,我还是一眼就认定这人便是那一再来到这铺子里购买带子的赵开明。从他那点神气看来,却决猜不出面前的主顾,正是同他钓蛤蟆的老伴。这人虽作不成副官,另一糊涂希望可终究被他达到了。我憬然觉悟他与这一家人的关系,且明白那个似乎永远年青的女孩子是谁的儿女了。我被"时间"意识猛烈的捆了一巴掌,摩摩我的面颊,一句话不说,静静的站在那儿看两父女度量带子,验看点数我给他的钱。完事时,我想多停顿一会,又借故买点白糖。他们虽不卖白糖,老伴却十分热心出门为我向别一铺子把糖买来。他们那份安于现状的神气,使我觉得若用我身份惊动了他,就真是我的罪过。

我拿了那个小小包儿出城时,天已断黑,在泥堤上乱走。天上有一粒极大星子,闪耀着柔和悦目的光明。我瞅定这一粒星子,目不旁瞬。

"这星光从空间到地球据说就得三千年,阅历多些,它那么镇静有它的道理。我现在还只三十岁刚过头,能那么镇静吗?……"

我心中似乎极其混乱,我想我的混乱是不合理的。我的脚正踏到十七年前所躺卧的泥堤上,一颗心跳跃着,勉强按捺也不能约束自己。可是,过去的,有谁人能拦住不让它过去,又有谁能制止不许它再来?时间使我的心在各种变动人事上感受了点分量不同的压力,我得沉默,得忍受。再过十七年,安知道我不再到这小城中来?世界虽极广大,人可总像近于一种宿命,限制在一定范围内,经验到他的过去相熟的事情。

为了这再来的春天,我有点忧郁,有点寂寞。黑暗河面起了缥缈快乐的橹歌。河中心一只商船正想靠码头停泊,歌声在黑暗中流动,从歌声里我俨然彻悟了什么。我明白"我不应当翻阅历史,温习历史"。在历史前面,谁人能够不感惆怅?

但我这次回来为的是什么?自己询问自己,我笑了。我还愿意再活十七年,重来看看我能看到难于想象的一切。

虎雏再遇记

四年前我在上海时,曾经作过一次荒唐的打算,想把一个年龄只十四岁,生长在边陬僻壤,小豹子一般的乡下人,用最文明的方法试来造就他。虽事在当日,就经那小子的上司预言,以为我一切设计将等于白费,所有美好的设想,到头必不免落空,我却仍然不可动摇的按照计划作去。我把那小子放在身边,勒迫他读书,打量改造他的身体改造他的心,希望他在我教育下将来成个知识界伟人。谁知不到一个月,就出了意外事情,那理想中的伟人,在上海滩生事打坏了一个人,从此便失踪了。一切水得归到海里,小豹子也只宜于深山大泽方能发展他的生命。我明白闹出了乱子以后,他必有他的生路。对于这个人此后的消息,老实说,数年来我就不大再关心了。但每当我想及自己所作那件傻事时,总不免为自己的傻处发笑。

这次湘行到达辰州地方后,我第一个见到的就是那只小豹子。除了手脚身个子长大了一些,眉眼还是那么有精神,有野性。见他时,我真是又惊又喜。当他把我从一间放满了兰草与茉莉的花房里引过,走进我哥哥住的一间大房里去,安置我在火盆边大柚木椅上坐下时,我一开口就说:

"祖送,祖送,你还活在这儿,我以为你在上海早被人打死了!"

他有点害羞似的微笑了,一面为我倒茶一面却轻轻的说:

"打不死的,日晒雨淋吃小米苞谷长大的人,哪会轻易给人打死!"

我说:"我早知道你打不死,而且你还一定打死了人。我一切都知道。(说到这里时,我装成一切清清楚楚的神气)你逃了,我明白你是什么诡计。你为的是不愿意跟在我身边好好读书,只想落草为王,故意生事逃走。可是你害得我们多难受!那教你算学的长胡子先生,自从你失踪后,他在上海各处托人打听你,奔跑了三天,为你差点儿不累倒!"

"那山羊胡子先生找我吗?"

"什么,'山羊胡子先生'!"这字眼儿真用得不雅相,不斯文。被他那么一说,我预备要说的话也接不下去了。

可是我看看他那双大手以及右手腕上那个夹金表,就明白我如今正是同一个大兵说话,并不是同四年前那个"虎雏"说话了。我错了,得纠正自己。于是我模仿粗暴笑了一下,且学作军官们气魄向他说:

"我问你,你为什么打死人?怎么又逃了回来?不许瞒我一字,全为我好好说出来!"

他仍然很害羞似的微笑着,告给我那件事情的一切经过。旧事重提,显然在他这种人并不怎么习惯,因此不多久,他就把话改到目前一切来了。他告我上一个月在铜仁方面的战事,本军死了多少人。且告我乡下种种情形,家中种种情形。谈了大约一点钟,我那哥哥穿了他新作的宝蓝缎面银狐长袍,夹了一大卷京沪报纸,口中嘘嘘吹着奇异调门,从军官朋友家里谈论政治回来了,我们的谈话方始中断。

到我生长那个石头城苗乡里去,我的路程尚应当有四个日子,两天坐原来那只小船,两天还坐了小而简陋的山轿,走一段长长的山路。在船上虽一切陌生,我还可以用点钱使划船的人同我亲热起来。而且各个码头吊脚楼的风味,永远又使我感觉十分新鲜。至于这样严冬腊月,坐两整天的轿子,路上过关越卡,且得经过几处出过杀人流血案子的地方,第一个晚上,又必需在一个最坏的站头上歇脚,若没有熟人,可真有点儿麻烦了。吃晚饭时,我向我那个哥哥提议,借这个副爷送我一趟。因此第二天上路时,这小豹子就同我一起上了路。临行时哥哥别的不说,只嘱咐他"不许同人打架"。看那样子,就可知道"打架"还是这个年青人的快乐行径。

在船上我得了同他对面谈话的方便,方知道他原来八岁里就用石头从高处砸坏了一个比他大过五岁的敌人。上海那件事发生时,在他面前倒下的,算算已是第三个了。近四年来因为跟随我那上校弟弟驻防溆浦,派归特务连服务,于是在正当决斗情形中,倒在他面前的敌人数目比从前又增加了一倍。他年纪到如今只十八岁,就亲手放翻了六个敌人,而且照他说来,敌人全超过了他一大把年龄。好一个漂亮战士! 这小子大致因为还有点怕我,所以在我面前还装得怪斯文,一句野话不说,一点蛮气不露,单从那样子看来,我就不很相信他能同什么人动手,而且一动手必占上风。

船上他一切在行，篙桨皆能使用，作事时灵便敏捷，似乎比那个小水手还得力。船搁了浅，弄船人无法可想，各跳入急水中去扛船时，他也就把上下衣服脱得光光的，跳到水中去帮忙。（我得提一句，这是十二月！）

　　照风气，一个体面军官的随从，应有下列几样东西：一个奇异牌的手电灯，一枚金手表，一支盒子炮。且同上司一样，身上军服必异常整齐。手电灯用来照路，内地真少不了它。金手表则当军官发问："护兵，什么时候了？"就举起手看一看来回答。至于盒子炮，用处自然更多了。我那弟弟原是一个射击选手，每天出野外去，随时皆有目标拍的来那么一下。有时自己不动手，必命令勤务兵试试看。（他们每次出门至少得耗去半夹子弹）但这小豹子既跟在我身边，带枪上路除了惹祸可以说毫无用处。我既不必防人刺杀，同时也无意打人一枪，故临行时我不让他佩枪，且要他把军服换上一套爱国呢中山服。解除了武装，看样子，他已完全不像个军人，只近于一个好弄喜事的中学生了。

　　我不曾经提到过，我这次回来，原是翻阅一本用人事组成的历史吗？当他跳下水去扛船时，我记起四年前他在上海与我同住的情形。当时我曾假想他过四年后能入大学一年级。现在呢，这个人却正同船上水手一样，为了帮水手忙扛船不动，又湿淋淋的攀着船舷爬上了船，捏定篙子向急水中乱打，且笑嘻嘻的大声喊嚷。我在船舱里静静的望着他，我心想：幸好我那荒唐打算有了岔儿，既不曾把他的身体用学校锢定，也不曾把他的性灵用书本锢定。这人一定要这样发展才像个人！他目前一切，比起住在城里大学校的大学生，开运动会时在场子中呐喊吆喝两声，饭后打打球，开学日集合好事同学通力合作折磨折磨新学生，派头可来得大多了。

　　等到船已挪动水手皆上了船时，我喊他：

　　"祖送，祖送，唉唉，你不冷吗？快穿起你的衣来！"

　　他一面舞动手中那支篙子，一面却说：

　　"冷呀，我们在辰州前些日子还邀人泅过大河！"

　　到应吃午饭时，水手无空闲，船上烧水煮饭的事完全由他作。

　　把饭吃过后，想起临行时哥哥嘱咐他的话，要他详详细细的来告给我那一点把对手放翻时的"经验"，以及事前事后的"感想"。"故事"上半天已说过了，我要明白的只是那些故事对于他本人的"意义"。我在他那种叙述上，我敢说我当真学了一门希奇的功课。

　　他的坦白，他的口才，皆帮助我认识一个人一颗心在特殊环境下所有的式样。他虽一再犯罪却不应受何种惩罚。他并不比他的敌人强悍，只是能忍耐，知等待机会，且稍稍敏捷准确一点儿罢了。当他一个人被欺侮时，他并不即刻发动，他显得很老实，沉默，且常常和气的微笑。"大爷，你老哥要这样,还有什么话说吗?谁敢碰你老哥?请老哥海涵一点……"可是,一会儿,"小宝"飕的抽出来,或是一板凳一柴块打去,这"老哥"在措手不及情形中,哽了一声便被他弄翻了。完事后必需跑的自然就一跑,不管是税卡,是营上,或是修械厂,到一个新地方,住在棚里闲着,有什么就吃什么,不吃也饿得起,一见别人作事,就赶快帮忙去作,用勤快溜刷引起头目的注意。直到补了名字,因此把生活又放在一个新的境遇新的门路上当作赌注押去。这个人打去打来总不离开军队,一点生存勇气的来源却亏得他家祖父是个为国殉职的游击,"将门之子"的意识,使他到任何境遇里皆能支撑能忍受。他知道游击同团长名分差不多,他希望作团长。他记得一句格言:"万丈高楼平地起",他因此永远能用起码名分在军队里混。

对于这个人的性格我不希奇,因为这种性格从三厅屯垦军子弟中随处可以发现。我只希奇他的命运。

小船到辰河著名的"箱子岩"上游一点,河面起了风,小船拉起一面风帆,在长潭中溜去。我正同他谈及那老游击在台湾与日本人作战殉职的遗事,且劝他以后凡事忍耐一点,应把生命押在将来对外战争上,不宜于仅为小小事情轻生决斗。想要他明白私斗一则不算角色,二则妨碍事业。见他把头低下去,长长的叹了一口气,我以为所说的话有了点儿影响,心中觉得十分快乐。

经过一个江村时,有个跑差军人身穿军服斜背单刀正从一只方头渡船上过渡,一见我们的小船,装载极轻,走得很快,就喊我们停船,想搭便船上行。船上水手知道包船人的身份,就告给那军人,说不方便,不能停船。

赶差军人可不成,非要我们停船不可。说了些恐吓话,水手还是不理会。我正想告给水手要他收帆停船,让那个军人搭坐搭坐,谁知那军人性急火大,等不得停船,已大声辱骂起来了。小豹子原蹲在船舱里,这时方爬出去打招呼:

"弟兄,弟兄,对不起,请不要骂!我们船小,也得赶路。后面有船来,你搭后面那一只船吧。"

那一边看看船上是一个中学生样子人物,就说:

"什么对不起,赶快停停!掌舵的,你不停船我×你的娘,到码头时我要用刀杀你这狗杂种!"

那个掌艄人正因为风紧帆饱,一面把帆绳拉着,一面就轻轻的回骂:"你杀我个鸡公,我怕你!"

小豹子却仍然向那军人很和气说:"弟兄,弟兄,你不要骂人!全是出门人,不要开口就骂人!"

"我要骂人怎么样,我骂你,我就骂你,你个小狗崽子,你到码头等我!"

我担心这口舌,便喊叫他,"祖送!"

小豹子被那军人折辱了,似乎记起我的劝告,一句话不说,摇摇头,默然钻进了船舱里。只自言自语的说:"开口就骂人,不停船就用刀吓人,真丢我们军人的丑。"

那时节跑差军人已从渡船上了岸,还沿河追着我们的小船大骂。

我说:"祖送,你同他说明白一下好些,他有公事我们有私事,同是队伍里的人,请他莫骂我们,莫追我们。"

"不讲道理让他去,不管他。他疑心这小船上有女人,以为我们怕他!"

小船挂帆走风,到底比岸上人快一些,一会儿,转过山岨时,那个军人就落后了。

小船停到××时,水手全上岸买菜去了,小豹子也上岸买菜去了,各人去了许久。方回来,把晚饭吃过后,三个水手又说得上岸有点事,想离开船,小豹子说:

"你们怕那个横蛮兵士找来,怕什么?不要走,一切有我!这是大码头,有我们部队驻扎到这里,凡事得讲个道理!"

几个船上人虽分辩,仍然一同匆匆上岸去了。

到了半夜水手们还不回来睡觉,我有点儿担心,小豹子只是笑。我说:"几个人会被那横蛮军人打了,祖送,你上去找找看!"

他好像很有把握笑着说:"让他们去,莫理他们。他们上烟馆同大脚妇人吃荤烟去了,不会挨打。"

"我担心你同那兵士打架,惹了祸真麻烦我。"

他不说什么,只把手电灯照他手上的金表,大约因为表停了,轻轻的骂了两句野话。待到三个水手回转船上时,已半夜过了。

第二天一早,天还未大明,船还不开头,小豹子就在被中咕喽咕喽笑。我问他笑些什么,他说:

"我夜里作梦,居然被那横蛮军人打了一顿。"

我说:"梦由心造,明明白白是你昨天日里想打他,所以作梦就挨打。"

那小豹子睡眠迷矇的说:"不是日里想打他,只是昨天煞黑时当真打了那家伙一顿!"

"当真吗?你不听我话,又闹乱子打架了吗?"

"哪里哪里,我不说同谁打什么架!"

"你自己承认的,我面前可说谎不得!你说谎我不要你跟我。"

他知道他露了口风,把话说走,就不再作声了,咕咕笑将起来。原来昨天上岸买菜时,他就在一个客店里找着了那军人,把那军人嘴巴打歪,并且差一点儿把那军人膀子也弄断了。我方明白他昨天上岸买菜去了许久的理由。

滕回生堂今昔

我六岁左右时害了疳疾,一张脸黄僵僵的,一出门身背后就有人喊"猴子猴子"。回过头去搜寻时,人家就咧着白牙齿向我发笑。扑拢去打吧,人多得很。装作不曾听见吧,那与本地人的品德不相称。我很羞愧,很生气。家中外祖母听从佣妇、挑水人、卖炭人与隔邻轿行老妇人出主意,于是轮流要我吃热灰里焙过时"偷油婆""使君子",吞雷打枣子木的炭粉,黄纸符烧纸的灰渣,诸如此类药物,另外还逼我诱我吃了许多古怪东西。我虽然把这些很希奇的丹方试了又试,蛔虫成绞成团的排出,病还是不得好,人还是不能够发胖。照习惯说来,凡为一切药物治不好的病,便同"命运"有关。家中有人想起了我的命运,当然不乐观。

关心我命运的父亲,特别请了一个卖卦算命土医生来为我推算流年,想法禳解命根上的灾星。这算命人把我生辰干支排定后,就向我父亲建议:

"大人,把少爷拜给一个吃四方饭的人作干儿子,每天要他吃习皮草蒸鸡肝,有半年包你病好。病不好,把我回生堂牌子甩了丢到大河潭里去!"

父亲既是个军人,毫不迟疑的回答说:

"好,就照你说的办。不用找别人,今天日子好,你留在这里喝酒,我们打了干亲家吧。"

两个爽快单纯的人既同在一处,我的命运便被他们派定了。

一个人若不明白我那地方的风俗,对于我父亲的慷慨处

会觉得希奇。其实这算命的当时若说："大人,把少爷拜寄给城外碉堡旁大冬青树吧。"我父亲还是会照办的。一株树或一片古怪石头,收容三五十个寄儿,照本地风俗习惯,原是件极平常的事情。且有人拜寄牛栏拜寄井水的,人神同处日子竟过得十分调和,毫无龃龉。

我那寄父除了算命卖卜以外,原来还是个出名草头医生,又是个拳棒家。尖嘴尖脸如猴子,一双黄眼睛炯炯放光,身材虽极矮小,实可谓心雄万夫。他把铺子开设在一城热闹中心的东门桥头上,字号名"滕回生堂"。那长桥两旁一共有二十四间铺子,其中四间正当桥垛墩,比较宽敞,许多年以前,他就占了有垛墩的一间。住处分前后两进,前面是药铺,后面住家。铺子中罗列有羚羊角、穿山甲、马蜂巢、猴头、虎骨、牛黄、马宝,无一不备。最多的还是那几百种草药,成束成把的草根木皮,堆积如山,一屋中也就长年为草药蒸发的香味所笼罩。

铺子里间房子窗口临河,可以俯瞰河里来回的柴炭船、米船、甘蔗船。河身下游约半里,有了转折,因此迎面对窗便是一座高山。那山头春夏之际作绿色,秋天作黄色,冬天则为烟雾包裹时作蓝色,为雪遮盖时只一片眩目白色。屋角隅陈列了各种武器,有青龙偃月刀、齐眉棍、连枷、钉耙。此外还有一个似桶非桶似盆非盆的东西,原来这是我那寄父年青时节习站功所用的宝贝。他学习拉弓,想把腿脚姿势弄好,每个晚上蜷伏到那木桶里去熬夜。想增加气力,每早从桶中爬出时还得吃一条黄鳝的鲜血。站了木桶两整年,吃了黄鳝数百条,临到应考时,却被一个习武的仇人摘发他身份不明,取消了考试资格。他因此赌气离开了家乡,来到武士荟萃的凤凰县卖卜行医。为人既爽直慷慨,且能喝酒划拳,极得人缘,生涯也就不恶。作了医生尚舍不得把那个木桶丢开,可想见他还不能对那宝贝忘情。

他家中有个太太,两个儿子。太太大约一年中有半年都把手从大袖筒缩到衣里去,藏了一个小火笼在衣里烘烤,眯着眼坐在药材中,简直是一只大猫。两个儿子大的学习料理铺子,小的上学读书。两老夫妇住在屋顶,两个儿子住在屋下层桥墩上。地方虽不宽绰,那里也用木板夹好,有小窗小门,不透风,光线且异常良好。桥墩尖劈形处,石罅里有一架老葡萄树,得天独厚,每年皆可结许多球葡萄。另外还有一些小瓦盆,种了牛膝、三七、铁钉台、隔山消等等草药。尤其古怪的是一种名为"罂粟"的草花,还是从云南带来的,开着艳丽炫目的红花,花谢后枝头缀绿色果子,果子里据说就有鸦片烟。

当时一城人谁也不见过这种东西,因此常常有人老远跑来参观。当地一个拔贡还作了两首七律诗,赞咏那个希奇少见的植物,把诗贴到回生堂武器陈列室板壁上。

桥墩离水面高约四丈,下游即为一潭,潭里多鲤鱼鳜鱼。两兄弟把长绳系个钓钩,挂上一片肉,夜里垂放到水中去,第二天拉起就常常可以得一尾大鱼。但我那寄父却不许他们如此钓鱼,以为那么取巧,不是一个男子汉所当为。虽然那么骂儿子,有时把钓来的鱼不问死活依然扔到河里去,有时也会把鱼煎好来款待客人。他常奖励两个儿子过教场去同兵将子弟寻衅打架,大儿子常常被人打得头破血流回来时,作父亲的一面为他敷那秘制药粉,一面就说:"不要紧,不要紧,三天就好了。你怎么不照我教你那个方法把那苗子放倒?"说时有点生气了,就在儿子额角上一弹,加上一点惩罚,看他那神气,就可明白站木桶考武秀才被屈,报仇雪耻的意识还存在。

我得了这样一个寄父,我的命运自然也就添了一个注脚,便是"吃药"了。我从他那儿大致尝了一百样以上的草药。假若我此后当真能够长生不老,一定便是那时吃药的结果。我倒应当感谢我那个命运,从一分吃药经验里,因此分别得出许多草药的味道、性质以及它们的形状。且引起了我此后对于辨别草木的兴味。其次是我吃了两年多鸡肝。这一堆药材同鸡肝,显然对于此后我的体质同性情都大有影响。

那桥上有洋广杂货店,有猪牛羊屠户案桌,有炮仗铺与成衣铺,有理发馆,有布号与盐号。我既有机会常常到回生堂去看病,也就可以同一切小铺子发生关系。我很满意那个桥头,那是一个社会的雏型,从那方面我明白了各种行业,认识了各样人物。凸了个大肚子胡须满腮的屠户,站在案桌边,扬起大斧"嚓"的一砍,把肉剁下后随便一称,就猛向人菜篮中掼去,"镇关西"式人物,那神气真够神气。平时以为这人一定极其凶横蛮霸,谁知他每天拿了猪脊髓到回生堂来喝酒时,竟是个异常和气的家伙!其余如剃头的、缝衣的,我同他们认识以后,看他们工作,听他们说些故事新闻,也无一不是很有意思。我在那儿真学了不少东西,知道了不少事情。所学所知比从私塾里得来的书本知识当然有趣得多,也有用得多。

那些铺子一到端午时节,就如我写《边城》故事那个情形,河下竞渡龙船,从桥洞下来回过身时,桥上有人用叉子挂了小百子边炮悬出吊脚楼,必必啪啪的响着。夏天河中涨了水,一看上游流下了一只空船,一匹牲畜,一段树木,这些小商人为了好义或好利的原因,必争着很勇敢的从窗口跃下,凫水去追赶那些东西。不管漂流多远,总得把那东西救出。关于救人的事,我那寄父总不落人后。

他只想亲手打一只老虎,但得不到机会。他说他会点血,但从不见他点过谁的血。一口典型的麻阳话,开口总给人一种明朗愉快的印象。

民国二十二年旧历十二月十九日,距我同那座大桥分别时将近十二年,我又回到了那个桥头了。这是我的故乡,我的学校,试想想,我当时心中怎

样激动！离城二十里外我就见着了那条小河。傍着小河溯流而上,沿河绵亘数里的竹林,发蓝叠翠的山峰,白白阳光下造纸坊与制糖坊,水磨与水车,这些东西皆使我感动得厉害！后来在一个石头碉堡下,我还看到一个穿号褂的团丁,送了个头裹孝布的青年妇人过身。那黑脸小嘴高鼻梁青年妇人,使我想起我写的《凤子》故事中角色。她没有开口唱歌,然而一看却知道这妇人的灵魂是用歌声喂养长大的。我已来到我故事中的空气里了,我有点儿痴。环境空气,我似乎十分熟悉,事实上一切都已十分陌生！

见大桥时约在下午两点左右,正是市面最热闹时节。我从一群苗人一群乡下人中拥挤上了大桥,各处搜寻没有发现"滕回生堂"牌号。回转家中我并不提起这件事。第二天一早,我得了出门的机会,就又跑到桥上去,排家注意,终于在桥头南端,被我发现了一家小铺子。铺子中堆满了各样杂货,货物中坐定了一个瘦小如猴干瘪瘪的中年人。从那双眯得极细的小眼睛,我记起了我那个干妈。这不是我那干哥哥是谁？

我冲近他身边时,那人就说：

"唉,你要什么？"

"我要问你一个人,你是不是松林？"

里间屋孩子哭起来了,顺眼望去,杂货堆里那个圆形大木桶里,正睡了一对大小相等仿佛孪生的孩子。我万万想不到圆木桶还有这种用处,我话也说不来了。

但到后我告给他我是谁,他把小眼睛愣着瞅了我许久,一切弄明白后,便慌张得只是搓手,赶忙让我坐到一捆麻上去。

"是你！是茂林！……""茂林"是我干爹为我起的名字。

我说："大哥,正是我！我回来了！老人家呢？"

"五年前早过世了！"

"嫂嫂呢！"

"六月里过去了！剩下两只小狗。"

"保林二哥呢？"

"他在辰州,你不见到他？他作了王村禁烟局长,有出息,讨了个乖巧屋里人,乡下买得三十亩田,作员外！"

我各处一看,卦桌不见了,横招不见了,触目全是草药。"你不算命了吗？"

"命在这个人手上,"他说地翘起一个大拇指。"这里人已没有命可算！"

"你不卖药了吗？"

"城里有四个官药铺,三个洋药铺。苗人都进了城,卖草药人多得很,生意不好作！"

他虽说不卖药了,小屋子里其实还有许多成束成捆的草药。而且恰好这时就有个兵士来买专治腹痛的"一点白",把药找出给人后,他只捏着那两枚当一百的铜元,向我呆呆的笑。大约来买药的也不多了,我来此给他开了一个利市。

他一面茫然的这样那样数着老话,一面还尽瞅着我。忽然发问:

"你从北平来南京来?"

"我在北平作事!"

"作什么事?在中央,在宣统皇帝手下?"

我就告诉他,既不在中央,也不是宣统手下。他只作成相信不过的神气,点着头,且极力退避到屋角隅去,俨然为了安全非如此不成。他心中一定有一个新名词作祟:"你可是个共产党?"他想问却不敢开口,他怕事。他只轻轻的自言自语说:"城内前年杀了两个,一刀一个。那个韩安世是韩老丙的儿子。"

有人来购买烟扦,他便指点人到对面铺子去买。我问他这桥上铺子为什么都改成了住家户。他就告我,这桥上一共有十家烟馆,十家烟馆里还有三家可以买黄吗啡。此外又还有五家卖烟具的杂货铺。

一出铺子到城边时,我就碰一个烟帮过身。两连护送兵各背了本地制最新半自动步枪,人马成一个长长队伍,共约三百二十余担黑货,全是从贵州来的。

我原来预备第二天过河边为这长桥摄一个影留个纪念,一看到桥墩,想起二十七年前那钵罂粟花,且同时想起目前那十家烟馆三家烟具店,这桥头的今昔情形,把我照相的勇气同兴味全失去了。

一九三四年十二月作

常德的船

常德就是武陵，陶潜的《搜神后记》上《桃花源记》说的渔人老家，应当摆在这个地方。德山在对河下游，离城市二十余里，可说是当地唯一的山。汽车也许停德山站，也许停县城对河另一站。汽车不必过河，车上人却不妨过河，看看这个城市的一切。地理书上告给人说这里是湘西一个大码头，是交换出口货与入口货的地方。桐油、木料、牛皮、猪肠子和猪鬃毛，烟草和水银，五倍子和鸦片烟，由川东、黔东、湘西各地用各色各样的船只装载到来，这些东西全得由这里转口，再运往长沙武汉的。子盐、花纱、布匹、洋货、煤油、药品、面粉、白糖，以及各种轻工业日用消耗品和必需品，又由下江轮驳运到，也得从这里改装，再用那些大小不一的船只，分别运往沅水各支流上游大小码头去卸货的。市上多的是各种庄号。各种庄号上的坐庄人，便在这种情形下成天如一个磨盘，一种机械，为职务来回忙。邮政局的包裹处，这种人进出最多。长途电话的营业处，这种坐庄人是最大主顾。酒席馆和妓女的生意，靠这种坐庄人来维持。

除了这种繁荣市面的商人，此外便是一些寄生于湖田的小地主，作过知县的小绅士，各县来的男女中学生，以及外省来的参加这个市面繁荣的掌柜、伙计、乌龟、王八。全市人口过十万，街道延长近十里，一个过路人到了这个城市中时，便会明白这个湘西的咽喉，真如所传闻，地方并不小。可是却想不到这咽喉除吐纳货物和原料以外，还有些什么东西。作这

种吐纳工作,责任大,工作忙,性质杂,又是些什么人。假若一旦没有了他们,这城市会不会忽然成为河边一个废墟？这种人照例触目可见,水上城里无一不可以碰头,却又最容易为旅行者所疏忽。我想说的是真正在控制这个咽喉,支配沅水流域的几万船户。

这个码头真正值得注意令人惊奇处,实也无过于船户和他所操纵的水上工具了。要认识湘西,不能不对他们先有一种认识。要欣赏湘西地方民族特殊性,船户是最有价值材料之一种。

一个旅行者理想中的武陵,渔船应当极多。到了这里一看,才知道水面各处是船只,可是却很不容易发现一只渔船。长河两岸浮泊的大小船只,外行人一眼看去,只觉得大同小异,事实上形制复杂不一,各有个性,代表了各个地方的个性。让我们从这方面来多知道一点,对于我们也许有些便利处。

船只最触目的三桅大方头船,这是个外来客,由长江越湖来的,运盐是它主要的职务。它大多数只到此为止,不会向沅水上游走去。普通人叫它作"盐船",名实相副。船家叫它作"大鳅鱼头",《金陀粹编》上载岳飞在洞庭湖水擒杨幺故事,这名字就见于记载了,名字虽俗,来源却很古。这种船只大多数是用乌油漆过,所以颜色多是黑的。这种船按季候行驶,因为要大水大风方能行动。杜甫诗上描绘的"洋洋万斛船,影若扬白虹",也许指的就是这种水上东西。

比这种盐船略小,有两桅或单桅,船身异常秀气,头尾突然收敛,令人入目起尖锐印象,全身是黑的,名叫"乌江子"。它的特长是不怕风浪,运粮食越湖。它是洞庭湖上的竞走选手。形体结构上的特点是桅高,帆大,深舱,锐头。盖舱篷比船身小,因为船舷外还有护舱板。弄船人同船只本身一样,一看很干净,秀气斯文。行船既靠风,上下行都使帆,所以帆多整齐。船上用的水手不多,仅有的水手会拉篷,摇橹,撑篙,不会荡桨,——这种船上便不常用桨。放空船时妇女还可代劳掌舵。这种船间或也沿河上溯,数目极少,船身材料薄,似不宜于冒险。这种船在沅水流域也算是外来客。

在沅水流域行驶,表现得富丽堂皇,气象不凡,可称为巨无霸的船只,应当数"洪江油船"。这种船多方头高尾,颜色鲜明,间或且有一点金漆装饰。尾梢有舵楼,可以安置家眷。大船下行可载三四千桶桐油,上行可载两千件棉花,或一票食盐。用橹手二十六人到四十人,用纤手三十人到六七十人。必待春水发后方上下行驶,路线系往返常德和洪江。每年水大至多上下三五回,其余大多时节都在休息中,成排结队停泊河面,俨然是河上的主人。船主照例是麻阳人,且照例姓滕,善交际,礼数清楚。常与大商号中人拜把子,攀亲家。行船时站在船后檀木舵把边,庄严中带点从容不迫神气,口中含了个竹马鞭短烟管,一面看水,一面吸烟。遇有身份的客人搭船,喝了一

杯酒后，便向客人一五一十叙述这只油船的历史，载过多少有势力的军人、阔佬，或名驰沅水流域的妓女。换言之，就是这只船与当地"历史"发生多少关系！这种船只上的一切东西，无一不巨大坚实。船主的装束在船上时看不出什么特别处，上岸时却穿长袍（下脚过膝三四寸），罩青羽绫马褂，戴呢帽或小缎帽，佩小牛皮抱肚，用粗大银链系定，内中塞满了银元。穿生牛皮靴子，走足时踏得很重。个子高高的，瘦瘦的。有一双大手，手上满是黄毛和青筋。会喝酒，打牌，且豪爽大方，吃花酒应酬时，大把银元钞票从抱肚掏出，毫不吝啬。水手多强壮勇敢，眉目精悍，善唱歌、泅水、打架、骂野话。下水时如一尾鱼，上岸接近妇人时像一只小公猪。白天弄船，晚上玩牌，同样作得极有兴致。船上人虽多，却各有所事，从不紊乱。舱面永远整洁如新。拔锚开头时，必擂鼓敲锣，在船头烧纸烧香，煮白肉祭神，燃放千子头鞭炮，表示人神和乐，共同帮忙，一路福星。在开船仪式与行船歌声中，使人想起两千年前《楚辞》发生的原因，现在还好好的保留下来，今古如一。

比洪江油船小些，形式仿佛也较笨拙些（一般船只用木板作成，这种船竟像用木柱作成），平头大尾，一望而知船身十分坚实，有斗拳师的神气，名叫"白河船"。白河即酉水的别名。这种船只即行驶于沅水由常德到沅陵一段，酉水由沅陵到保靖一段。酉水滩流极险，船只必经得起磕撞。船只必载重方能压浪，因此尾部如臀，大而圆。下行时在船头缚大木桡一两把。木桡的用处是船只下滩，转头时比舵切于实际。照水上人俗谚说："三桨不如一篙，三橹不如一桡。"桡读作招。酉水浅而急，不常用橹，篙桨用处多，因此篙多特别长大，桨较粗硕，肥而短。船篷用棕子叶编成，不涂油。船主多永顺保靖人，姓向姓王姓彭占多数。酉水河床窄，滩流多，为应付自然，弄船人所需要的勇敢能耐也较多。行船时常用相互诅骂代替共同唱歌，为的是受自然限制较多，脾气比较坏一点。酉水是传说中古代藏书洞穴所在地，多的是高大宏敞充满神秘的洞穴。由沅陵起到酉阳止，沿酉水流域的每个县分总有几个洞穴。可是如沅陵的大酉洞，二酉洞，保靖的狮子洞，酉阳的龙洞，这些洞穴纵有书籍也早已腐烂了。到如今这条河流最多的书应当是宝庆纸客贩卖的石印本历书，每一条船上照例都有一本"皇历"。船家禁忌多，历书是他们行动的宝贝。河水既容易出事情，个人想减轻责任，因此凡事都俨然有天作主，由天处理，照书行事，比较心安，也少纠纷，船只出事时有所借口。酉水流域每个县分的船只，在形式上又各不相同，不过这些小船不出白河，在常德能看到的白河油船，形体差不多全是一样。

沅水中部的辰溪县，出白石灰和黑煤，运载这两种东西的本地船叫作"辰溪船"，又名"广舶子"。它的特点和上述两种船只比较起来，显得材料脆薄而缺少个性。船身多是浅黑色，形状如土布机上的梭子，款式都不怎么高

明。下行多满载一些不值钱的货,上行因无回头货便时常放空。船身脏,所运货又少时间性,满载下驶,危险性多,搭客不欢迎,因之弄船人对于清洁、时间就不甚关心。这种船上的席篷照例是不大完整的,布帆是破破碎碎的,给人印象如一个破落户。弄船人因闲而懒,精神多显得萎靡不振。

洞河(即泸溪)发源于乾城苗乡大小龙洞,和凤凰苗乡乌巢河,两条小河在乾城县的所里市相汇。向东流,到泸溪县,方和沅水同流,在这条河里的船就叫"洞河船"。河源主流由苗乡梨林地方两个洞穴中流出,河床是乱石底子,所以水特别清,水性特别猛。船身必需从撞磕中挣扎,河身既小,船身也较轻巧。船舷低而平,船头窄窄的。在这种船上水手中,我们可以发现苗人。不过见着他时我们不会对他有何惊奇,他也不会对我们有何惊奇。这种人一切和别的水上人都差不多,所不同处,不过是他那点儿老实、忠厚、纯朴、戆直性情——原人的性情,因为住在山中,比城市人保存得多点罢了。乾城人极聪明文雅,小手小脚小身材,唱山歌时嗓子非常好听,到码头边时,可特别沉默安静。船只太小了,不常有机会到这大码头边靠船。这种船停泊在河面时似乎很羞怯,正如水手们上街时一样羞怯。

乾城用所里作本县吐纳货物的水码头。地方虽不大,小小石头城却很整齐干净,且出了几个近三十年来历史上有名姓的人物。段祺瑞时代的陆军总长傅良佐将军,是生长在这个小县城里的。东北军宿将,国内当前军人中称战术权威的杨安铭将军,也是这地方人。

在河上显得极活动,极有生气,而且数量极多的,是普通的中型"麻阳船"。这种船头尾高举,秀拔而灵便。这种船只的出处是麻阳河(即辰溪)。每只船上都可见到妇人、孩子、童养媳。弄船人·面担负商人委托的事务,一面还担负上帝派定的工作,两方面都异常称职。沅水流域的转运事业,大多数由这地方人支配,人口繁荣的结果,且因此在常德城外多了一条麻阳街。"一切成功都必需争斗",这原则也可用作麻阳街的说明。据传说,这条街是个姓滕的水手滕老九双拳打出来的。我们若有兴趣特意到那条街上走走,可知道开小铺子的,作理发店生意的,卖船上家伙的,经营不用本钱最古职业的,全是麻阳乡亲,我们就会明白,原来参加这种争斗,每人都有一份。麻阳人的精力绝伦处,或者与地方出产有点关系。麻阳出各种橘子,糯米也极好,作甜酒特别相宜。人口加多,船只也越来越多,因此沅水水面的世界,一大半是麻阳人占有的。大凡船只停靠处,都有叫乡亲的麻阳人。乡亲所得的便利极多,平常外乡人,坐船时于是都叫麻阳人作"乡亲"。乡亲的特点是面目精悍而性情快乐,作水手的都能吃,能作,能喝,能打架。船主上岸时必装扮成为一个小乡绅,如驾洪江油船的大老板一样穿袍穿褂,着生牛皮盘云长统钉靴,戴有皮封耳的毡帽或博士帽,手指套上分量沉重的金戒指,皮

抱肚里装上许多大洋钱,短烟管上悬个老虎爪子,一端还镶包一片镂花银皮。见人就请教仙乡何处,贵府贵姓。本人大多数姓滕,名字"代富""宜贵"。对三十年来的本省政治,比起任何地方船主都熟习,都关心。欢喜讲礼教,臧否人物,且善于称引经典格言和当地俗谚,作为谈天时章本。恭维客人时必从恭维上增多一点收入,被客人恭维时便称客人为"知己",笑嘻嘻的请客人喝苞谷子酒。妇女在船上不特对于行船毫无妨碍,且常常是一个好帮手。妇女多壮实能干,大脚大手,善于生男育女。

麻阳人中另外还有一双值得称赞的手,在湘西近百年实无匹敌,在国内也是一个少见的艺术家,是塑像师张秋潭那双手,小件艺术品多在烟盘边靠灯时用烟签完成的,无一不作得栩栩如生,至今还留下些在湘西私人手中。大件是各县庙宇天王观音等神像,辛亥以后破除迷信,毁去极多。

在常德水码头船只极小,飘浮水面如一片叶子,数量之多如淡干鱼,是专载客人用的"桃源划子"。木商与烟贩,上下办货的庄客,过路的公务员,放假的男女学生,同是这种小船的主顾。船身既轻小,上下行的速度较之其他船只快过一倍,下滩时可从边上小急流走,决不会出事。在平潭中且可日夜赶程,不会受关卡留难。因此在有公路以前,这种小小船只实为沅水流域交通利器。弄船人工作不需如何紧张,开销又少,收入却较多。装载客人且多阔老,同时桃源县人的性格又特别随和(沅水一到桃源后就变成一片平潭,再无恶滩急流,自然影响到水上人性情很大),所以弄船人脾气就马虎得多,很多是瘾君子,白天弄船,晚上便靠灯。有些家中人说不定还留在县里,经营一种不必要本钱的职业,分工合作,都不闲散。且能作客人向导,带访桃源洞的客人到所要到的新奇地方去。

在沅水流域上下行驶,停泊到常德码头应当称为"客人"的船只,共有好几种,有从芷江上游黔东玉屏来的,有从麻阳河上游黔东铜仁来的,有从白河上游川东龙潭来的。玉屏船多就洪江转口,下行不多。龙潭船多从沅陵换货,下行不多。铜仁船装油硙下行的,有些庄号在常德,所以常直放常德。船只最引人注意处是颜色黄明照眼,式样轻巧,如竞赛用船。船头船尾细狭而向上翘举,舱底平浅,材料脆薄,给人视觉上感到灵便与愉快,在形式上可谓秀雅绝伦。弄船人语言清婉,装束素朴,有些水手还穿齐膝的长衣,裹白头巾,风度整洁和船身极相称。船小而载重,故下行时船舷必缚茅束挡水。这种船停泊河中,仿佛极其谦虚,一种作客应有的谦虚。然而比同样大小的船只都整齐,一种作客不能不注意的整齐。

此外常德河面还有一种船只,数量极多,有的时常移动,有的又长久停泊。这些船的形式一律是方头,方尾,无桅,无舵。用木板作舱壁,开小小窗子,木板作顶。有些当作船主的金屋,有些又作逋逃者的窟穴。船上有招纳

水手客人的本地土娼，有卖烟和糖食、小吃、猪蹄子粉面的生意人。此外算命卖卜的，圆光关亡的，无不可以从这种船上发现。船家作寿成亲，也多就方便借这种水上公馆举行，因此一遇黄道吉日，总是些张灯结彩，响器声，弦索声，大小炮仗声，划拳歌呼声，点缀水面热闹。

常德乡城本身也就类乎一只旱船，女作家丁玲，法律家戴修瓒，国学家余嘉锡，是这只旱船上长大的。较上游的河堤比城中高得多，涨水时水就到了城边，决堤时城四围便是水了。常德沿河的长街，街市上大小各种商铺不下数千家，都与水手有直接关系。杂货店铺专卖船上用件及零用物，可说是它们全为水手而预备的。至如油盐、花纱、牛皮、烟草等等庄号，也可说水手是为它们而有的。此外如茶馆、酒馆和那经营最素朴职业的户口，水手没有它不成，它没水手更不成。

常德城内一条长街，铺子门面都很高大（与长沙铺子大同小异，近于夸张），木料不值钱，与当地建筑大有关系。地方滨湖，河堤另一面多平田泽地，产鱼虾、莲藕，因此鱼栈莲子栈延长了长街数里。多清真教门，因此牛肉特别肥鲜。

常德沿沅水上行九十里，才到桃源县，再上行二十五里，方到桃源洞。千年前武陵渔人如何沿溪走到桃花源，这路线尚无好事的考古家说起。现在想到桃源访古的"风雅人"，大多数只好坐公共汽车去。在桃源县想看到老幼黄发垂髫，怡然自乐的光景，并不容易。不过或者因为历史的传统，地方人倒很和气，保存一点古风。也知道欢迎客人，杀鸡作黍，留客住宿。虽然多少得花点钱，数目并不多。可是一个旅行者应当知道，这些人赠送游客的礼物，有时不知不觉太重了点，最好倒是别大意，莫好奇，更不要因为记起宋玉所赋的高唐神女，刘晨阮肇天台所遇的仙女，想从经验中去证实故事。不妨学个老江湖，少生事！当地纵多神女仙女，可并不是为外来读书人游客预备的，沅水流域的木竹簰商人是唯一受欢迎者。好些极大的木竹簰，到桃源后不久就无影无踪不见了的。

政治家宋教仁，老革命党覃振，同是桃源县人。桃源县有个省立第二女子师范学校，五四运动谈男女解放平等，最先要求男女同校，且实现它，就是这个学校的女学生。

沅陵的人

由常德到沅陵,一个旅行者在车上的感触,可以想象得到,第一是公路上并无苗人,第二是公路上很少听说发现土匪。

公路在山上与山谷中盘旋转折虽多,路面却修理得异常良好,不问晴雨都无妨车行。公路上的行车安全的设计,可看出负责者的最大努力。旅行的很容易忘了车行的危险,乐于赞叹自然风物的美秀。在自然景致中见出宋院画的神采奕奕处,是太平铺过河时入目的光景。溪流萦回,水清而浅,在大石细沙间漱流。群峰竞秀,积翠凝蓝,在细雨中或阳光下看来,颜色真无可形容。山脚下一带树林,一些俨如有意为之布局恰到好处的小小房子,绕河洲树林边一湾溪水,一道长桥,一片烟。香草山花,随手可以掇拾。《楚辞》中的山鬼,云中君,仿佛如在眼前。上官庄的长山头时,一个山接一个山,转折频繁处,神经质的妇女与懦弱无能男子,会不免觉得头目晕眩。一个常态的男子,便必然对于自然的雄伟表示赞叹,对于数年前裹粮负水来在这高山峻岭修路的壮丁表示敬仰和感谢。这是一群没没无闻沉默不语真正的战士!每一寸路都是他们流汗筑成的。他们有的从百里以外小乡村赶来,沉沉默默地在派定地方担土,打石头,三五十人躬着腰肩共同拉着个大石滚子碾压路面,淋雨,挨饿,忍受各式各样虐待,完成了分派到头上的工作。把路修好了,眼看许多的各色各样希奇古怪的物件吼着叫着走过了,这些可爱的乡下人,知道事情业已

办完，笑笑的，各自又回转到那个想象不到的小乡村里过日子去了。中国几年来一点点建设基础，就是这种无名英雄作成的。他们什么都不知道，可是所完成的工作却十分伟大。

单从这条公路的坚实和危险工程看来，就可知道湘西的民众，是可以为国家完成任何伟大理想的。只要领导有人，交付他们更困难的工作，也可望办得很好。

看看沿路山坡桐茶树木那么多，桐茶山整理得那么完美，我们且会明白这个地方的人民，即或无人领导，关于求生技术，各凭经验在不断努力中，也可望把地面征服，使生产增加。

只要在上的不过分苛索他们，鱼肉他们，这种勤俭耐劳的人民，就不至于铤而走险发生问题。可是若到任何一个停车处，试同附近乡民谈谈，我们就知道那个"过去"是种什么情形了。任何捐税，乡下人都有一份，保甲在糟蹋乡下人这方面的努力，"成绩"真极可观！然而促成他们努力的动机，却是照习惯把所得缴一半，留一半。然而负责的注意到这个问题时，就说"是保甲的罪过，"从不认为是"当政的耻辱"。负责者既不知如何负责，因此使地方进步永远成为一种空洞的理想。

然而这一切都不妨说已经成为过去了。

车到了官庄交车处，一列等候过山的车辆，静静的停在那路旁空阔处，说明这公路行车秩序上的不苟。虽在军事状态中，军用车依然受公路规程辖制，不能占先通过，此来彼往，秩序井然。这条公路的修造与管理统由一个姓周的工程师负责。

车到了沅陵，引起我们注意处，是车站边挑的，抬的，负荷的，推挽的，全是女子。凡其他地方男子所能作的劳役，在这地方统由女子来作。公民劳动服务也还是这种女人。公路车站的修成，就有不少女子参加。工作既敏捷，又能干。女权运动者在中国二十年来的运动，到如今在社会上露面时，还是得用"夫人"名义来号召，并不以为可羞。而且大家都集中在大都市，过着一种腐败生活。比较起这种女劳动者把流汗和吃饭打成一片的情形，不由得我们不对这种人充满尊敬与同情。

这种人并不因为终日劳作就忘记自己是个妇女，女子爱美的天性依然还好好保存。胸口前的扣花装饰，裤脚边的扣花装饰，是劳动得闲在茶油灯光下作成的。（围裙扣花工作之精和设计之巧，外路人一见无有不交口称赞）这种妇女日常工作虽不轻松，衣衫却整齐清洁。有的年纪已过了四十岁，还与同伴竞争兜揽生意。两角钱就为客人把行李背到河边渡船上，跟随过渡，到达彼岸，再为背到落脚处。外来人到河码头渡船边时，不免十分惊讶，好一片水！好一座小小山城！尤其是那一排渡船，船上的水手，一眼看

去,几乎又全是女子。过了河,进得城门,向长街走走,可见到卖菜的、卖米的、开铺子的、作银匠的,无一不是女子。再没有另一个地方女子对于参加各种事业各种生活,作得那么普遍那么自然了。看到这种情形时,真不免令人发生疑问:一切事几乎都由女子来办,如《镜花缘》一书上的女儿国现象了。本地的男子,是出去打仗,还是在家纳福看孩子?

不过一个旅行者自觉已经来到辰州时,兴味或不在这些平常问题上。辰州地方是以辰州符闻名的,辰州符的传说奇迹中又以赶尸著闻。公路在沅水南岸,过北岸城里去,自然盼望有机会弄明白一下这种老玩意儿。

可是旅行者这点好奇心会受打击。多数当地人对于辰州符都莫名其妙,且毫无兴趣,也不怎么相信。或许无意中会碰着一个"大"人物,体魄大,声音大,气派也好像很大。他不是姓张,就是姓李(他应当姓李!一个典型市侩,在商会任职,以善于吹拍混入行署任名誉参议),会告你,辰州符的灵迹,就是用刀把一只鸡颈脖割断,把它重新接上,噀一口符水,向地下抛去,这只鸡即刻就会跑去,撒一把米到地上,这只鸡还居然赶回来吃米!你问他:"这事曾亲眼见过吗?"他一定说:"当真是眼见的事。"或许慢慢的想一想,你便也会觉得同样是在什么地方亲眼见过这件事了。原来五十年前的什么书上,就这么说过的。这个大人物是当地著名会说大话的。世界上事什么都好像知道得清清楚楚,只不大知道自己说话是假的还是真的,是书上有的还是自己造作的。多数本地人对于"辰州符"是个什么东西,照例都不大明白的。

对于赶尸传说呢,说来实在动人。心受了点新教育,血里骨里还浸透原人迷信的外来新绅士,想满足自己的荒唐幻想,到这个地方来时,总有机会温习一下这种传说。绅士、学生、旅馆中人,俨然因为生在当地,便负了一种不可避免的义务,又如为一种天赋的幽默同情心所激发,总要把它的神奇处重述一番。或说朋友亲戚曾亲眼见过这种事情,或说曾有谁被赶回来。其实他依然和客人一样,并不明白,也不相信,客人不提起,他是从不注意这个问题的。客人想"研究"它(我们想象得出,有许多人最乐于研究它的),最好还是看《奇门遁甲》,这部书或者对他有一点帮助,本地人可不会给他多少帮助。本地人虽乐于答复这一类傻不可言的问题,却不能说明这事情的真实性。就中有个"有道之士",姓阙,当地人统称之为阙五老,年纪将近六十岁,谈天时精神犹如一个小孩子。据说十五岁时就远走云贵,跟名师学习过这门法术。作法时口诀并不希奇,不过是念文天祥的《正气歌》罢了。死人能走动便受这种歌词的影响。辰州符主要的工具是一碗水;这个有道之士家中神主前便陈列了那么一碗水,据说已经有了三十五年,碗里水减少时就加添一点。一切病痛统由这一碗水解决。一个死尸的行动,也得用水迎面的

一噢。这水且能由昏浊与沸腾表示预兆,有人需要帮忙或卜家事吉凶的预兆,登门造访者若是一个读书人,一个假洋人教授,他把这一碗水的妙用形容得将更惊心动魄。使他舌底翻莲的原因,或者是他自己十分寂寞,或者是对于客人具有天赋同情,所以常常把书上没有的也说到了。客人要老老实实发问:"五老,那你看过这种事了?"他必装作很认真神气说:"当然的。我还亲自赶过!那是我一个亲戚,在云南作官,死在任上,赶回湖南,每天为死者换新草鞋一双,到得湖南时,死人脚趾头全走脱了。只是功夫不练就不灵,早丢下了。"至于为什么把它丢下,可不说明。客人目的在"表演",主人用意在"故神其说",末后自然不免使客人失望。不过知道了这玩意儿是读《正气歌》作口诀,同儒家居然大有关系时,也不无所得。关于赶尸的传说,这位有道之士可谓集其大成,所以值得找方便去拜访一次。他的住处在上西关,一问即可知道。可是一个读书人也许从那有道之士服尔泰风格的微笑,服尔泰风格的言谈,会看出另外一种无声音的调笑,"你外来的书呆子,世界上事你知道许多,可是书本不说,另外还有许多就不知道了。用《正气歌》赶走了死尸,你充满好奇的关心,你这个活人,是被什么邪气歌赶到我这里来?"那时他也许正坐在他的杂货铺里面(他是隐于医与商的),忽然用手指着街上一个长头发的男子说:"看,疯子!"那真是个疯子,沅陵地方唯一的疯子,可是他的语气也许指的是你拜访者。你自己试想想看,为了一种流行多年的荒唐传说,充满了好奇心来拜访一个透熟人生的人,问他死了的人用什么方法赶上路,你用意说不定还想拜老师,学来好去外国赚钱出名,至少也弄得个哲学博士回国,再来用它骗中国学生,在他饱经世故的眼中,你和疯子的行径有多少不同!

这个人的言谈,倒真是一种杰作,三十年来当地的历史,在他记忆中保存得完完全全,说来时庄谐杂陈,实在值得一听。尤其是对于当地人事所下批评,尖锐透人,令人不由得不想起法国那个服尔泰。

至于辰砂的出处,出产于离辰州地还远得很,远在三百里外凤凰县的苗乡猴子坪。

凡到过沅陵的人,在好奇心失望后,依然可从自然风物的秀美上得到补偿。由沅陵南岸看北岸山城,房屋接瓦连檐,较高处露出雉堞,沿山围绕,丛树点缀其间,风光人眼,实不俗气。由北岸向南望,则河边小山间,竹园、树木、庙宇、高塔、民居,仿佛各个都位置在最适当处。山后较远处群峰罗列,如屏如障,烟云变幻,颜色积翠堆蓝。早晚相对,令人想象其中必有帝子天神,驾螭乘蜺,驰骤其间。绕城长河,每年三四月春水发后,洪江油船颜色鲜明,在摇橹歌呼中连翩下驶。长方形大木筏,数十精壮汉子,各据筏上一角,举桡激水,乘流而下。就中最令人感动处,是小船半渡,游目四瞩,俨然四围

是山，山外重山，一切如画。水深流速，弄船女子，腰腿劲健，胆大心平，危立船头，视若无事。同一渡船，大多数都是妇人，划船的是妇女，过渡的也是妇女较多。有些卖柴卖炭的，来回跑五六十里路，上城卖一担柴，换两斤盐，或带回一点红绿纸张同竹篾作成的简陋船只，小小香烛。问她时，就会笑笑的回答："拿回家去作土地会。"你或许不明白土地会的意义，事实上就是酬谢《楚辞》中提到的那种云中君——山鬼。这些女子一看都那么和善，那么朴素，年纪四十以下的，无一不在胸前土蓝布或葱绿布围裙上绣上一片花，且差不多每个人都是别出心裁，把它处置得十分美观，不拘写实或抽象的花朵，总那么妥贴而雅相。在轻烟细雨里，一个外来人眼见到这种情形，必不免在赞美中轻轻叹息。天时常常是那么把山和水和人都笼罩在一种似雨似雾使人微感凄凉的情调里，然而却无处不可以见出"生命"在这个地方有光辉的那一面。

外来客自然会有个疑问发生：这地方一切事业女人都有份，而且像只有"两截穿衣"的女子有份，男子到哪里去了呢？

在长街上，我们固然时常可以见到一对少年夫妻，女的眉毛俊秀，鼻准完美，穿浅蓝布衣，用手指粗银链系扣花围裙，背小竹笼。男的身长而瘦，英武爽朗，肩上扛了各种野兽皮向商人兜卖，令人一见十分惊诧。可是这种男子是特殊的。是出了钱，得到免役的瑶族。

男子大部分都当兵去了。因兵役法的缺陷，和执行兵役法的中间层保甲制度人选不完善，逃避兵役的也多，这些壮丁抛下他的耕牛，向山中走，就去当匪。匪多的原因，外来官吏苛索实为主因。乡下人照例都愿意好好活下去，官吏的老式方法居多是不让他们那么好好活下去。乡下人照例一入兵营就成为一个好战士，可是办兵役的，却觉得如果人人都乐于应兵役，就毫无利益可图。土匪多时，当局另外派大部队伍来"维持治安"，守在几个城区，别的不再过问。分布乡下土匪得了相当武器后，在报复情绪下就是对公务员特别不客气，凡搜刮过多的外来人，一落到他们手里时，必然是先将所有的得到，再来取那个"命"。许多人对于湘西民或匪都留下一个特别蛮悍嗜杀的印象，就由这种教训而来。许多人说湘西有匪，许多人在湘西虽遇匪，却从不曾遭遇过一次抢劫，就是这个原因。

一个旅行者若想起公路就是这种蛮悍不驯的山民或土匪，在烈日和风雪中努力作成的，乘了新式公共汽车由这条公路经过，既感觉公路工程的伟大结实，到得沅陵时，更随处可见妇人如何认真称职，用劳力讨生活，而对于自然所给的印象，又如此秀美，不免感慨系之。这地方神秘处原来在此而不在彼。人民如此可用，景物如此美好，三十年来牧民者来来去去，新陈代谢，不知多少，除认为"蛮悍"外，竟别无发现。外来为官作宦的，回籍时至多也

只有把当地久已消灭无余的各种画符捉鬼荒唐不经的传说,在茶余酒后向陌生者一谈。地方真正好处不会欣赏,坏处不能明白,这岂不是湘西的另一种神秘?

　　沅陵算是个湘西受外来影响较久较大的地方,城区教会的势力,造成一批吃教饭的人物,蛮悍性情因之消失无余,代替而来的或许是一点青年会办事人的习气。沅陵又是沅水几个支流货物转口处,商人势力较大,以利为归的习惯,也自然很影响到一些人的打算行为。沅陵位置在沅水流域中部,就地形言,自为内战时代必争之地。因此麻阳县的水手,一部分登陆以后,便成为当地有势力的小贩。凤凰县屯垦子弟兵官佐,留下住家的,便成为当地有产业的客居者。慷慨好义,负气任侠,楚人中这类古典的热诚,若从当地人寻觅无着时,还可从这两个地方的男子中发现。一个外来人,在那山城中石板作成的一道长街上,会为一个矮小、瘦弱,眼睛又不明,听觉又不聪,走路时匆匆忙忙,说话时结结巴巴,那么一个平常人引起好奇心。说不定他那时正在大街头为人排难解纷,说不定他的行为正需要旁人排难解纷!他那样子就古怪,神气也古怪。一切像个乡下人,像个官能为嗜好与毒物所毁坏,心灵又十分平凡的人。可是应当找机会去同他熟一点,谈谈天。应当想办法更熟一点,跟他向家里走(他的家在一个山上。那房子是沅陵住户地位最好,花木最多的)。如此一来,结果你会接触一点很新奇的东西,一种混合古典热诚与近代理性在一个特殊环境特殊生活里培养成的心灵。你自然会"同情"他,可是最好倒是"信托"他。他需要的不是同情,因为他成天在同情他人,为他人设想帮忙尽义务,来不及接受他人的同情。他需要人信托,因为他那种古典的作人的态度,值得信托。同时他的性情充满了一种天真的爱好,他需要信托,为的是他值得信托。他的视觉同听觉都毁坏了,心和脑可极健全。凤凰屯垦兵子弟中出壮士,体力胆气两方面都不弱于人。这个矮小瘦弱的人物,虽出身世代武人的家庭中,因无力量征服他人,失去了作军人的资格。可是那点有遗传性的军人气概,却征服了他自己,统制自己,改造自己,成为沅陵县一个顶可爱的人。他的名字叫作"大先生",或"大大",一个古怪到家的称呼。商人、妓女、屠户、教会中的牧师和医生,都这样称呼他。到沅陵去的人,应当认识认识这位大先生。

　　沅陵县沿河下游四里路远近,河中心有个洲岛,周围高山四合,名"合掌洲",名目与情景相称。洲上有座庙宇,名"和尚洲",也还说得去。但本地的传说却以为是"和涨洲",因为水涨河面宽,淹不着,为的是洲随河水起落!合掌洲有个白塔,由顶到根雷劈了一小片,本地人以为奇,并不足奇。河南岸村名黄草尾,人家多在橘柚林里,橘子树白华朱实,宜有小腰白齿出于其间。一个种菜园的周家,生了四个女儿,最小的一个四妹,人都呼为幺妹,年

纪十七岁,许了个成衣店学徒,尚未圆亲。成衣店学徒积蓄了整年工钱,打了一副金耳环给幺妹,女孩子就戴了这副金耳环,每天挑菜进东门城卖菜。因为性格好繁华,人长得风流俊俏,一个东门大街的人都知道卖菜的周家幺妹。

因此县里的机关中办事员,保安司令部的小军佐,和商店中小开,下黄草尾玩耍的就多起来了。但不成,肥水不落外人田,有了主子。可是"人怕出名猪怕壮",幺幺的名声传出去了,水上划船人全都知道周家幺幺。去年(一九三七年)冬天一个夜里,忽然来了四百武装喽罗攻打沅陵县城,在城边响了一夜枪,到天明以前,无从进城,这一伙人依然退走了。这些人本来目的也许就只是在城外打一夜枪。其中一个带队的称团长,却带了兄弟伙到幺妹家里去拍门。进屋后别的不要,只把这女孩子带走。

女孩子虽又惊又怕,还是从容的说,"你抢我,把我箱子也抢去,我才有衣服换!"

带到山里去时那团长问:"幺幺,你要死,要活?"

女孩子想了想,轻声的说:"要死。你不会让我死。"

团长笑了:"那你意思是要活了!要活就嫁我,跟我走。我把你当官太太,为你杀猪杀羊请客,我不负你。"

女孩子看看团长,人物实在英俊标致,比成衣店学徒强多了,就说:"人到什么地方都是吃饭,我跟你走。"

于是当天就杀了两头猪,十二只羊,一百对鸡鸭,大吃大喝大热闹,团长和幺妹结婚。女孩子问她的衣箱在什么地方,待把衣箱取来打开一看,原来全是预备陪嫁的!英雄美人,可谓美满姻缘。过三天后,那团长就派人送信给黄草尾种菜的周老夫妇,称岳父岳母,报告幺妹安好,不用挂念。信还是用红帖子写的,词句华而典,师爷的手笔。还同时送来一批礼物!老夫妇无话可说,只苦了成衣店那个学徒,坐在东门大街一家铺子里,一面裁布条子作纽绊,一面垂泪。

这也可说是沅陵县人物之一型。

至于住城中的几个年高有德的老绅士,那倒正像湘西许多县城里的正经绅士一样,在当地是很闻名的,庙宇里照例有这种名人写的屏条,名胜地方照例有他们题的诗词。儿女多受过良好教育,在外作事。家中种植花木,蓄养金鱼和雀鸟,门庭规矩也很好。与地方关系,却多如显克微支在他《炭画》那本书里所说的贵族,凡事取"不干涉主义"。因为名气大,许多不相干的捐款,不相干的公事,不相干的麻烦不会上门。乐得在家纳福,不求闻达,所以也不用有什么表现。对于生活劳苦认真,既不如车站边负重妇女生命活跃,也不如卖菜的周家幺妹,然而日子还是过得很好,这就够了。

由沅水下行百十里到沅陵属边境地名柳林岔,——就是湘西出产金子,风景又极美丽的柳林岔。那地方过去一时也有个人,很有意思。这个人据说母亲貌美而守寡,住在柳林岔镇上。对河高山上有个庙,庙中住下一个青年和尚,诚心苦修。寡妇因爱慕和尚,每天必借烧香为名去看看和尚,二十年如一日。和尚诚心修苦,不作理会,也同样二十年如一日。儿子长大后,慢慢的知道了这件事。儿子知道后,不敢规劝母亲,也不能责怪和尚,唯恐母亲年老眼花,一不小心,就会堕入深水中淹死。又见庙宇在一个圆形峰顶,攀援实在不容易。因此特意雇定一百石工,在临河悬岩上开辟一条小路,仅可容足,更找一百铁工,制就一条粗而长的铁链索,固定在上面,作为援手工具。又在两山间造一拱石头桥,上山顶庙里时就可省一大半路。这些工作进行时自己还参加,直到完成。各事完成以后,这男子就出远门走了,一去再也不回来了。

　　这座庙,这个桥,濒河的黛色悬崖上这条人工凿就的古怪道路,路旁的粗大铁链,都好好的保存在那里,可以为过路人见到。凡上行船的纤手,还必需从这条路把船拉上滩。船上人都知道这个故事。故事虽还有另一种说法,以为一切是寡妇所修的,为的是这寡妇……总之,这是一个平常人为满足他的某种愿心而完成的伟大工程。这个人早已死了,却活在所有水上人的记忆里。传说和当地景色极和谐,美丽而微带忧郁。

　　沅水由沅陵下行三十里后即滩水连接,白溶、九溪、横石、青浪,……就中以青浪滩最长,石头最多,水流最猛。顺流而下时,四十里水路不过二十分钟可完事,上行船有时得一整天。

　　青浪滩滩脚有个大庙,名伏波宫,敬奉的是汉老将马援。行船人到此必在庙里烧纸献牲。庙宇无特点,不出奇。庙中屋角树梢栖息的红嘴红脚小小乌鸦,成千累万,遇下行船必飞往接船送船,船上人把饭食糕饼向空中抛去,这些小黑鸟就在空中接着,把它吃了。上行船可照例不光顾。虽上下船只极多,这小东西知道向什么船可发利市,什么船不打抽丰。船夫说这是马援的神兵,为迎接船只的神兵,照老规矩,凡伤害的必赔一大小相等银乌鸦,因此从不会有人敢伤害它。

　　几件事都是人的事情。与人生活不可分,却又杂糅神性和魔性。湘西的传说与神话,无不古艳动人。同这样差不多的还很多。湘西的神秘,和民族性的特殊大有关系。历史上"楚"人的幻想情绪,必然孕育在这种环境中,方能滋长成为动人的诗歌。想保存它,同样需要这种环境。

白河流域几个码头

　　白河便是历史上知名的酉水。白河到沅陵与沅水汇流后，便略显浑浊，有出山泉水的意思。若溯流而上，则三丈五丈的深潭清澈见底。深潭中为白日所映照，河底小小白石子，有花纹的玛瑙石子，全看得明明白白。水中游鱼来去，皆如浮在空气里。两岸多高山，山中多可以造纸的细竹，长年作深翠颜色，逼人眼目。近水人家多在桃杏花里，春天时只需注意，凡有桃花处必可沽酒。夏天则晒晾在日光下耀目的紫花布衣裤，可以作为人家所在的旗帜。秋冬来时，房屋在悬崖上的，滨水的，无不朗然入目，黄泥的墙，乌黑的瓦，位置却永远那么妥帖！且与四周环境极其调和，使人得到的印象非常愉快。（引自《边城》）

　　由沅陵沿白河上行三十里名"乌宿"，地方风景清奇秀美，古木丛竹，滨水极多。传说中的大酉洞即在附近。洞中高大宏敞，气象万千。但比起凤凰苗乡中的齐梁洞，内中平坦能容避难的人一万以上，就可知道大酉洞其所以著名，或系邻近开化较早的沅陵所致。白河中山水木石最美丽清奇的码头，应数王村，属永顺县管辖，且为永顺县货物出口地方。夹河高山，壁立拔峰，竹木青翠，岩石黛黑。水深而清，鱼大如人。河

岸两旁黛色庞大石头上，在晴朗冬天里，尚有野莺画眉鸟，从山谷中竹篁里飞出来，休息在石头上晒太阳，悠然自得啭唱悦耳的曲子，直到有船近身时，方从容容一齐向林中飞去。水边还有许多不知名水鸟，身小轻捷，活泼快乐，或颈脖极红，如缚上一条彩色带子，或尾如扇子，花纹奇丽，鸣声都异常清脆。白日无事，平潭静寂，但见小渔船船舷船顶站满了沉默黑色鱼鹰，缓缓向上游划去。傍山作屋，重重叠叠，如堆蒸糕，入目景象清而壮。一派清芬的影响，本县老诗人向伯翔的诗，因之也见得异常清壮。

白河多滩，凤滩、茨滩、绕鸡笼、三门、驼碑五个滩最著名。弄船人有两个口号："凤滩茨滩不为凶，上面还有绕鸡笼。"上行船到两大滩时，有时得用两条竹纤在两岸拉挽，船在河中小小容口破浪逆流上行。绕鸡笼因多曲折石坎，下行船较麻烦，一不小心撞触河床中的大石，即成碎片，船上人必借船板浮沉到下游三五里方能得救。三门附近山道名白鸡关，石壁插云，树身大如桌面，茅草高至二丈五尺以上。山中出虎豹，大白天可听到虎吼。

由三门水行七十里，到保靖县。（过白鸡关陆行只有四十余里）保靖是酉水流域过去土司之一所在地。酉水流域多洞穴，保靖濒河两个洞为最美丽知名。一在河南，离县城三里左右，名石楼洞，临长河，据悬崖。对河一山，山上老松数列，错落布置，十分自然。景物清疏，有渐江和尚画意。但洞穴内多人工铺排，并无可观。一在河北大山下面，和县城相对，名狮子洞，洞被庙宇掩着，庙宇又被老树大竹古藤掩着。洞口并不十分高大，进到里面去后，用火燎高照，既不见边，也不见顶，才看出这洞穴何等宏敞阔大，令人吃惊。四面石壁白润如玉，地下铺满白色细砂。洞中还另有一小小天然道路，可上升到一个石屋里去。道路踏脚处带朱砂红斑，颜色极鲜艳。石屋中有石床石桌，似为昔日方士修炼住处。蝙蝠展翅约一尺长大，不知从何处求食。洞中既宽阔，又黑暗，必用三五个火燎烛照，由庙中人引导，视火燎燃到三分之二后，即寻路外出，不然恐迷路不易走出。火燎用枯竹枝作成，由守庙道士出卖给游洞者，点燃时枯竹枝在洞中爆炸，声音如枪响，如大雷公鞭炮响。洞中夏天有一小小泉水，水味甘美。水中还有小小鱼虾，到冬天时仅一空穴，鱼虾亦不知去处。

近城大山名杀鸡坡，一眼看去，山并不如何高大，但山下人有人上山时杀一鸡，等待人到山顶，山下人的鸡在锅中已熟了。因此名叫杀鸡坡。对河亦有一大山，名野猪坡，出野猪。坡上土地丛林和洞穴，为烧山种田人同野兽大蛇所割据，一到晚上，虎豹就傍近种田开山人家来吃小猪，从被咬去的小猪锐声叫喊里，可以知道虎豹走去的方向。这大虫有时在大白天也昂头一吼，山谷响应许久。

种田人因此常常拿了刀矛火器种种家伙，往树林山洞中去寻觅，用绳网

捕捉大蛇，用毒烟设陷阱猎捕野兽。岭上最多的还是集群结伙蹂躏农产物成癖的野猪，喜欢偷吃山田中苞谷白薯，为山民真正仇敌。正因为这种损害庄稼的仇敌太多，岭上人打锣击鼓猎野猪的事，也就成为一种常有的仪式，常有的娱乐了。

本地出好梨，皮色淡赭，味道香而甜，名"洋冬梨"，皮较厚韧，因此极易保藏。产材质坚密的黄杨木，乡下人常常用绳索系身，悬空下垂到溪谷绝壁间，把黄杨木从高崖上砍下，每段锯成两尺长短，背负入城找求售主，同卖柴一样。碗口大的木料，在本地人眼中看来，十分平常。这种良好木材，照当地人习惯，多用来作筷子和天九牌。需要多，供给少，所以一部分就用柚子木充数。出大头菜，比龙山的略差。湘西大头菜应当数接近鄂西的边县龙山最好，颜色金黄，味道甜而香。出好茶叶，和邻近山城那个古丈县的茶叶比较，味道略淡。然而清醇之中，别有一种芬馥之气。陈家茶园在湘西实得风气之先，出品佳美，可惜数量不多，无从外运。

永绥县离保靖四十五里。保靖县苗人居住较少。永绥县却大部分是苗人。逢场时交易十分热闹，猪、牛、羊、油、盐、铁器和农具，以至于一段木头，一根竹子，一个石臼，一撮火绒，无不可买卖。大场坪中百物杂陈，五色缤纷，可谓奇观。石宏规是本县苗民中优秀分子之一，对苗民教育极热心，对苗民问题极熟习。一个大学毕业生，作了几次县长。

三个县分清中叶还由土司统治，土司既由世袭，永顺的姓向，保靖的姓彭，永绥的姓宋，到如今这三姓还为当地巨族。土司的统治已成过去，统治方法也不可考究了，除了许多大土堆通称土司坟，但留下一个传说尚能刺激人心。就是作土司的，除同宗外，对于此外任何人新婚都保有"初夜权"。新妇应当送到土司府留下三天，代为除邪气，方能发还。也许就是这种原因，三姓方成为本地巨族。土司坟多，与《三国演义》曹操七十二个疑冢不无关系，与初夜权执行也有关系。

白河上游商业较大水码头名"里耶"。川盐入湘，在这个地方上税。边地若干处桐油，都在这个码头集中。

站在里耶河边高处，可望川湘鄂三省接壤的八面山。山如一个桶形，周围数百里，四面陡削悬绝，只一条小路可以上下。上面一坦平阳，且有很好泉水，出产好米和杂粮，住了约一百户人家。若将那条山路塞断，即与一切隔绝，俨然别有天地。过去二十年常为落草大王盘据，不易攻打。唯上面无盐，所以不易久守。

白河上游分支数处，其一到龙山。龙山出好大头菜。山水清寒，鱼味甘美，六月不腐，水源出鄂西。其一河源在川东，湖南境到茶峒为止。因为这是湖南境最后一个水码头，小虽小，还有意思。这地方事实上虽与人十分陌

生，可是说起来又好像十分熟习。下面是从我一个小说上摘引下来的，白河流域像这样的地方，似乎不止一处。

凭水倚山筑城，近山的一面，城墙如一条长蛇，缘山爬去。临水一面则在城外河边留出余地设码头，湾泊小小篷船。船下行时运桐油、青盐、染色用的五倍子。上行则运棉花、棉纱，以及布匹杂货同海味。贯串各个码头有一条河街，人家房子多一半着陆，一半在水，因为余地有限，那些房子莫不设吊脚楼。河中涨了春水，到水进街后，河街上人家，便各用长长的梯子，一端搭在屋檐口，一端搭在城墙上，人人皆骂着嚷着，带了包袱、铺盖、米缸，从梯子上爬进城里去，水退时方又从城门口出城。水若特别猛一些，沿河吊脚楼，必有一处两处为水冲去，大家只在城头上呆望，受损失的也同样呆望，对于所受损失仿佛无话可说，与在自然安排下眼见其他无可挽救的不幸来临时相似。涨水时在城上还可望着骤然展宽的河面，流水浩浩荡荡，随同山水从上流浮沉而来的有房子、牛、羊、大树。于是在水势较缓处税关趸船前面，便常常有人驾了小舢板，一见河心浮沉而来的是一匹牲畜，一段小木，或一只空船，船上有一个妇人或小孩哭喊的声音，便急急的把船桨去。在下游些迎着那个目的物，把它用长绳系定，再向岸边桨去。这些勇敢的人，也爱利，也好义，同一般当地人相似。不拘救人救物，却同样在一种愉快冒险行为中作得十分敏捷勇敢。

城外河街也有商人落脚的客店，坐镇不动的理发馆。此外饭店、杂货铺、油行、盐栈、花衣庄，莫不各有地位，装点了这条河街。还有卖船上檀木活车、竹缆与锅罐铺子，介绍水手职业吃码头饭的人家。小饭店门前，常有煎得焦黄的鲤鱼豆腐，身上装饰了红辣椒丝，卧在浅口钵头里，钵旁大竹筒中插着大把红筷子，不拘谁个愿意花点钱，这人就可以傍了门前长案坐下来，抽出一双筷子到手上，那边一个眉毛扯得极细脸上擦了白粉的妇人，就走来问："要甜酒？要烧酒？"男子火焰高一点的，谐趣的，对内掌柜有点儿意思的，必装成生气似的说："吃甜酒？又不是小孩，还问人吃甜酒！"那么，醇冽的烧酒，从大瓮里用木滤子舀出，倒进土碗里，即刻就来到身边案桌上了。

大都市随了商务发达而产生的某种寄食者，因为商人同水手的需要，这小小边城河街，也居然有那么一群人，聚集在一些有吊脚楼的人家。这种妇人穿了假洋绸的衣服，印花布的裤子，把眉毛

扯成一条细线，大大的发髻上敷了香味极浓俗的油类，白日里无事，就坐在门口作鞋子，在鞋尖上用红绿丝线挑绣双凤，或靠在临河窗口看水手起货，听水手爬桅子唱歌。到了晚间，却轮流接待商人同水手，切切实实尽一个妓女应尽的义务。

  由于边地的风俗淳朴，便是作妓女，也永远那么浑厚，遇不相熟的主顾，作生意时得先交钱，再关门撒野，人既相熟后，钱便在可有可无之间了。妓女多靠商人维持生活，但恩情所结，却多在水手方面。感情好的，互相咬着嘴唇咬着颈脖发了誓，约好了"分手后各人不许胡闹"。四十天或五十天，在船上浮着的那一个，同在岸上蹲着的这一个，便同样呆着打发这一堆日子，尽把自己的心紧紧的缚定远远的一个人。尤其是妇人，痴到无可形容，男子过了约定时间不回来，作梦时，就常常梦船拢了岸，那一个人摇摇荡荡的从船跳板到了岸上，直向身边跑来。或日中有了疑心，则梦里必见男子在桅上向另一方向唱歌，却不理会自己。性格弱一点儿的，接着就在梦里投河吞鸦片烟，强一点的便手执菜刀，直向那水手奔去。他们生活虽那么同一般社会疏远，但是眼泪与欢乐，在一种爱憎得失间揉进了这些人生活里时，也便同另外一片土地另外一些人相似，全个身心为那点爱憎所浸透，见寒作热，忘了一切。（引自《边城》）

泸溪·浦市·箱子岩

　　由沅陵沿沅水上行，一百四十里到湘西产煤炭著名地方辰溪县。应当经过泸溪县，计程六十里，为当日由沅陵出发上行船一个站头，且同时是洞河（泸溪）和沅水合流处。再上六十里，名叫浦市，属泸溪县管辖，一个全盛时代业已过去四十年的水码头。再上二十里到辰溪县，即辰溪入沅水处。由沅陵到辰溪的公路，多在山中盘旋，不经泸溪，不经浦市。

　　在许多游记上，多载及沅水流域的中段，沿河断崖绝壁古穴居人住处的遗迹，赭红木屋或仓库，说来异常动人。倘若旅行者以为这东西值得一看，就应当坐小船去。这个断崖同沅水流域许多滨河悬崖一样，都是石灰岩作成的。这个特别著名的悬崖，是在泸溪浦市之间，名叫箱子岩。那种赭色木柜一般方形木器，现今还有三五具好好搁在崭削岩石半空石缝石罅间。这是真的原人住居遗迹，还是古代蛮人寄存骨殖的木柜，不得而知。对于它产生存在的意义，应当还有些较古的记载或传说，年代久，便遗失了。

　　下面称引的几段文字，是从我数年前一本游记上摘下的：

　　【泸溪】泸溪县城四面是山，河水在山峡中流去。县城位置在洞河与沅水汇流处，小河泊船贴近城边，大河泊船去城约三分之一里。（洞河通称小河，沅水通称大河。）洞河来源远在苗乡，河口长年停泊五十只左右小小黑色洞河船。弄船者有短小精悍的花帕

苗，头包花帕，腰围裙子。有白面秀气的所里人，说话时温文尔雅，一张口又善于唱歌。洞河既水急山高，河身转折极多，上行船到此，已不适宜于借风使帆，凡入洞河的船只，到了此地，便把风帆约成一束，作上个特别记号，寄存于城中店铺里去，等待载货下行时，再来取用。由辰州开行的沅水商船，六十里为一大站，停靠泸溪为必然的事。浦市下行船若预定当天赶不到辰州，也多在此过夜。然而上下两个大码头把生意全已抢去，每天虽有若干船只到此停泊，小城中商业却清淡异常。沿大河一方面，一个青石码头也没有，船只停靠皆得在泥滩头与泥堤下。

　　到落雨天，冒着小雨，从烂泥里走进县城街上去。大街头江西人经营的布铺，铺柜中坐了白发皤然老妇人，庄严沉默如一尊古佛。大老板无事可作，只腆着肚皮，叉着两手，把脚拉开成为八字，站在门限边对街上檐溜出神。窄巷里石板砌成的行人道上，小孩子扛了大而朴质的雨伞，响着很寂寞的钉鞋声。若天气晴明，石头城恰当日落一方，雉堞与城楼都为夕阳落处的黄天衬出明明朗朗的轮廓。每一个山头都镀上一片金，满河是橹歌浮动。就是这么一个小城中，却出了一个写《日本不足惧》的龚德柏先生。

【浦市】这是一个经过昔日的繁荣而衰败了的码头。三十年前是这个地方繁荣的顶点，原因之一是每三个月下省请领凤凰厅镇算和辰沅永靖兵备道守兵那十四万两饷银，省中船只多到此为止，再由旱路驿站将银子运去。请饷官和押运兵在当时是个阔差事，有钱花，会花钱。那时节沿河长街的油坊尚常有三两千新油篓晒在太阳下。沿河七个用青石作成的码头，有一半常停泊了结实高大的四橹五舱运油船。此外船只多从下游运来淮盐、布匹、花纱，以及川黔所需的洋广杂货。川黔边境由旱路来的朱砂、水银、苎麻、五倍子、生熟药材，也莫不在此交货转载。木材浮江而下时，常常半个河面都是那种木筏。本地市面则出炮仗，出纸张，出肥人，出肥猪。河面既异常宽平，码头又干净整齐。街市尽头为一长潭，河上游是一小滩，每当黄昏薄暮，落日沉入大地，天上暮云被落日余晖所烘炙剩余一片深紫时，大帮货船从上而下，摇船人泊船近岸以前，在充满了薄雾的河面，浮荡在黄昏景色中的催橹歌声，正是一种如何壮丽稀有充满欢欣热情的歌声！

　　辛亥以后，新编军队经常年前调动，部分省中协饷也改由各县厘金措调。短时期代替而兴的烟土过境，也大部分改由南路广西

出口。一切消费馆店都日渐萎缩，只余了部分原料性商品船只过往。这么一大笔金融活动停止了来源，本市消费性营业即受了打击，缩小了范围，随同影响到一系列小铺户。

如今一切都成过去了，沿河各码头已破烂不堪了。小船泊定的一个码头，一共十二只船。除了一只船载运了方柱形毛铁，一只船载辰溪烟煤，正在那里发签起货外，其他船只似乎已停泊了多日，无货可载，都显得十分寂寞，紧紧的挤在一处。有几只船还在小桅上或竹篙上悬了一个用竹缆编成的圆圈，作为"此船出卖"等待换主的标志。

【箱子岩】那天正是五月十五，乡下人过大端阳节。箱子岩洞窟中最美丽的三只龙船，全被乡下人拖出浮在水面上。船只狭而长，船舷描绘有朱红线条，全船坐满了青年桡手，头腰各缠红布。鼓声起处，船便如一支没羽箭，在平静无波的长潭中来去如飞。河身大约一里宽，两岸都有人看船，大声呐喊助兴。且有好事者从后山爬到悬岩顶上去，把"铺地锦"百子边炮从高岩上抛下，尽边炮在半空中爆裂，形成一团团五彩碎纸云尘。砰砰砰砰的边炮声与水面船中锣鼓声相应和，引起人对于历史发生一种幻想，一点感慨。

两千年前那个楚国逐臣屈原，若本身不被放逐，疯疯癫癫来到这种充满了奇异光彩的地方，目击身经这些惊心动魄的景物，两千年来的读书人，或许就没有福分读《九歌》那类文章，中国文学史也就不会如现在的样子了。在这一段长长岁月中，世界上多少民族都已堕落了，衰老了，灭亡了。即如号称东亚大国的一片土地，也已经有过多少次被来自沙漠中的蛮族，骑了膘壮的马匹，手持强弓硬弩，长枪大戟，到处践踏蹂躏！然而这地方的一切，虽在历史中也照样发生不断的杀戮、争夺，以及一到改朝换代时，派人民担负种种不幸命运，死的因此死去，活的被逼迫留发，剪发，在生活上受种种限制与支配。然而细细一想，这些人根本上又似乎与历史进展毫无关系。从他们应付生存的方法与排泄感情的娱乐方式看来，竟好像今古相同，不分彼此。

日头落尽云影无光时，两岸渐渐消失在温柔暮色里。两岸看船人呼喝声越来越少。河面被一片紫雾笼罩，除了从锣鼓声中尚能辨别那些龙船方向，此外已别无所见。然而岩壁缺口处却人声嘈杂，且闻有小孩子哭声，有妇女尖锐叫唤声，综合给人一种悠然

不尽的感觉。……

　　过了许久，那种锣鼓声尚在河面飘着，表示一班人还不愿意离开小船，回转家中。待到把晚饭吃过，爬出舱外一看，呀，好一轮圆月！月光下石壁同河面，一切都镀了银，已完全变换了一种调子。岩壁缺口处水码头边，正有人用废竹缆或油柴燃着火燎，火光下只见许多穿白衣人的影子移动。那些人正把酒食搬移上船，预备分派给龙船上的人。原来这些青年人划了一整天船，看船的已散尽了，划船的还不尽兴，三只船还得在月光下玩个上半夜。

　　提起这件事，使人重新感到人类文字语言的贫俭，那一派声音，那一种情调，真不是用文字语言可以形容尽致的。

　　这些人每到大端阳时节，都得下河玩一整天的龙船，平常日子却各个按照一种分定，很简单的把日子过下去。每日看过往船只摇橹扬帆来去，看落日同水鸟。虽然也有人事上的小小得失，到恩怨纠纷成一团时，就陆续发生庆贺或仇杀。然而从整个说来，这些人生活却仿佛同"自然"已相互融合，很从容的各在那里尽其性命之理，与其他无生命物质一样，唯在日月升降寒暑交替中放射，分解。而且在这种过程中，人是如何渺小的东西，这些人比起世界上任何哲人，也似乎还更知道的多一点。

　　这些不辜负自然的人，与自然妥协，对历史毫无担负，活在这无人知道的地方。另外尚有一批人，与自然毫不妥协，想出种种方法来支配自然，违反自然的习惯，同样也那么尽寒暑交替，看日月升降。然而后者却在改变历史，创造历史。一份新的日月，行将消灭旧的一切。我们要用一种什么方法，就可以使这些人心中感觉一种"惶恐"，且放弃对自然和平的态度，重新来一股劲儿，用划龙船的精神活下去？这些人在娱乐上的狂热，就证明这种狂热使他们还配在世界上占据一片土地，活得更愉快更长久一些。但有谁来改造这些人的狂热到一件新的竞争方面去？（引自《湘行散记》）

　　这希望于浦市人本身是毫无结论的。

　　浦市镇的肥人和肥猪，既因时代变迁，已经差不多"失传"，问当地人也不大明白了。保持它的名称，使沅水流域的人民还知道有个"浦市"地方，全靠边炮和戏子。沅水流域的人遇事喜用边炮，婚丧事用它，开船上梁用它，迎送客人亲戚用它，卖猪买牛也用它。几乎无事不需要它。作边炮需要硝磺和纸张，浦市出好硝，又出竹纸。浦市的边炮很贱，很响，所以沅水流域边炮的供给，大多数就由浦市商店包办。浦市人欢喜戏，且懂戏。二八月农事

起始或结束时,乡下人需要酬谢土地,同时也需要公众娱乐。因此常常有头行人出面敛钱集份子,邀请大木傀儡戏班子来演戏。这种戏班子角色既整齐,行头又美好,以浦市地方的最著名。浦市镇河下游有三座塔,本地传说塔里有妖精住,传说实在太旧了,因为戏文中有水淹金山寺,然而正因为传说流行,所以这塔倒似乎很新。市镇对河有一个大庙,名江东寺。庙内古松树要五人连手方能抱住。老梅树有三丈高,开花时如一树绛雪,花落时藉地一寸厚。寺侧院竖立一座转轮藏,木头作的,高三四丈,上下用斗大铁轴相承。三五个人扶着有雕刻龙头的木把手用力转动它时,声音如龙鸣,凄厉而绵长,十分动人。据记载是仿龙声制作的,半夜里转动它时,十里外还可听得清清楚楚。本地传说天下共有三个半转轮藏,浦市占其一。庙宇还是唐朝黑武士尉迟敬德建造的。就建筑款式看来,是明朝的东西,清代重修过。本地人既长于木傀儡戏,戏文中多黑花脸杀进红花脸杀出故事,尉迟敬德在戏文中既是一员骁将,因此附会到这个寺庙上去,也极自然。浦市码头既已衰败,三十年前红极一时的商家,迁移的迁移,破产的破产,那座大庙一再驻兵,近年来花树已全毁,庙宇也破成一堆瓦砾了。就只唱戏的高手,还有三五人,在沅水流域当行出名。傀儡戏大多数唱的是高腔,用唢呐伴和,在田野中唱来,情调相当悲壮。每到菜花黄庄稼熟时节,这些人便带了戏箱各处走去,在田野中小小土地庙前举行时,远近十里的妇女老幼,多换上新衣,年青女子戴上粗重银器,有些还自己扛了板凳,携带饭盒,跑来看戏,一面看戏一面吃点东西。戏子中嗓子好,善于用手法使傀儡表情生动的,常得当地年青女子垂青。到冬十腊月,这些唱戏的又带上另外一份家业,赶到凤凰县城里去唱酬傩神的愿戏。这种酬神戏与普通情形完全不同,一切由苗巫作主体,各扮着乡下人,跟随苗籍巫师身后,在神前院落中演唱。或相互问答,或共同合唱一种古典的方式。戏多夜中在火燎下举行,唱到天明方止。参加的多义务取乐性质,照例不必需金钱报酬,只大吃大喝几顿了事,这家法事完了又转到另外一家去。一切方式令人想起《仲夏夜之梦》的乡戏场面,木匠、泥水匠、屠户、成衣人,无不参加。戏多就本地风光取材,诙谐与讽刺,多健康而快乐,有希腊《拟曲》趣味。不用弦索,不用唢呐,唯用小锣小鼓,尾声必需大家合唱,观众也可合唱。尾声照例用"些"字,或"禾和些"字,借此可知《楚辞》中《招魂》末字的用处。戏唱到午夜后,天寒土冻,锣鼓凄清,小孩子多已就神坛前盹睡,神巫便令执事人重燃大蜡,添换供物,神巫也换穿朱红绣花缎袍,手拿铜剑锦拂,摇鼓如雷鸣,吭声高唱,独舞娱神,兴奋观众。末后撤下供物酒食,大家吃喝。俟人人都恢复精神后,新戏重新上场。这些唱戏的到岁暮年末时,方带了所得猪羊肉(羊肉必取后腿,带上那个小小尾巴),大小米糍粑,以及快乐和疲劳,各自回家过年。

在浦市镇头上向西望,可以看见远山上一个白塔,尖尖的向透蓝天空矗着。白塔属辰溪县的风水,位置在辰溪县下边一点。塔在河边山上,河名"斤丝潭",打鱼人传说要放一斤生丝方能到底。斤丝潭一面是一列悬崖,五色斑驳,如锦如绣。崖下常停泊百十只小渔船,每只船上照例蓄养五七只黑色鱼鹰。这水鸟无事可作时,常蹲在船舷船顶上扇翅膀,或沉默无声打瞌睡。盈千累百一齐在平潭中下水捕鱼时,堪称一种奇观,可见出人类与另一种生物合作,在自然中竞争生存的方式,虽处处必需争斗,却又处处见出谐和。箱子岩也是一列五色斑驳的石壁,长约三四里,同属石灰岩性质。石壁临江一面崭削如割切。河水深而碧,出大鱼,因此渔船也多。岩下多洞穴,可收藏当地人五月节用的狭长龙船。岩壁缺口处有人家,如为造物者增加画意,似经心似不经心点缀上这些大小房子。最引人注意处还是那半空中石壁罅穴处悬空的赭色巨大木柜。上不沾天,下不及泉,传说中古代穴居者的遗迹。端阳竞渡时水面的壮观,平常人不容易得到这种眼福,就不易想象它的动人光景。遇晴明天气,白日西落,天上薄云由银红转成灰紫。停泊崖下的小渔船,烧湿柴煮饭,炊烟受湿,平贴水面,如平摊一块白幕。绿头水凫三只五只,排阵掠水飞去,消失在微茫烟波里。一切光景静美而略带忧郁。随意割切一段勾勒纸上,就可成一绝好宋人画本。满眼是诗,一种纯粹的诗。生命另一形式的表现,即人与自然契合,彼此不分的表现,在这里可以和感官接触。一个人若沉得住气,在这种情境里,会觉得自己即或不能将全人格融化,至少乐于暂时忘了一切浮世的营扰。现实并不使人沉醉,倒令人深思。越过时间,便俨然见到五千年前腰围兽皮手持石斧的壮士,如何精心设意,用红石粉涂染木材,搭架到悬崖高空上情景。且想起两千年前的屈原,忠直而不见信,被放逐后驾一叶小舟漂流江上,无望无助的情景。更容易关心到这地方人将来的命运,虽生活与自然相契,若不想法改造,却将不免与自然同一命运,被另一种强悍有训练的外来者征服制驭,终于衰亡消灭。说起它时使人痛苦,因为明白人类在某种方式下生存,受时代陶冶,会发生一种无可奈何的痛苦。悲悯心与责任心必同时油然而生,转觉隐遁之可羞,振作之必要。目睹山川美秀如此,"爱"与"不忍"会使人不敢堕落,不能堕落。因此一个深心的旅行者,不妨放下坐车的便利,由沅陵乘小船沿沅水上行,用两天到达辰溪。所费的时间虽多一点,耳目所得也必然多一点。

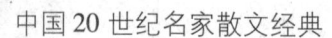

辰溪的煤

湘西有名的煤田在辰溪。一个旅行者若由公路坐车走,早上从沅陵动身,必在这个地方吃早饭。公路汽车须由此过河,再沿麻阳河南岸前进。旅行者一瞥的印象,在车站旁所能看到的仅仅是无数煤堆,以及远处煤堆间几个黑色烟筒。过河时看到的是码头上人分子杂,船夫多,矿工多,游闲人也多。半渡之际看到的是山川风物,秀气而不流于纤巧。水清且急,两丈下可见石子如樗蒲在水底滚动。过渡后必想到,地方虽不俗,人好像很呆,地下虽富足,一般人却极穷相。以为古怪,实不古怪。过路人虽关心当地荣枯和居民生活,但一瞥而过,对地方问题照例是无从明白的。

辰河弄船人有两句口号,旅行者无不熟习,那口号是:"走尽天下路,难过辰溪渡。"事实上辰溪渡也并不怎样难过,不过弄船人所见不广,用纵横千里一条沅水与七个支流小河作准,说说罢了。……

辰溪县的位置恰在两条河流的交汇处,小小石头城临水倚山,建立在河口滩脚崖壁上。河水清而急,深到三丈还透明见底。河面长年来往湘黔边境各种形体美丽的船只。山头是石灰岩,无论晴雨,都可见到烧石灰的窑上飘扬青烟和白烟。房屋多黑瓦白墙,接瓦连椽紧密如精巧图案。对河与小山城成犄角,上游为一个三角形小阜,小阜上有修船造船的

宽坪。位置略下，为一个山嘴，濒河拔峰，山脚一面接受了沅水激流的冲刷，一面被麻阳河长流淘洗，近水岩石多玲珑透空。山半有个壮丽辉煌的庙宇，庙宇外岩石间且有成千大小不一的石佛。在那个悬岩半空的庙里，可以眺望上行船的白帆，听下行船摇橹人唱歌。小船把流而渡，艰难处与美丽处实在可以平分。

地方为产煤区，似乎无处无煤，故山前山后都可见到用土法开掘的煤洞煤井。沿河两岸常有百十只运煤船停泊，上下洪江与常德码头间无时不有若干黑脸黑手脚汉子，把大块黑煤运送到船上，向船舱中抛去。若到一个取煤的斜井边去，就可见到无数同样黑脸黑手脚人物，全身光裸，腰前围一片破布，头上戴一盏小灯，向那个俨若地狱的黑井爬进爬出。矿坑随时可以坍陷或被水灌入，坍了，淹了，这些到地狱讨生活的人，自然也就完事了。（引自《湘行散记》）

战事发生后，国内许多地方的煤田都丢送给日本人了，东三省热河的早已完事。绥远河北山东安徽的全得不着了。可是辰溪县的煤，直到二十七年二月里，在当地交货，两块钱一吨还无买主。运到一百四十里距离的沅陵去，两毛钱一百斤很少人用它。山上沿河两岸遍山是杂木杂草，乡下人无事可作，无生可谋，挑柴担草上城换油盐的太多，上好栎木炭到年底时也不过卖一分钱一斤，除作坊槽坊和较大庄号用得着煤，人人都因习惯便利用柴草和木炭。这种热力大质量纯的燃料，于是同过去一时当地的青年优秀分子一样，在湘西竟成为一种肮脏累赘毫无用处的废物。地方负责的虽知道这两样东西都极有用，可不知怎样来用它。到末了，年青人不是听其漂流四方，就是听他们腐化堕落。廉价的燃料，只好用本地民船运往五百里外的常德，每吨一块半钱到二块六毛钱。同时却用二百五十块钱左右一吨的价钱，运回美孚行的煤油，作为湘西各县城市点灯用油。

富源虽在本地，到处都是穷人，不特下井挖煤的十分穷困，每天只能靠一点点收入，一家人挤塞在一个破烂逼窄又湿又脏的小房子里住，无望无助的混下去。孩子一到十岁左右，就得来参加这种生活竞争。许多开矿的小主人，也因为无知识，捐项多，耗费大，运输不便利，煤又太不值钱，弄得毫无办法，停业破产。

这应当是谁的责任？瞻望河边的风景，以及那一群肮脏瘦弱的负煤人，两相对照，总令人不免想得很远很远。过去的，已成为过去了。来在这地面上，驾驭钢铁，征服自然，使人人精力不完全浪费到这种简陋可怜生活上，使多数人活得稍像活人一点，这责任应当归谁？是不是到明日就有一群结实

精悍的青年,心怀雄心与大愿,来担当这个艰苦伟大的工作?是不是到明日,还不免一切依然如旧?答复这个问题,应在青年本身。

这是一个神圣矿工的家庭故事——

向大成,四十四岁,每天到后坡××公司第三号井里去工作,坐箩筐下降四十三丈,到工作处。每天作工十二小时,收入一毛八分钱。妇人李氏,四十岁,到河码头去给船户补衣裳裤子,每天可得三两百钱。无事作或往相熟处,给人用碎瓷片放放血,用铜钱蘸清油刮刮痧。男女共生养了七个,死去五个,只剩下两个女儿,大的十六岁,十三岁时就被驻防军排长看中,出了两块钱引诱破了身。父亲知道这事情时,就痛打女孩一顿,又为这两块钱,两夫妇大吵大闹一阵,妇人揪着自己鬓发在泥地里滚哭。可是这事情自然同别的事一样,很快的就成为过去了。到十五岁这女孩子已知道从新生活上取乐,且得点小钱花,买甘蔗糍粑吃。于是常常让水手带到空船上去玩耍,不怕丑也不怕别的。可是母亲从熟人处听到她什么时候得了钱,在码头上花了,不拿回来,就用各种野话痛骂泄气。到十六岁父亲却出主张,把她押给一个"老怪物",押二十六块钱。这女孩子于是换了崭新印花标布衣裳,把头梳得光油油的,脸上擦了脂粉,很高兴的来在河边一个小房子里接待当地军、警、商、政各界,照当地规矩,五毛钱关门一回。不久就学会了唱小曲子、军歌、党歌、爱国歌、摇船人催橹歌。母亲来时就偷偷的塞十个当一百铜子或一些角子票到母亲手中,不让老怪物看见。阅世多,经验多,应酬主顾自然十分周到,生意更好了一点,已成为本地"观音"。船上人无不知道河码头的观音。有一次,县衙门个传达,同船上人吃醋,便用个捶衣木杵把这个活观音痛殴一顿,末了,且把小妇人裤子也扒脱抛到河水中去。又气又苦,哭了半天,心里结了个大疙瘩,总想不开,抓起烟匣子向口里倒,咽了三钱烟膏,到第二天便死掉了。父母得到消息,来哭了一阵,拿了点"烧埋钱"走了。死了的人过不久也就装在白木匣子里抬走埋了。小女儿十一岁,每天到河滩上修船处去捡劈柴,带回家烧火煮饭,有一天造船匠故意扬起斧头来恐吓她,她不怕。造船匠于是更当着这孩子撒尿,想用另外一个方法来恐吓她。这女孩子受了辱,就坐在河边堆积的木料上,把一切耳朵中听来的丑话骂那个老造船匠,骂厌后方跑回家里去。回到家里,见母亲却在灶边大哭,原来老的在煤井里被煤块砸死了。……到半夜,那个母亲心想,公司有十二块钱安埋费。孩子今年十二岁,再过四年,就可挣钱了。命虽苦,还有一点希望……

这就是我们所称赞的劳工神圣,一个劳工家庭的真实故事。旅行者的好奇心,若需要证实它,在那里实在顶方便不过,正因为这种家庭是很普遍的,故事是随处可以掇拾的。

读书人的同情,专家的调查,对这种人有什么用?若不能在调查和同情以外有一个办法,这种人总永远用血和泪在同样情形中打发日子,地狱俨然就是为他们而设的。他们的生活,正说明"生命"在无知与穷困包围中必然的种种。读书人面对这种人生时,不配说同情,实应当自愧。正因为这些人生命的庄严,读书人是毫不明白的。

大家都知道辰溪县有煤,此外还有什么,就毫无所知了。在湘西各县裱画店,常有个署名髯翁米子和的口书字幅,用笔极浓重,引人注意。这个米先生就是辰溪县人。

沅水上游几个县分

由辰溪大河上行,便到洪江,洪江是湘西中心。出口货以木材、桐油、鸦片烟为交易中心。市区在两水汇流一个三角形地带,三面临水,通常有"小重庆"称呼。地方归会同县管辖。湖南人吃的"洪江柚子",就是由会同、黔阳、溆浦各县属乡下集中到洪江来的。洪江商务增加了地方的财富与市面繁荣,同时也增加了军人的争夺机会。民国三十年来贵州省的政治变局,都是洪江地方直接间接促成的。贵州军人卢焘、王殿轮、王小珊、周西成、王家烈,全用洪江为发祥地,终于又被部下搞垮。湖南军人周则范、蔡钜猷、陈汉章,全用洪江为根据地,找了百十万造孽钱,负隅自固,周陈二人并且同样是在洪江被刺的。可是这些事对本地又似乎竟无多少关系。这些无知识的小军阀尽管新陈代谢,打来打去,除洪江商人照例吃点亏,与会同却并无关系。地方既不因此而衰败,也不因此而繁荣。溆浦地方在湘西文化水准特别高,读书人特别多,不靠洪江的商务,却靠一片田地,一片果园——蔗糖和橘子园的出产,此外便是几个热心地方教育的人。女子教育的基础,是个姓向女子作成的(即十年前在共产党中作妇女运动被杀的向警予,五四时代写工运文章最有声色的蔡和森的夫人)。史学家向达,经济学家武堉干,出版家舒新城,同是溆浦人。洪江沿沅水上行到黔阳,县城里有一个阳明书院,留下王阳明的一点传说,此外这个地方竟似乎不能引起外人的关心注意,也引不起本地人的自信或自骄。地方在外面读书作事的人相当

多,湘西人的个性强悍处,似乎也因之较少。黔阳毗连芷江,"澧兰沅芷"在历史上成一动人名词。芷江的香草香花,的确不少。公路由辰溪往芷江,不经过溆浦黔阳,是由麻阳河沿河上行一阵,到后向西走,经芷江属的东乡两个市镇,方到芷江。

车由辰溪过渡,沿麻阳河南岸上行时,但见河身平远静穆,嘉树四合,绿竹成林,郁郁葱葱,别有一种境界。沿河多油坊、祠堂,房子多用砖砌成立体方形或长方形,同峻拔不群的枫杉相衬,另是一种格局,有江浙风景的清秀,同时兼北方风景的厚重。河身虽不大,然而屈折平衍,因之引水灌溉两岸,十分便利,土地极其膏腴。急流处本地人多缚大竹作圆形,安置在河边小水堰道间。引水灌高处田地,且联接枧筒长数十丈,将水远引。两岸树木多,因之美丽水鸟也特别多。弄船人除少数铜仁船水手,此外全部是麻阳人,在二百五十里内,这一条河中有多少滩,多少潭,有多少碾房,有多少出名石头,无不清清楚楚。水手们互相谈论争吵的事也常不离这条河流所有的故事,和急流石头的情形。有一个地方名"失马湾",四围是山,山下有大小村落无数,都隐在树丛中。河面宽而平,平潭中黄昏时静寂无声,唯见水鸟掠水飞去,消失在苍茫烟浦里。一切光景美丽而忧郁,见到时不免令人生"大好河山"之感。公路虽不经从失马湾过,失马湾地方有一个故事,却常常给人带走很远。

公路入芷江境后,较大站口名怀化镇。经过的旅客除了称羡草木田地美好,以及公路宽广平坦,此外将无何等奇异感想。可是事实上这个地方的过去,正是中国三十年来的缩影。地方民性强悍,好械斗,多相互仇杀,强梁好事者既容易生事,老实循良的为生存也就力图自卫。蔡锷护法军兴,云南部队既在这里和北洋军作战,结果遗下枪支不少。本地人有钱的买枪,称为团总,个人有枪,称为练丁。枪支一多,各有所恃,于是由仇怨变成劫掠。杂牌军来,收枪裹匪膨胀势力。军队打散后,于是或入山落草保存实力,或收编成军以图挟制。内战既多,新陈代谢之际,唯一可作的事就是相互杀戮。二十年间的混乱局面,闹得至少有一万良民被把头颅割下示众,(作者个人即眼见到有三十左右农民被割头示众,)为本地人留下一笔结不了的血账。然而时间是个古怪东西,这件事到如今,当地人似乎已渐渐忘掉了。遗忘不掉且居然还能够引起旅客一点好奇心对之注意的,是一座光头山顶上留下一列堡垒形的石头房子,不像庙宇也不像住户人家,与山下简陋小市镇对照时,尤其显得两不调和。一望而知这房子是有个动人故事的。这是一个由地主而成团绅,由团绅而作大王,由大王升充军长,由军长获得巨富,由巨富被人暗杀的一个姓陈的产业。这座房子同中国许多地方堂皇富丽的建筑相似,大部分可说是用人血作成的,这房子结束了当地人对于由土匪而大王作

军官成巨富的浪漫情绪。如今业已成为一个古迹,只能供过路人凭吊了。车站旁的当地妇人多显得和平而纯良,用惊奇眼光望着外来车辆和客人。客人若问"那房子是谁的产业?谁在那里住?"一定会听到那些老妇人可怜的回答:"房子是我们这里陈军长的,军长名陈汉章,五年前在洪江被人杀了,房子空空的。"且可怜的微笑。也许这妇人正想起自己被杀死的丈夫,被打死的儿子,也许想的却是那军长死后相传留下三百五十条金子,和几个美丽姨太太的下落。谁知道她想的是什么事。

怀化镇过去二十里有小村市,名"石门",出产好梨,大而酥脆,甜如蜜汁,也和中国别的地方一样,虽有好出产,并不为人注意,专家也从不曾在他著作上提及,县农场和农校更不见栽培过这种果木。再过去二十五里名"榆树湾",地方出好米,好柿饼。与怀化镇历史相同,小小一片地面几乎用血染赤,然而人性善忘,这些事已成为过去了。民性强直,二十年前乡下人上场决斗时,尚有手携着手,用分量同等的刀相砍的公平习惯,若凑巧碰着,很可能增长旅行者一分见识。一个商人的十八岁闺女死了,入土三天后,居然还有一个卖豆腐的青年男子,把这女子从土中刨出,背到山洞中去睡她三夜的热情。这种疯狂离奇的情感,到近年来自然早消灭了。新的普通教育,造成一种无个性无特性带点世故与诈气的庸碌人生观。这种人生观,一部分人自然还以为教育成功,因此为多数人所扶持。正因为如此一来,住城市中的地主阶级,方不至于田园荒芜,收租无着。按规矩,芷江的佃户对地主除缴纳正租外,还应当在每一石租谷中认缴鸡肉一斤,数量多少照算,所以有千来石净收入的人家,到收租时照例可从各佃户处捉回百十只肥鸡。常日吃鸡,吃到年底,还有富余。单是这一点,东乡的民俗如何宜于改造,便很显然了。

榆树湾离芷江还有九十里,公路上行,一部分即沿沅水西岸拉船人纤路扩大改造而成。公路一面傍山,一面临水。地势到此形成一小盆地,无高山重岭,汽车路因之较宽大,较平直。到芷江时,一个过路人一瞥所得印象必不怎么坏。城西有个明代万历年的古塔,名雁塔,形制拙而壮,约略与杭州坍圮的雷峰塔相似。城楼与城中心望楼,从万户人家屋瓦上浮,气象相当博大厚重,像一个府治。河流到了这里忽然展宽许多,约三分之二里。一个十七墩的长桥。由城外河边接连西岸,西岸名王家街,住户店铺也不少。三十年前通云贵的大驿道由此通过(传说中的赶尸必由之路),现在又成为公路站头。城内余地有限,将来发展自然还在西岸。表示这繁荣的起点,是小而简陋的木房子无限量的增加。

有个大佛寺,也是明朝万历年间的建筑,殿中大佛头耳朵可容八个人盘旋而上,佛顶可摆四桌酒席绰绰有余。好风雅的当地绅士,每逢重阳节便到

佛头上登高,吃酒划拳,觉得十分有趣。本地绅士有"维新派",知去掉迷信不知道保存古迹,民国九年佛殿圮坍后,因此各界商议,决定打倒大佛。当时南区的警察所长是个麻脸大胖子,凤凰县人,人大心细,身圆姓方,性情恰恰如吉诃德先生的仆人,以为这是一件极有意义的工作,就亲自用锹头去掘佛头,并督率警士参加这种工作。事后向熟人说:"今天真作了一件平生顶痛快事情(不说顶蠢事情),打倒了一尊五百年的偶像。人说大佛是金肝银肠朱砂心,得到它岂不是可以大发一笔洋财?哪知道打倒了它,什么也得不到。肚子里一堆古里古怪的玩意儿,手写的经书,泥作的小佛,绸子上画了些花花朵朵,——鬼知道有什么用。五百年宝贝,一钱不值。大脑袋里装了六十担茶叶,一个茶叶库,一点味道都没有,谁都不要,只好堆在坪里,一把火烧掉。"把话说完时,伸出两只蒲扇手,"狗禽的,一把火烧完了,痛快。"总而言之,除了一大殿,当时能放火烧的都被这位开明警察所长烧了。保存得上好的五百卷手抄本经卷,和五彩壁画的版子,若干漆胎的佛像,全烧光了。大佛泥土堆积如一座小山。这座山的所在处,现在本地年青人已经不大知道了。当地毁去了那么一座偶像,其实却保存另外一个活偶像。城里东门大街福音堂里,住下一个基督教包牧师,在当时是受本城绅士特别爱护尊敬的。受尊敬的原因,为的是当时土匪不敢惊动洋人。有时城中绅士被当作肥羊吊去时,无从接头,这牧师便放下侍奉上帝神圣的职务,很勇敢慷慨深入匪区去代人说票。离县城三十里的西望山,早已成为土匪老巢,有枪兵一排人还不敢通过,大六月天这位牧师去避暑,却毫不在意,既不引起众人对于这个牧师身分的怀疑,反而增加这个牧师在当地"所向无敌"的威信。这事说来已二十年,上帝大约已把那牧师收回天国,也近于一篇故事了。

二十年来本地绅士半数业已谢世,余下的都渐渐衰老了,子侄辈长大成人,当前问题恐不是毁佛学道,必是如何想法不让子侄辈向西北走。担心的并不是社会革命,倒是家庭革命。家庭一革命,作严父作慈父两不讨好。

芷江的绅士多是地主,正因为有钱,因此吃喝享乐之外历来还受两重压迫,土匪和外来驻防剿匪军,两者的苛索都不容易侍候。近年来一切都不同了,最大的威胁,恐怕是自己家里的子女"自由"。子女在外受教育的多,对于本地是一种转机,对于少数人,看来却似乎是一种危机。

广西民政厅厅长邱昌渭先生,是这个地方人。

芷江大桑和蚕种都相当好,白蜡收成也极可观。又出产好米,西望山下有一种特别玉腰米,作饭时长到五分。此外桃子和冬菌,在湖南应当首屈一指。可是当地农校林场却只能发现些不高不矮的洋槐树、黄金树。稻种改良,蚕桑推广,蜡虫研究,和果木栽培,都不曾作,作来也无良好成绩可言。这就要后来者想办法了。后来者可作的事正多。

由芷江往晃县，给人的印象是沿公路山头渐低渐小，山上树木转增密蒙。一个初到晃县的人，爱热闹必觉得太不热闹，爱孤僻又必觉得不够孤僻。就地形看来，小小的红色山头一个接连一个，一条河水弯弯曲曲的流去，山水相互环抱，气象格局小而美，读过历史的必以为传说中的古夜郎国，一定是在这里。对湘西人民生活状况有兴味的人，必立刻就可发现当地妇女远不如沅陵妇女之勤苦耐劳而富于艺术爱好。妇女比例数目少一点，重视一点，也就懒惰一点。男子呢，与产烟区域的贵州省太接近，并且是贵州烟转口的地方，许多人血里都似乎有了烟毒。一瞥印象是愚、穷、弱。三种气分表现在一般市民的脸上，服饰上，房屋建筑上。

　　晃县的市场在龙溪口。公路通车以前，烟贩、油商、木商等客人，收买水银坐庄人，都在龙溪口作生意。地方被称为"小洪江"，由于繁荣的原因和洪江大同小异。地方离老县城约三里，有一段短短公路可通行，公路上且居然还有十多辆人力车点缀，一里两毛，还是求过于供。主顾最多的大约是本地小土娼，因为奔跑两处，必需以车代步，不然真不免夜行多露，跋涉为劳。

　　烟土既为本地转口货大宗生意，烟帮客人是到处受欢迎的客人，护送烟帮出差为军人最好的差事，特税查缉员在中国公务员中最称尽职。本地多数人的生存意义或生存事实，都和烟膏烟土不可分。因之令人发生疑问，假若禁烟事对于禁吸禁运办法实行以后，这地方许多人家许多商务如何维持？也许有人真那么想到，结果却默然无言。

　　四月里一个某某部队过路，在河西车站边借了一个民居驻防，开拔后，屋主人去清察房屋，才发现有个兵士模样的男子，被反缚两手，胸脯上戳了三刀，抛在粪坑边死了。部队还是当天开拔的。谁作的事，不知道。被杀的是谁？传说是查缉处兵士。官方对于这类事照例搁下，保留，无从追究。过不久，大家一定就忘记这件不愉快事情了。

　　另外有个烟贩，由贵阳乘车到达，行李衣箱内藏了一万块钱法币，七千块钱烟土印花，落店后，半夜里突然有人来检查。翻厂一阵，发现了那个衣箱，打开一看，把那个钱拿跑了。这烟贩不声不响，第二天就包赁一辆汽车回转贵阳。好像一抢便已完事。县知事不知道，是谁作的事，烟贩倒似乎知道除老乡外别无他人，只是不说。君子报仇三年，冤有头，债有主，不用麻烦官家。

　　两件事都发生在车站近旁，所谓边境，从这两件事情上可知道一二。边境的悲剧或喜剧，常常与烟土有密切关系。

　　边境有边境古风，每夜查铺子共计警务人员四位，高举扁方纸糊灯笼，进门问问姓氏，即刻就走了。查铺子的怕"委员"，怕"中央"，怕"军人"，怕许多许多，灯笼高举各家走去为的是尽职。更主要的还是旅客必需将姓名

注上循环簿,旅馆用完时好到警局去领,每本缴三毛法币。就市价估计,成本约一毛五分。

小公务员还保留一种特别权利,在小客栈中开一房间,叫两个条子打麻将取乐,消遣此有涯之生。这种公务员自然也有从外路来到此地,享受这种特别权利的。总之多数人都认为这是一种权利,一种娱乐,不觉得可羞,所以在任何地方都可见到。

本地人口货销行最好的是纸烟。许多普通应用药品,到这地方都不容易得到,至于纸烟,无不应有尽有。各种甜咸罐头也卖得出。只是无一个书店,可知书籍在这地方并无多大用处。

经营"最古职业"的娘儿们,多数身子小小的,瘦瘦的,露出睡眠不足营养不足的神气,着短衣大脚裤,并在腰边扎一条粉红绸巾,会唱多种小曲,也会唱党歌、军歌、抗战歌,因为得应酬当地军警政商各界,也必需懂流行的歌曲。世人常说妓女生活很苦,大都会中低级妓女给人的印象的确很苦,每日与生活挣扎,受自然限制,为人事挫折,事事可以看出。这小小边城妓女,与其说是在挣扎生活,不如说是在混生活。生存是无目的的无所为的,正与若干小公务员小市民情形极其相同,同样是混日子,迷迷糊糊混下去,听机会分派哀乐得失,在小小生活范围内转。活时,活下去;死了,完事。"野心"在多数人生活中都不存在,"希望"也不会存在。十分现实,因此带点抽象骗人玩意儿,航空奖券和百龄机,发卖地方相去太远,对于这类人的刺激也无多大意义,刺激不了他们的任何冲动感情。若说这些妇女生活可悲可悯,公务员和小市民同样可悯。这是传说中的古夜郎国,可是到如今来"自大"两字也似乎早已消灭了。

多数人一眼望去都很老实,这老实另一面即表现"愚"与"惰"。妇人已很少看到胸前有精美扣花围裙,男子雄赳赳担着山兽皮上街找主顾的瑶族人民也不多见,贵州烟帮商人在这里势力特别大,由于烟土是贵州省运来的,这是烟帮入境的第一站。

妇人小孩大都患瘰疬,营养不良是一般人普遍现象。

木材在这里大不值钱,然而处置木材的方式,亦因无知与懒惰,多不得其法,这事从当地各式建筑都可见出。

湖南境的沅水到此为止,自然景物到此越加美丽,人事无章次处到此也就越加显著。正如造物者为求均衡,有意抑彼扬此,恰到好处。本地见出受对日战事影响,除了上行车辆加大,乘车人骤增成千上万,市面上呈现一种前所未有的异常活跃,到处有新房子在兴建,此外直接使本地人受拘束,在改造,起变化的,是壮丁训练。每早上六点钟左右,汽车西站旁大坪里就有个老妇人筛锣,告大家应当起床。于是来了一个着军服的年青人,精神饱

满,夹了三四个薄薄本子(唱歌的抄本),吹哨子集合,各处人家于是走出二十来个大小不等制服不齐的候补壮丁,在坪里集合点名,经过短短训话后即上操,唱歌。大约训练工作还不很久,因此唱歌得一句一句教。教者十分吃力,学者对于歌中意义也不易懂。而且所有歌曲都是那些城里知识分子编的,实在不大好听,调子也古怪难于记忆,对于乡下人真是一种拗口"训练"。若把调子编成沅水流域弄船摇橹人打呼号的声音,或保靖花灯戏调子,或麻阳春官唱的农事节会的歌词腔调,一定好听得多易学得多了。可是这个指导训练工作人员,在本地却是唯一见出有生气有朝气的青年。地方一切会在他们努力下慢慢改变过来的。青年之觉醒是必然的。

十五年前在沅水上游称一霸,由教学先生而变为土匪,由大王而变为军人,由司令而卡察一刀。外县人来到晃县,提出这个人的名字时,如今尚可以听到许多故事。这人名姚继虞,就是晃县人。十年前又有个北京农科大学毕业生,为人热情而正直,身个子小小的,同学中叫他"毛胡子"。大革命时回到故乡作农会主席、党务特派员。领导两万武装农民到芷江县入城示威,清党时死于芷江南城城门前。这个名唐伯赓,也是晃县人。

凤凰

这是从一个作品里摘录出关于凤凰的轮廓。

　　一个好事的人,若从百年前某种较旧一点的地图上寻找,一定可在黔北、川东、湘西一处极偏僻的角隅上,发现了一个名为"镇筸"的小点。那里同别的小点一样,事实上应有一个小小城市,在那城市中,安顿了数千户人口的。不过一切城市的存在,大部分皆在交通、物产、经济的情形下面,成为那个城市荣枯的因缘。这一个地方,却以另外一种意义无所依附而独立存在。试将那个用粗糙而坚实巨大石头砌成的圆城作为中心,向四方展开,围绕了这边疆僻地的孤城,约有五百余苗寨,各有千总守备镇守其间。有数十屯仓,每年屯数万石粮食为公家所有。五百左右的碉堡,二百左右的营汛。碉堡各用大石堆成。位置在山顶头,随了山岭脉络蜿蜒各处,营汛各位置在驿路上,布置得极有秩序。这些东西是在一百八十年前,按照一种精密的计划,各保持到相当距离,在周围附近三县数百里内,平均分配下来,解决了退守一隅常作暴动的边地苗族叛变的。两世纪来满清的暴政,以及因这暴政而引起的反抗,血染赤了每一条官道同每一个碉堡。到如今,一切不同了。碉堡多数业已残毁了,营汛多数成为民房了,人民已大半同化了。落日黄昏时节,站到那个巍然独在万山环绕的孤城高处,眺望那些远近残毁碉堡,还可依稀想见当时角鼓火炬传警告急的光景。这地方到今日此时,因为另一军事重心,一切均以一种迅速的情形在改变,在进步,同时这种进步,也就正消灭到过去一切。

地方统治者分数种,最上为天神,其次为官,又其次才为村长同执行巫术的神的侍奉者。人人洁身信神,守法怕官。城中居民每家俱有兵役,可按月各到营上领取一点银子,一份米粮,且可从官家领取二百年前被政府所没收的公田播种。

这地方本名镇筸城,后改凤凰厅,入民国后,才升级改名凤凰县。满清时辰沅水靖兵备道,镇筸镇总兵均驻节此地。辛亥革命后,湘西镇守使,辰沅道仍在此办公。除屯谷外,国家每月约用银六万到八万两经营此小小山城。地方居民不过五六千,驻防各处的正规兵士却有七千。由于环境不同,直到现在其地绿营兵役制度尚保存不废,为中国绿营军制唯一残留之物。(引自《凤子》)

苗人放蛊的传说,由这个地方出发。辰州符的实验者,以这个地方为集中地。三楚子弟的游侠气概,这个地方因屯丁子弟兵制度,所以保留得特别多。在宗教仪式上,这个地方有很多特别处,宗教情绪(好鬼信巫的情绪)因社会环境特殊,热烈专诚到不可想象。小小县城里外大型建筑,不是庙宇就是祠堂,江西人经营的绸布业,会馆建筑特别壮丽华美。湘西之所以成为问题,这个地方人应当负较多责任。湘西的将来,不拘好或坏,这个地方人的关系都特别大。湘西的神秘,只有这一个区域不易了解,值得了解。

它的地域已深入苗区,文化比沅水流域任何一县都差得多,然而民国以来湖南的政治家熊希龄先生,却出生在那个小小县城里。地方可说充满了迷信,然而那点迷信,却被历史很巧妙的糅合在军人的情感里,因此反而增加了军人的勇敢性与团结性。去年在嘉善守兴登堡国防线抗敌时,作战之沉着,牺牲之壮烈,就见出迷信实无碍于它的军人职务。县城一个完全小学也办不好,可是许多青年却在部队中当过一阵兵后,辗转努力,得入正式大学,或陆军大学,成绩都很好。一些由行伍出身的军人,常识且异常丰富;个人的浪漫情绪与历史的宗教情绪结合为一,便成游侠者精神,领导得人,就可成为卫国守土的模范军人。这种游侠精神若用不得其当,自然也可以见出种种短处。或一与领导者离开,即不免在许多事上精力浪费。甚焉者即糜烂地方,尚不自知。总之,这个地方的人格与道德,应当归入另一型范。由于历史环境不同,它的发展也就不同。

凤凰军校阶级不独支配了凤凰,且支配了湘西沅水流域二十县。它的弱点与二十年来中国一般军人弱点相似,即知道管理群众,不大知道教育群众。知道管理群众,因此在统治下社会秩序尚无问题。不大知道教育群众,因此一切进步的理想都难实现。地方边僻,且易受人控制,如数年前领导者陈渠珍被何健压迫离职,外来贪污与本地土劣即打成一片,地方受剥削宰割,毫无办法。民性既刚直,团结性又强,领导者如能将这种优点成为一个教育原则,使湘西群众人人各有一种自尊和自信心,认为湘西人可以把湘西弄好,这工作人人有份,是每人责任也是每人权利,能够这样,湘西之明日,就大不相同了。

典籍上关于云贵放蛊的记载,放蛊必与仇怨有关,仇怨又与男女事有关。换言之,就是新欢旧爱得失之际,蛊可以应用作争夺工具或报复工具。中蛊者非狂即死,唯系铃人可以解铃。这倒是蛊字古典的说明,与本意相去不远。看看贵州小乡镇上任何小摊子上都可以公开的买红砒,就可知道蛊并无如何神秘可言了。但蛊在湘西却有另外一种意义,与巫,与此外少女的落洞致死,三者同源而异流,都源于人神错综,一种情绪被压抑后变态的发展。因年龄、社会地位和其他分别,穷而年老的,易成为蛊婆,三十岁左右的,易成为巫,十六岁到二十二三岁,美丽爱好性情内向而婚姻不遂的,易落洞致死。三者都以神为对象,产生一种变质女性神经病。年老而穷,怨愤郁结,取报复形式方能排泄感情,故蛊婆所作所为,即近于报复。三十岁左右,对神力极端敬信,民间传说如"七仙姐下凡"之类故事又多,结合宗教情绪与浪漫情绪而为一,因此总觉得神对她特别关心,发狂,呓语,天上地下,无往不至,必需作巫,执行人神传递愿望与意见工作,经众人承认其为神之子后,中和其情绪,狂病方不再发。年青貌美的女子,一面为戏文才子佳人故事所启发,一面由于美貌而有才情,婚姻不谐,当地武人出身中产者规矩又严,由压抑转而成为人神错综,以为被神所爱,因此死去。

善蛊的通称"草蛊婆",蛊人称"放蛊"。放蛊的方法是用虫类放果物中,毒虫不外蚂蚁、蜈蚣、长蛇,就本地所有且常见的。中蛊的多小孩子,现象和通常害疳疾腹中生蛔虫差不多,腹胀人瘦,或梦见虫蛇,终于死去。病中若家人疑心是同街某妇人放的,就往去见见她,只作为随便闲话方式,客客气气的说:"伯娘,我孩子害了点小病,总治不好,你知道什么小丹方,告我一个吧。小孩子怪可怜!"那妇人知道人疑心到她了,必说:"那不要紧,吃点猪肝(或别的)就好了。"回家照方子一吃,果然就好了。病好的原因是"收蛊"。蛊婆的家中必异常干净,个人眼睛发红。蛊婆放蛊出于被蛊所逼迫,到相当时日必来一次。通常放一小孩子可以经过一年,放一树木(本地凡树木起瘿有蚁穴因而枯死的,多认为被放蛊死去)只抵两月,放自己孩子却可抵三年。

蛊婆所住的街上,街邻照例对她都敬而远之的客气,她也就从不会对本街孩子过不去。(甚至于不会对全城孩子过不去。)但某一时若迫不得已使同街孩子或城中孩子因受蛊致死,好事者激起公愤,必把这个妇人捉去,放在大六月天酷日下晒太阳,名为"晒草蛊"。或用别的更残忍方法惩治。这事官方从不过问。即或这妇人在私刑中死去,也不过问。受处分的妇人,有些极口呼冤,有些又似乎以为罪有应得,默然无语。然情绪相同,即这种妇人必相信自己真有致人于死的魔力。还有些居然招供出有多少魔力,施行过多少次,某时在某处蛊死谁,某地方某大树枯树自焚也是她作的。在招供中且俨然得到一种满足的快乐。这样一来,照习惯必在毒日下晒三天,有些妇人被晒过后,病就好了,以为蛊被太阳晒过就离开了,成为一个常态的妇人。有些因此就死掉了,死后众人还以为替地方除了一害。其实呢,这种妇人与其说是罪人,不如说是疯婆子。她根本上就并无如此特别能力蛊人致命。这种妇人是一个悲剧的主角,因为她有点隐性的疯狂,致疯的原因又是穷苦而寂寞。

行巫者其所以行巫,加以分析,也有相似情形。中国其他地方巫术的执行者,同僧道相差不多,已成为一种游民懒妇谋生的职业。视个人的诈伪聪明程度,见出职业成功的多少。他的作为重在引人迷信,自己却清清楚楚。这种行巫,已完全失去了他本来性质,不会当真发疯发狂了。但凤凰情形不同。行巫术多非自愿的职业,近于"迫不得已"的差使。大多数本人平时为人必极老实忠厚,沉默寡言。常忽然发病,卧床不起,如有神附体,语音神气完全变过。或胡唱胡闹,天上地下,无所不谈。且哭笑无常,殴打自己。长日不吃,不喝,不睡觉。过三两天后,仿佛生命中有种东西,把它稳住了,因极度疲乏,要休息了,长长的睡上一天,人就清醒了。醒后对病中事竟毫无所知,别的人谈起她病中情形时,反觉十分羞愧。

可是这种狂病是有周期性的(也许还同经期有关系),约两三个月一次。每次总弄得本人十分疲乏,欲罢不能。按照习惯,只有一个方法可以治疗,就是行巫。行巫不必学习,无从传授,只设一神坛,放一平斗,斗内装满谷子,插上一把剪刀。有的什么也不用,就可正式营业。执行巫术的方式,是在神前设一座位,行巫者坐定,用青丝绸巾覆盖脸上。重在关亡,托亡魂说话,用半哼半唱方式,谈别人家事长短,儿女疾病,远行人情形。谈到伤心处,谈者涕泗横溢,听者自然更嘘泣不止。执行巫术后,已成为众人承认的神之子,女人的潜意识,因中和作用,得到解除,因此就不会再发狂病。初初执行巫术时,且照例很灵,至少有些想不到的古怪情形,说来十分巧合。因为有事前狂态作宣传,本城人知道的多,行巫近于不得已,光顾的老妇人必甚多,生意甚好。行巫虽可发财,本人通常倒不以所得多少关心,受神指定

为代理人，不作巫即受惩罚，设坛近于不得已。行巫既久，自然就渐渐变成职业，使术时多做作处。世人的好奇心，这时又转移到新近设坛的别一妇人方面去。这巫婆若为人老实，便因此撤了坛，依然恢复她原有的职业，或作奶妈，或作小生意，或带孩子。为人世故，就成为三姑六婆之一，利用身份，串当地有身分人家的门子，陪老太太念经，或如《红楼梦》中与赵姨娘合作同谋马道婆之流妇女，行使点小法术，埋在地下，放在枕边，使"仇人"吃亏。或更作媒作中，弄一点酬劳脚步钱。小孩子多病，命大，就拜寄她作干儿子。小孩子夜惊，就为"收黑"，用个鸡蛋，咒过一番后，黄昏时拿到街上去，一路喊小孩名字，"八宝回来了吗？"另一个就答，"八宝回来了，"一直喊到家。到家后抱着孩子手蘸唾沫抹抹孩子头部，事情就算办好了。行巫的本地人称为"仙娘"。她的职务是"人鬼之间的媒介"，她的群众是妇人和孩子。她的工作真正意义是她得到社会承认是神的代理人后，狂病即不再发。当地妇女实为生活所困苦，感情无所归宿，将希望与梦想寄在她的法术上，靠她得到安慰。这种人自然间或也会点小丹方，可以治小儿夜惊，膈食。用通常眼光看来，殊不可解，用现代心理学来分析，它的产生同它在社会上的意义，都有它必然的原因。一知半解的读书人，想破除迷信，要打倒它，否认这种"先知"，正说明另一种人的"无知"。

至于落洞，实在是一种人神错综的悲剧，比上述两种妇女病更多悲剧性。地方习惯是女子在性行为方面的极端压制，成为最高的道德。这种道德观念的形成，由于军人成为地方整个的统治者。军人因职务关系，必时常离开家庭外出，在外面取得对于妇女的经验，必使这种道德观增强，方能维持他的性的独占情绪与事实。因此本地认为最丑的事无过于女子不贞，男子听妇女有外遇。妇女若无家庭任何拘束，自愿解放，毫无关系的旁人亦可把女子提来光身游街，表示与众共弃。下面故事是另外一个最好的例。

旅长刘俊卿，夫人是一个女子学校毕业生，平时感情极好。有同学某女士，因同学时要好，在通信中不免常有些女孩子的感情的话。信被这位军官见到后，便引起疑心。后因信中有句话语近于男子说的："嫁了人你就把我忘了，"这位军官疑心转增。独自驻防某地，有一天，忽然要马弁去接太太，并告马弁："你把太太接来，到离这里十里，一枪给我把她打死，我要死的不要活的。我要看看她还有一点热气，不同她说话。你事办得好，一切有我；事办不好，不必回来见我。"马弁当然一切照办。当真把旅长太太接来防地，到要下手时，太太一看情形不对，问马弁是什么意思。马弁就告她这是旅长的意思。太太说："我不能这样冤枉死去，你让我见他去说个明白！"马弁说："旅长命令要这办，不然我就得死。"末了两人都哭了。太太让马弁把枪口按在心子上一枪打死了，(打心子好让血往腔子里流！)轿夫快快的把这位太

太抬到旅部去见旅长，旅长看看后，摸摸脸和手，看看气已绝了，不由自主淌了两滴英雄泪，要马弁看一副五百块钱的棺木，把死者装殓埋了。人一埋，事情也就完结了。

这悲剧多数人就只觉得死者可悯，因误会得到这样结果，可不觉得军官行为成为问题。倘若女的当真过去一时还有一个情人，那这种处置，在当地人看来，简直是英雄行为了。

女子在性行为所受的压制既如此严酷，一个结过婚的妇人，因家事儿女勤劳，终日织布，绩麻，作腌菜，家境好的还玩骨牌，尚可转移她的情绪，不至于成为精神病。一个未出嫁的女子，尤其是一个爱美好洁，知书识字，富于情感的聪明女子，或因早熟，或因晚婚，这方面情绪上所受的压抑自然更大，容易转成病态。地方既在边区苗乡，苗族半原人的神怪观影响到一切人，形成一种绝大力量。大树、洞穴、岩石，无处无神。狐、虎、蛇、龟，无物不怪。神或怪在传说中美丑善恶不一，无不赋以人性。因人与人相互爱悦，和当前道德观念极端冲突，便产生人和神怪爱悦的传说，女性在性方面的压抑情绪，方借此得到一条出路。落洞即人神错综之一种形式。背面所隐藏的悲惨，正与表面所见出的美丽成分相等。

凡属落洞的女子，必眼睛光亮，性情纯和，聪明而美丽。必未婚，必爱好，善修饰。平时贞静自处，情感热烈不外露，转多幻想。间或出门，即自以为某一时无意中从某处洞穴旁经过，为洞神一瞥见到，欢喜了她。因此更加爱独处，爱静坐，爱清洁，有时且会自言自语，常以为那个洞神已驾云乘虹前来看她。这个抽象的神或为传说中的相貌，或为记忆中庙宇里的偶像样子，或为常见的又为女子所畏惧的蛇虎形状。总之这个抽象对手到女人心中时，虽引起女子一点羞怯和恐惧，却必然也感到热烈而兴奋。事实上也就是一种变形的自渎。等待到家中人注意这件事情深为忧虑时，或正是病人在变态情绪中恋爱最满足时。

通常男巫的职务重在和天地，悦人神，对落洞事即付之于职权以外，不能过问。辰州符重在治大伤，对这件事也无可如何。女巫虽可请本家亡灵对于这件事表示意见，或阴魂入洞探询消息，然而结末总似乎凡属爱情，即无罪过。洞神所欲，一切人力都近于白费。虽天王佛菩萨权力广大，人鬼同尊，亦无从为力。（迷信与实际社会互相映照，可谓相反相成。）事到末了，即是听其慢慢死去。死的迟早，都认为一切由洞神作主。事实上有一半近于女子自己作主。死时女子必觉得洞神已派人前来迎接她，或觉得洞神亲自换了新衣骑了白马来接她，耳中有箫鼓竞奏，眼睛发光，脸色发红，间或在肉体上放散一种奇异香味，含笑死去。死时且显得神气清明，美艳照人。真如诗人所说："她在恋爱之中，含笑死去。"家中人多泪眼莹然相向，无可奈何。

只以为女儿被神所眷爱致死。料不到女儿因在人间无可爱悦,却爱上了神,在人神恋与自我恋情形中消耗其如花生命,终于衰弱死去。

女子落洞致死的年龄,迟早不等,大致在十六到二十四五左右。病的久暂也不一,大致由两年到五年。落洞女子最正当的治疗是结婚,一种正常美满的婚姻,必然可以把女子从这种可怜的生活中救出。可是照习惯这种为神眷顾的女子,是无人愿意接回家中作媳妇的。家中人更想不到结婚是一种最好的法术和药物。因此末了终是一死。

湘西女性三种阶段的年龄中,产生蛊婆女巫和落洞女子。三种女性的歇思底里亚,就形成湘西的神秘之一部分。这神秘背后隐藏了动人的悲剧,同时也隐藏了动人的诗。至如辰州符,在伤科方面用催眠术和当地效力强不知名草药相辅为治,男巫用广大的戏剧场面,在一年将尽的十冬腊月,杀猪宰羊,击鼓鸣锣,来作人神和乐的工作,集收人民的宗教情绪和浪漫情绪,比较起来,就见得事很平常,不足为异了。

浪漫情绪和宗教情绪两者混而为一,在女子方面,它的排泄方式,有如上所述说的种种。在男子方面,则自然而然成为游侠者精神。这从游侠者的道德观所表现的宗教性和戏剧性也可看出。妇女道德的形成,与游侠者的道德观大有关系。游侠者对同性同道称哥唤弟,彼此不分。故对于同道眷属亦视为家中人,呼为嫂子。子弟儿郎们照规矩与嫂子一床同宿,亦无所忌。但条款必遵守,即"只许开弓,不许放箭"。条款意思就是同住无妨,然不能发生关系。若发生关系,即为犯条款,必受严重处分。这种处分仪式,实充满宗教性和戏剧性。下面一件记载,是一个好例。这故事是一个参加过这种仪式的朋友说的。

在野地排三十六张方桌(象征梁山三十六天罡),用八张方桌重叠为一个高台,桌前掘个一丈八尺见方的土坑,用三十六把尖刀竖立坑中,刀锋向上,疏密不一。预先用浮土掩着,刀尖不外露。所有弟兄哥子都全副戎装到场,当时流行的装束是:青绉绸巾裹头,视耳边下垂巾角长短表示身分。穿纸甲,用棉纸捶炼而成,中夹头发,作成背心式样,轻而柔韧,可以避刀刃。外穿密纽打衣,袖小而紧。佩平时所长武器,多单刀双刀,小牛皮刀鞘上绘有绿云红云,刀环上系彩绸,作为装饰。着青裤,裹腿,腿部必插两把黄鳝尾小尖刀。赤脚,穿麻练鞋。桌上排定酒盏,燃好香烛,发言的必先吃血酒盟心。(或咬一公鸡头,将鸡血滴入酒中,或咬破手指,将本人血滴入酒中。)"管事"将事由说明,请众议处。事情是一个作大哥的嫂子有被某"老幺"调戏嫌疑,老幺犯了某条某款。女子年青而貌美,长眉弱肩,身材窈窕,眼光如星子流转。男的不过二十岁左右,黑脸长身,眉目英悍。管事把事由说完后,女子继即陈述经过,那青年男子在旁沉默不语。此后轮到青年开口时,

就说一切都出于诬蔑。至于为什么诬蔑，他不便说，嫂子应当清清楚楚。那意思就是说嫂子对他有心，他无意。既经否认，各执一说，"执法"无从执行处分，因此照规矩决之于神。青年男子把麻鞋脱去，把衣甲脱去，光身赤脚爬上那八张方桌顶上去。毫无惧容，理直气壮，奋身向土坑跃下。出坑时，全身丝毫无伤。照规矩即已证实心地光明，一切出于受诬。其时女子头已低下，脸色惨白，知道自己命运不佳，业已失败，不能逃脱。那大哥揪着女的发髻，跪到神桌边去，问她："还有什么话说？"女的说："没有什么说的。冤有头，债有主。凡事天知道。"引颈受戮，不求饶也不狡辩，一切沉默。这大哥看看四面八方，无一个人有所表示，于是拔出背上单刀，一刀结果了这个因爱那小兄弟不遂心，反诬他调戏的女子。头放在神桌前，眉目下垂如熟睡。一伙哥子弟兄见事已完，把尸身拖到原来那个土坑里去，用刀掘土，把尸身掩埋了。那个大哥和那个幺兄弟，在情绪上一定都需要流一点眼泪，但身分上的习惯，却不许一个男子为妇人显出弱点，都默默无言，各自走开。

  类乎这种事情还很多。都是浪漫与严肃，美丽与残忍，爱与怨交缚不可分。

  游侠者行径在当地也另成一种风格，与国内近代化的青红帮稍稍不同。重在为友报仇，执弱锄强，挥金如土，有诺必践。尊重读书人，敬事同乡长老。换言之，就是还能保存一点古风。有些人虽能在川黔湘鄂边境数省号召数千人集会，在本乡却谦虚纯良，犹如一乡巴佬。有兵役的且依然按时入衙署当值，听候差遣作小事情，凡事照常。赌博时用小铜钱三枚跌地，名为"板三"，看反覆、数目，决定胜负，一反手间即输黄牛一头，银元一百两百，输后不以为意，扬长而去，从无翻悔放赖情事。决斗时两人用分量相等武器，一人对付一人，虽亲兄弟只能袖手旁观，不许帮忙。仇敌受伤倒下后，即不继续填刀，否则就被人笑话，失去英雄本色，虽胜不武。犯条款时自己处罚自己，割手截脚，脸不变色，口不出声。总之，游侠观念纯是古典的，行为是与太史公所述相去不远的。二十年闻名于川黔湘鄂各边区凤凰人田三怒，可为这种游侠者一个典型。年纪不到十岁，看木傀儡戏时，就携一血裤木短棒，在戏场中向屯垦军子弟不端重的横蛮的挑衅，或把人痛殴一顿，或反而被人打得头破血流，不以为意。十二岁就身怀黄鳝尾小刀，称"小老幺"，三江四海口诀背诵如流。家中老父开米粉馆，凡小朋友照顾的，一例招待，从不接钱。十五岁就为友报仇，走七百里路到常德府去杀一木客镖手，因听人说这个镖手在沅州有意调戏一个妇人，曾用手触过妇人的乳部，这少年就把镖手的双手砍下，带到沅州去送给那朋友。年纪二十岁，已称"龙头大哥"，名闻边境各处。然在本地每日抱大公鸡往米场斗鸡时，一见长辈或教学先生，必侧身在墙边让路，见女人必低头而过，见作小生意老妇人，必叫伯母，见人相争相吵，必心平气和劝解，且用笑话使大事化为小事。周济逢丧事的

孤寡，从不出名露面。各庙宇和尚尼姑行为有不正当的，恐败坏当地风俗，必在短期中想方法把这种不守清规的法门弟子逐出境外。作龙头后身边子弟甚多，龙蛇不一，凡有调戏良家妇女，或赌博撒赖，或倚势强夺经人告诉的，必招来把事情问明白，照条款处办。执法老幺，被派往六百里外杀人，随时动员，如期带回证据。结怨甚多，积德亦多。身体瘦黑而小，秀弱如一小学教员，不相识的绝不会相信这是湘西一霸。

光棍服软不服硬，白羊岭有一张姓汉子，出门远走云贵二十年，回家时与人谈天，问："本地近来谁有名？"或人说："田三怒。"姓张的稍露出轻视神气："田三怒不是正街卖粉的田家小儿子？"当夜就有人去叫张家的门，在门外招呼说："姓张的，你明天天亮以前走路，不要在这个地方住。不走路后天我们送你回老家。"姓张的不以为意，可是到后天大清早，有人发现他在一个桥头上斜坐着。走近身看看，原来两把刀插在心窝上，人已经死了。另外有个姓王的，卖牛肉讨生活，过节喝了点酒，酒后忘形，当街大骂田三怒不是东西，若有勇气，可以当街和他比比。正闹着，田三怒却从街上过身，一切听得清清楚楚。事后有人赶去告给那醉汉的母亲，老妇人听说吓慌了，赶忙去找他，哭哭啼啼，求他不要见怪。并说只有这个儿子，儿子一死，自己老命也完了。田三怒只是笑，说："伯母，这是小事情，他喝了酒，乱说玩的。我不会生他的气。谁也不敢挨他，你放心。"事后果然不再追究。还送了老妇人一笔钱，要那儿子开个面馆。

田三怒四十岁后，已豪气稍衰，厌倦了风云，把兄弟遣散，洗了手，在家里养马种花过日子。间或骑了马下乡去赶场，买几只斗鸡，或携细尾狗，带长网去草泽地打野鸡，逐鹌鹑，猎猎野猪，人料不到这就是十年前在川黔边境增加了凤凰人光荣的英雄田三怒。本人也似乎忘记自己作了些什么事。一天下午，牵了他那两匹骏健白马出城下河去洗马。城头上有两个懦夫居高临下，用两支匣子炮由他身背后打了约十三发子弹，有两粒子弹打在后颈上，五粒打在腰背上。两匹白马受惊，脱了缰沿城根狂奔而去。老英雄受暗算后，伏在水边石头上，勉强翻过身来，从怀中掏出小勃朗宁拿在手上，默默无声。他知道等等就会有人出城来的。不一会，懦夫之一果然提着匣子炮出城来了，到离身三丈左右时，老英雄手一扬起，枪声响处那懦夫倒下，子弹从左眼进去，即刻死了。城头上那个懦夫在隐蔽处重新打了五枪。田三怒教训他："狗杂种，你作的事丢了镇筸人的丑。在暗中射冷箭，不像个男子。你怎不下来？"懦夫不作声。原来城上来了另外的人，这行刺的就跑了。田三怒知道自己不济事了，在自己太阳穴上打了一枪，便如此完结了自己，也完结了当地最后一个游侠者。

派人作这件事情的，到后才知道是一个姓唐的。这个人也可称为苗乡

一霸。辛亥革命领率苗民万人攻城，牺牲苗民将近六千人，北伐时随军下长江，曾任徐海警备司令。卸职还乡后称"司令官"，在离城十里长宁哨新房子中居家纳福。事有凑巧，作了这件事后，过后数年，这人居然被一个驻军团长，不知天高地厚，把他捉来放在牢里，到知道这事不妥时，人已病死狱中了。

田三怒子弟极多，十年来或因年事渐长，血气已衰，改业为正经规矩商人。或带剑从军，参加各种内战，牺牲死去。或因犯案离乡，漂流无踪。在日月交替中，地方人物新陈代谢，风俗习惯日有不同。因此到近年来，游侠者精神虽未绝，所有方式已大大有了变化。在那万山环绕的小小石头城中，田三怒的姓名，已逐渐为人忘却，少年子弟中有从图书杂志上知道"飞将军""小黑炭""美人鱼"等人的，却不知道田三怒是谁。

当年田三怒得力助手之一，到如今还好好存在，为人依然豪侠好客，待友以义，在苗民中称领袖，这人就是去年使湘西发生问题，迫何键去职，使湖南政治得一转机的龙云飞。二十年前眼目精悍，手脚麻利，勇敢如豹子，轻捷如猿猴，身体由城墙头倒掷而下，落地时尚能作矮马桩姿势。在街头与人决斗，杀人后下河边去洗手时，从从容容如毫不在意。现在虽尚精神矍铄，面目光润，但已白发临头，谦和宽厚如一长者。回首昔日，不免有英雄老去之慨！

这种游侠者精神既浸透了三厅子弟的脑子，所以在本地读书人观念上也发生影响。军人政治家，当前负责收拾湘西的陈老先生，年过六十，体气精神，犹如三十许青年壮健，平时律己之严，驭下之宽，以及处世接物，带兵从政，就大有游侠者风度。少壮军官中，如师长顾家齐、戴季韬辈，虽受近代化训练，面目文弱和易如人学生，精神上多因游侠者的遗风，勇鸷慓悍，好客喜弄，如太史公传记中人。诗人田星六，诗中就充满游侠者霸气。山高水急，地苦雾多，为本地人性格形成之另一面。游侠者精神的浸润，产生过去，且将形成未来。

新湘行记

——张八寨二十分钟

汽车停到张八寨,约有二十分钟耽搁,来去车辆才渡河完毕。溪水流到这里后,被四围群山约束成个小潭,一眼估去大小直径约半里样子。正当深冬水落时,边沿许多部分都露出一堆堆石头,被阳光雨露漂得白白的,中心满潭绿水,清莹澄澈,反映着一碧群峰倒影,还是异常美丽。特别是山上的松杉竹木,挺秀争绿,在冬日淡淡阳光下,更加形成一种不易形容的清寂。汽车得从一个青石砌成的新渡口用一只方舟渡过,码头如一个畚箕形,显然是后来人设计,因此和自然环境不十分谐和。潭上游一点,还有个老渡口,有只老式小渡船,由一个掌渡船的拉动横贯潭中的水面竹缆索,从容来回渡人。这种摆渡画面,保留在我记忆中不下百十种。如照风景画习惯,必然作成"野渡无人舟自横"的姿势,搁在靠西一边白石滩头,才像符合自然本色。因为不知多少年来,经常都是那么搁下,无事可为,镇日长闲,和万重群山一道在冬日阳光下沉睡!但是这个沉睡时代已经过去了。大渡口终日不断有满载各种物资吼着叫着的各式货车,开上方舟过渡。此外还有载客的班车,车上坐着新闻记者,电影摄影师,音乐、歌舞、文物调查工作者,画师,医生……以及近乎挑牙虫卖膏药飘乡赶场的人物,陆续来去。近来因开放农村副业物资交流,附近二十里乡村赶乡场和到州上作小买卖的人,也日益增多。小渡船就终日在潭中来回,盘载人货,没有个休息时。这个觉醒是全面

的。八十二岁的探矿工程师丘老先生,带上一群年青小伙子,还正在湘西自治州所属各县爬山越岭,预备用锤子把有矿藏的山头一一敲醒。许多在地下沉睡千万年的煤、铁、磷、汞,也已经有了一部分被唤醒转来。

小船渡口东边,是一道长长的青苍崖壁,西边有个裸露着大片石头的平滩,平滩尽头到处点缀一簇簇枯树。其时几个赶乡场的男女农民,肩上背上挑负着箩箩筐筐,正沿着悬崖下脚近水小路走向渡头。渡船上有个梳双辫女孩子,攀动缆索,接送另外一批人由西往南。渡头边水草间,有大群白鸭子在水中自得其乐的游泳。悬崖罅缝间绿茸茸的,崖顶上有一列过百年的大树,大致还是照本地旧风俗当成"风水树"保留下来的。这些树木阅历多,经验足,对于本地近三十年新发生的任何事情似乎全不吃惊,只静静的看着面前一切。初初来到这个溪边的我,环境给我的印象和引起的联想,不免感到十分惊奇!一切陌生一切又那么熟悉。这实在和许多年前笔下涉及的一个地方太相像了,可能对它仿佛相熟的不只我一个人。正犹如千年前唐代的诗人,宋代的画家,彼此虽生不同时,却由于某一时偶然曾置身到这么一个相似自然环境中,而产生了些动人的诗歌或画幅。一首诗或者不过二十八个字,一幅画大小不过一方尺,留给后人的印象,却永远是清新壮丽,增加人对于祖国大好河山的感情。至于我呢,手中的笔业已荒疏了多年,忽然又来到这一个地方,记忆习惯中的文字不免过于陈旧,触目景物人事却十分新鲜。在这种情形下,只有承认手中这支拙劣笔,实在无可为力。

我为了温习温习四十年前生活经验,和二十四五年前笔下的经验,因此趁汽车待渡时,就沿了那一列青苍苍崖壁脚下走去,随同那十几个乡下人一道上了小渡船。上船以后,不免有些慌张,心和渡船一样只是晃。临近身边那个船上人,像为安慰我而说话:

"慢慢的,慢慢的,站稳当点。你慌哪样!"

几个乡下人也同声说,"不要忙,不要忙,稳到点!"一齐对我善意望着。显然的事,我在船中未免有点狼狈可笑,已经不像个"家边人"样子。

大渡口路旁空处和圆坎上,都堆得有许多经过加工的竹木,等待外运。老楠竹多锯削成扁担大小长片,二三百缚成一捆,我才明白在北行火车上,经常看到满载的竹材,原来就是从这种山窝窝里运出去,往东北西北支援祖国工矿建设的。木材也多经过加工处理,纵横架成一座座方塔,百十根作一堆,显明是为修建湘川铁路而准备的。令我显得慌张的,并不尽是渡船的摇动,却是那个站在船头、嘱咐我不必慌张、自己却从从容容在那里当家作事的弄船女孩子。我们似乎相熟又十分陌生。世界上就真有这种巧事,原来她比我小说中的翠翠虽晚生几十年,所处环境自然背景却仿佛相同,同样在这么青山绿水中摆渡,青春生命在慢慢长成。不同处是社会变化大,见世

面多,虽然对人无机心,而对自己生存却充满信心。一种"从劳动中得到快乐增加幸福成功"的信心。这也正是一种新型的乡村女孩子在语言神气间极容易见到的共同特征。目前一位有一点与众不同,只是所在背景环境。

她大约有十四五岁的样子,除了胸前那个绣有"丹凤朝阳"的挑花围裙,其余装束神气都和一般青年作家笔下描写到的相差不多。有张长年在阳光下曝晒、在寒风中冻得黑中泛红的健康圆脸。双辫子大而短,是用绿胶线缚住的,还有双真诚无邪神光清莹的眼睛。两只手大大的,粗粗的,在寒风中也冻得通红。身上穿一件花布棉袄子,似乎前不多久才从自治州百货公司买来,稍微大了一点。这正是中国许多地方一种常见的新农民形象,内心也必然和外表完全统一。真诚、单纯、素朴,对本人明天和社会未来都充满了快乐的期待及成功信心,而对于在她面前一切变化发展的新事物,更充满亲切好奇热情。文化程度可能只读到普通小学三年级,认得的字还不够看完报纸上的新闻纪事,或许已经作了寨里读报组小组长。新的社会正在起着深刻变化,她也就在新的生活教育中逐渐发育成长。目前最大的野心,是另一时州上评青年劳模,有机会进省里,去北京参观,看看天安门和毛主席。平时一面劳作一面想起这种未来,也会产生一种永远闪耀着诗歌艺术的光辉,同时也是诗歌艺术的源泉。两手攀援缆索操作的样子,一看就知道是个内行,摆渡船应当是她一家累代的职业。我想起合作化,问她一月收入时,她却笑了笑,告给我:

"这是我伯伯的船,不是我的。伯伯上州里去开会。我今天放假,赶场来往人多,帮他忙替半天工。"

"一天可拿多少工资分?"

"嗨,这也算钱吗?你这个人——"她于是抿嘴笑笑,扭过了头,面对汤汤流水和水中白鸭,不再答理我。像是还有话待我自己去体会,意思是:"你们城里人会作生意,一开口就是钱。什么都卖钱。一心只想赚钱,别的可通通不知道!"她或许把我当成省里食品公司的干部了。我不免有一点儿惭愧起自心中深处。因为我还以为农村合作化后"人情"业已去尽,一切劳力交换都必需变成工资分计算。到乡下来,才明白还有许多事事物物,人和人相互帮助关系,既无从用工资分计算,也不必如此计算;社会样样都变了,依旧有些好的风俗人情变不了。我很满意这次过渡的遇合,提起一句俗谚"同船过渡五百年所修",聊以解嘲。同船几个人同时不由笑将起来,因为大家都明白这句话意思是"缘法凑巧"。船开动后,我于是换过口气请教,问她在乡下作什么事情还是在学校读书。

她指着树丛后一所瓦屋说,"我家住在那边!"

"为什么不上学?"

"为什么？区里小学毕了业，这边办高级社，事情要人作，没有人。我就作。你着那些竹块块和木头，都是我们社里的！我们正在和那边村子比赛，看谁本领强，先作到功行圆满。一共是二百捆竹子，一百五十根枕木，赶年下办齐报到州里去。村里还派我办学校，教小娃娃，先办一年级。娃娃欢喜闹，闹翻了天我也不怕。这些小猴子，就只有我这只小猴子管住。"

我随她手指点望去，第二次注意到堆积两岸竹木材料时，才发现靠村子码头边，正有六七个小顽童在竹捆边游戏，有两个已上了树，都长得团头胖脸。其中四个还穿着新棉袄子。我故意装作不明白问题，"你们把这些柱头砍得不长不短，好竹子也锯成片片，有什么用处？送到州里去当柴烧，大材小用，多不合算！"

她重重盯了我一眼，似乎把我底子全估计出来了，不是商业干部是文化干部，前一种人太懂生意经，后一种人又太不懂。"嗨，你这个人！竹子木头有什么用？毛主席说，要办社会主义，大家出把力气，事情就好办。我们湘西公路筑好了，木头、竹子、桐油、朱砂，一年不断往外运。送到好多地方去办工厂、开矿，什么都有用……"末了只把头偏着点点，意思像是"可明白？"

我不由己的对着她翘起了大拇指，译成本地语言就是"大脚色"。又问她今年十几岁，十四还是十五。不肯回答，却抿起嘴微笑。好像说"你自己猜吧"。我再引用"同船过渡"那句老话表示好意，说得同船乡下人都笑了。一个中年妇人解去了拘束后，便插口说，"我家五毛子今年进十四岁，小学二年级，也砍了二捆竹子，要送给毛主席，办社会主义。两只手都冻破了皮，还不肯罢手歇气。"巴渡船的一位听着，笑笑的，爱娇的，把自己两只在寒风中劳作冻得通红的手掌，反复交替着，"怕什么？比赛哩。别的国家多远运了大机器来，在等着材料砌房子。事情巴不忙作，可好意思吃饭？自家的事不作，等谁作！"

"是嘛，自家的事情自家作；大家作，就好办。"

新来汽车在新渡口嘟嘟叫着。小船到了潭中心，另一位向我提出了个新问题，"同志，你是从省里来的，可见过武汉长江大铁桥？什么时候完工？"

"看见过！那里有万千人笼夜赶工，电灯亮堂堂的，老远只听到机器哗喇哗喇的响，忙得真热闹！"

"办社会主义就是这样，好大一条桥！"

"你们难道看见过大铁桥？"那中年妇人问。

……说下去，我才知道原来她有个儿子在那边作工，年纪二十一岁，是从这边电厂调去的，一共挑选了七个人。电影队来放映电影时，大家都从电影上看过大桥赶工情形，由于家里有子侄辈在场，都十分兴奋自豪。我想起自治州百七十万人，共有三百四十万只勤快的手，都在同一心情下，为一个

共同目的而进行生产劳动,长年手足贴近土地,再累些也不以为意。认识信念单纯而素朴,和生长在大城市中许多人的复杂头脑,及专会为自己好处作打算的种种乖巧机伶表现,相形之下真是无从并提。

小船恰当此时,訇的碰到了浅滩边石头上,闪不知船滞住了。几个人于是又不免摇摇晃晃,而且在前仆后仰中相互笑嚷起来,"大家慢点嘛,慢点嘛,忙哪样!又不是看影子戏争前排,忙哪样!"

女孩子一声不响早已轻轻一跃跳上了石滩,用力拉着船缆,倾身向后奔,好让船中人逐一起岸,让另一批人上船。一种责任感和劳动的愉快结合,留给我个要忘也不能忘的印象。

我站在干涸的石滩间,远望来处一切。那个隐在丛树后的小小村落,充满诗情画意。渡口悬崖罅缝间绿茸茸的,似乎还生长有许多虎耳草。白鸭子群已游到潭水出口处石坝浅滩边去了,远远的只看见一簇簇白点子在移动。我想起种种过去,也估计着种种未来,觉得事情好奇怪。自然景物的清美,和我另外一时笔下叙述到的一个地方,竟如此巧合。可是生存到这里的人,生命的发展却如此不同。这小地方和南中国任何傍河流其他乡村一样,劳动意义和生存现实,正起着深刻的变化。第一声信号还在十多年前,即那个青石板砌成的畚箕形渡口边一群小孩子游戏处,有一年这样冬晴天气,曾有过一辆中型专用客车在此待渡,有七个地方高级文武官员坐在车中,一阵枪声下同时死去。这是另外一时那个"爱惜鼻子的朋友"告给我的。这故事如今可能只有管渡船的老人还记住,其他人全不知道,因为时间晃晃快过十年了。现在这个小地方,却正不声不响,一切如随同日月交替、潜移默运的在变化着。小渡船一会儿又回到潭中心去了。四围光景分外清寂。

在一般城里知识分子面前,我常常自以为是个"乡下人",习惯性情都属于内地乡村型,不易改变。这个时节,才明白意识到,在这个十四五岁真正乡村女孩子那双清明无邪眼睛中看来,却只是个寄生城市里的"蛀米虫",客气点说就是个"十足的、吃白米饭长大的城里人"。对于乡下的人事,我知道的多是百八十年前的老式样。至于正在风晴雨雪里成长,起始当家作主的新人,如何当家作主,我知道的实在太少了。

一九五七年五月作

市集

　　廉纤的毛毛细雨，在天气还没有大变以前欲雪未能的时节，还是霏霏微微落将不来。一个小小乡场，位置在又高又大陡斜的山脚下，前面濒着觩觩儿的河，被如烟如雾雨丝织成的帘幕，一起把它蒙罩着了。

　　照例的三八市集，还是照例的有好多好多乡下人，小田主，买鸡到城里去卖的小贩子，花幞头大耳环丰姿隽逸的苗姑娘，以及一些穿灰色号褂子口上说是来察场讨人烦腻的副爷们，与穿高筒子老牛皮靴的团总，各从附近的乡村来作买卖。他们的草鞋底半路上带了无数黄泥浆到集上来，又从场上大坪坝内带了不少的灰色浊泥归去。去去来来，人也数不清多少。

　　集上的骚动，吵吵闹闹，凡是到过南方（湖湘以西）乡下的人，是都会知道的。

　　倘若你是由远远的另一处地方听着，那种喧嚣的起伏，你会疑心到是滩水流动的声音了！

　　这种洪壮的潮声，还只是一般作生意人在讨论价钱时很和平的每个论调而起。就中虽也有遇到卖牛的场上几个人像唱戏黑花脸出台时那么大喊大嚷找经纪人，也有因秤上不公允而起口角——你骂我一句娘，我又骂你一句娘，你又骂我一句娘……然而究竟还是因为人太多，一两桩事，实在是万万不能作到的！

　　卖猪的场上，他们把小猪崽的耳朵提起来给买主看时，那种尖锐的嘶喊声，使人听来不愉快至于牙齿根也发酸。

卖羊的场上，许多美丽驯服的小羊儿咩咩地喊着。一些不大守规矩的大羊，无聊似的，两个把前蹄举起来，作势用前额相碰。大概相碰是可以驱逐无聊的，所以第一次匆的碰后，却又作势立起来为第二次预备。牛场却单独占据在场左边一个大坪坝，因为牛的生意在这里占了全部交易四分之一以上。那里四面搭起无数小茅棚（棚内卖酒卖面），为一些成交后的田主们喝茶喝酒的地方。那里有大锅大锅煮得"稀糊之烂"的牛脏类下酒物，有大锅大锅香喷喷的肥狗肉，有从总兵营一带担来卖的高粱烧酒；也还有城里馆子特意来卖面的。假若你是城里人来这里卖面，他们因为想吃香酱油的缘故，都会来你馆子，那么，你生意便比其他铺子要更热闹了。

到城里时，我们所见到的东西，不过小摊子上每样有一点罢了！这里可就大不相同。单单是卖鸡蛋的地方，一排一排的摆列着，满箩满筐的装着，你数过去，总是几十担。辣子呢，都是一屋一屋搁着。此外干了的黄色草烟，用为染坊染布的五倍子的栎木皮，还未榨出油来的桐茶子，米场白蒙白蒙了的米，屠桌上大只大只失了脑袋刮得净白的肥猪，大腿大腿红腻腻还在跳动的牛肉……都多得怕人。

不大宽的河下，满泊着载人载物的灰色黄色小艇，一排排挤挤挨挨的相互靠着也难于数清。

集中是没有什么统系制度。虽然在先前开场时，总也有几个地方上的乡约伯伯，团总，守汛的把总老爷，口头立了一个规约，卖物的照着生意大小缴纳千分之几——或至万分之几，但也有百分之几——的场捐，或经纪佣钱，棚捐，不过，假若你这生意并不大，又不须经纪人，则不须受场上的拘束，可以自由贸易了。

到这天，作经纪的真不容易！脚底下笼着他那双厚底高筒的老牛皮靴子，（米场的）为这个爬斗，为那个倒箩筐；（牛羊场的）一面为这个那个拉拢生意，身上让卖主拉一把，又让买主拉一把；一面又要顾全到别的地方因争持时闹出岔子的调排，委实不是好玩的事啊！大概他们声音都略略嚷得有点嘶哑，虽然时时为别人扯到馆子里去润喉。不过，他今天的收入，也就很可以酬他的劳苦了。

…………
…………

因为阴雨，又因为作生意的人各都是在别一个村子里住家，有些还得在散场后走到二三十里路的别个乡村去；有些专靠漂场生意讨吃的还待赶到明天那个场上的生意，所以散场很早。

不到晚炊起时，场上大坪坝似乎又觉得宽大空阔起来了！……再过些时候，除了屠桌下几只大狗在啃嚼残余因分配不平均在那里不顾命的奋斗

外,便只有由河下送来的几声清脆篙声了。

归去的人们,也问或有骑着家中打筛的雌马,马项颈下挂着一串小铜铃叮叮当当跑着的,但这是少数;大多数还是赖着两只脚在泥浆里翻来翻去。他们总笑嘻嘻的担着箩筐或背一个大竹背笼,满装上青菜,萝卜,牛肺,牛肝,牛肉,盐,豆腐,猪肠子一类东西,手上提的小竹筒不消说是酒与油,有的拿草绳套着小猪小羊的颈项牵起忙跑;有的肩膊上挂了一个毛蓝布绣有白四季花或"福"字"万"字的褡裢,赶着他新买的牛(褡裢内当然已空);有的却是口袋满装着钱心中满装着欢喜,——这之间各样人都有。

我们还有机会可以见到许多令人妒羡,赞美,惊奇,又美丽,又娟媚,又天真的青年老奶(苗小姐)和阿妤(苗妇人)。

一九二五年三月二十日于窄而霉小斋作

附一

这是多美丽多生动的一幅乡村画。

作者的笔真像是梦里的一只小艇,在波纹瘦鲢的梦河里荡着,处处有着落,却又处处不留痕迹。这般作品不是写成的,是"想成"的。给这类的作者,批评是多余的,因为他自己的想象就是最不放松的不出声的批评者。奖励也是多余的,因为春草的发青,云雀的放歌,都是用不着人们的奖励的。

志摩的欣赏

附二

关于《市集》的声明

志摩先生:看到报,事真糟,想法声明一下吧。近来正有一般小捣鬼遇事寻罅缝,说不定因此又要生出一番新的风浪。那一篇《市集》先送到《晨报》,用"休芸芸"名字,久不见登载,以为不见了。接着囚《燕大周刊》有个熟人拿去登出;后又为一个朋友不候我的许可又转载到《民众文艺》上——这此又见,是三次了。小东西出现到三次,不是丑事总也成了可笑的事!

这似乎又全是我过失。因为前次你拿我那一册稿子问我时,我曾说统未登载过,忘了这篇。这篇既已曾曾载过,为甚我又连同那另外四篇送到晨报社去?那还有个原由:因我那个时候正同此时一样,生活悬挂在半空中,伙计对于欠账逼得不放松,故写了三四篇东西并录下这一篇短东西作一个册子,送与勉已先生,记到附函曾有下面的话——

"……若得到二十块钱开销一下公寓,这东西就卖了。《市集》一篇,曾载过……"

至于我附这短篇上去的意思,原是想把总来换二十块钱,让晨报社印一个小册子。当时也曾声明过。到后一个大不得,而勉己先生尽我写信问他请他退这一本稿子又不理,我以为必是早失落了,失落就失落了,我哪来追问同编辑先生告状打官司的气力呢?所以不问。

不期望稿子还没有因包花生米而流传到人间。不但不失,且更得了新编辑的赏识,填到篇末,还加了几句受来背膊发麻的按语,纵无好揽闲事的虫豸们来发见这足以使他自己为细心而自豪的事,但我自己看来,已够可笑了。且前者署"休芸芸",而今却变成"沈从文",我也得声明一下:实在果能因此给了虫豸们一点钻蛀的空处,就让他永久是两个不同的人名吧。

从文　　于新窄而霉斋

从文,不碍事,算是我们副刊转载的,也就罢了。有一位署名"小兵"的劝我下回没有相当稿子时,就不妨拿空白纸给读者们作别的作途,省得搀上烂东西叫人家看了眼疼心烦。

我想另一个办法是复载值得读者们再读三读乃至四读五读的作品,我想这也应得比乱登的办法强些。下回再要没有好稿子,我想我要开始印《红楼梦》了!好在版权是不成问题的。

志摩

到北海去

铃子叮叮当当摇着,一切低起头在书桌边办公的同事们,思想都为这铃子摇到午饭的馒头上去了。我呢,没有馒头,也没有什么足以使我神往的食物。馆子里有的是味道好的东西,可是却不是为我预备的。大胆的进去吧。进去不算一回事,不用壮胆也可以,不过进去以后又怎么出来呢?借到解一个手,或是说"伙计伙计,为我再来一碟辣子肉丁,赶快赶快!让我去买几个苹果来下下酒",于是,一溜出来,扯脚忙走,只要以后莫再从这条路过去。但是,到你口上说着"买几个苹果"想开溜时,那伶精不过的伙计,看破了你的计划,不声不响的跟了出来,在他那一双鬼眼睛下,又怎么个跑得了呢?还是莫冒险吧。

于是,恍恍惚惚出了办公室,出了衙门,跳上那辆先已雇好在门外等候着的洋车。

这在他的的确确都是梦一般模糊!衙门是今天才上。他觉得今天的衙门同昨天的衙门似乎是两个,纵门前冲天匾分明一样挂着。昨天引见他给厅长那个传达先生,对他脸不烂了;昨天在窗子下吃吃冷笑的那几个公丁先生,今天当他第一次伏上办公室书桌时,却带有和善可亲的意思来给他恭恭敬敬递一杯热茶……

似乎都不同了,似乎都立时对他和气起来,而这和气面孔,他昨天搜寻了半天也搜寻不到一个。

使他敢于肯定昨天到的那个地方就是今天这地方的,只

有桌上用黄铜圆图钉钉起四角,伏伏贴贴爬到桌面上那方水红色吸水纸。昨天这纸是这么带有些墨水痕迹,爬到桌上,意思如在说话,小东西,你来了!好好,欢迎欢迎。这里事不多,咱们谈天相亲的日子多着呢,……今天仍然一样,红起脸来表示欢迎诚意。不过当他伏在它身上去察视时,吸墨纸上却多了三小点墨痕,不知谁个于他昨天出门时在那上面喂了这些墨给它。哈哈!朋友,你怎么也不是昨天那么干净?呵呵,小东西,我职务是这样,虽然不高兴,但没有法,况且,这些恶人又把我四肢钉在桌上,使我转动不得。他们喂我墨吃,有什么法子拒绝?小东西,这是命!命里只合吃墨,所以在你见我以后又被人喂了一些墨了!难道这些已经发酸了的墨我高兴吃它,但无法的事。像你,当你上司刚才进房来时一样,自然而然,用他的地位把你们贴在板凳上的屁股悬起来,你们是勉强,不勉强也不行。我如你一样,无可如何。

吸墨纸同他接谈太久,因此这第一日上衙门,他竟找不出时间来同这办公厅中同事们周旋。

车子同他,为那中年车夫拖拉着,颠簸在后门一带不平顺的石子路上。

这时的北京城全个儿都在烈日下了。走路的人,全都像打摆子似的心里难受。警察先生,本为太阳逼到木笼子里去躲避,但太阳还不相容,接着又赶进去。他们显然是藏无可藏了,才又硬着头皮出来,把腰边悬挂在皮带上那把指挥刀敲着电车道钢轨,口中胡乱吆喝着。他常常以为自己是世界上再无聊没有的人,如今见了这位警察先生,才知道这人比自己还更无聊。

"忙怎的?慢慢儿也还赶得到——你有什么要紧事,所以想赶快拉到吧?"他觉得车夫为了得两吊钱便如此拼命的跑,太不合理。

"先生,多把我两个子儿,我跑快点。"

车夫显然错会了意思,以为车座嫌他太慢了,提出条件来。

因这错误引起了他的憎恶来。"唉,你为两个子儿也能累得喘气,那么二十个子简直可以换你一斤肉一碗血了!……"但他口上却说:慢点也不要紧,左右是消磨,洋车上,北海,公寓,同时消磨这下半天的时光。

"先生去北海,有船可坐,辅币一手。"大概车夫已听到座上的话了,从喘气中抽出空闲来说。

车夫脾气也许是一样的吧,尤其是北京的,他们天生都爱谈话,都会谈话。间或他们谈话的中肯处,竟能使你在车坐上跳起来。我碰到的车夫,有几个若是他那时正穿起常礼服,高据讲台之一面肆其雄谈时,我竟将无条件的承认他是一个什么能言会说的代议士了。我见过许多口上只会那么结结巴巴的学者,我听过论救国谓须懂五行水火相生,阴脉经,忌谈革命的学者。今日的中国,学者过多,也许是积弱的一种重要原因吧!

"有船吧,一毛钱不贵——你坐过船不曾?"

"不,不,我们哪有力量进去呢!哈哈,一毛,二十二枚,从交道口拉沙滩儿大楼还只有十八枚,好家伙,一毛钱过一次渡!"

"那你生长北京连船也不曾见过了?——"

"不,不,我上年子还亲自坐过洋船的,到天津,送我老爷到天津。是我为他拉包月车时候。他姓宋,是司法部参事。"他仍然从喘气中匀出一口气来说话。过去的生活,使他回忆亦觉快适,说到天津时,他的兴致显得很想笑一阵的神气。"咦!那洋船又不大!有像新世界那么高的楼三层,好家伙!三层,四层——不,先生,究竟是三层还是四层,这时我记不起了。……那个锚,在船头上那铁锚,黑漆漆的,怕不有五六千斤吧,好家伙!"

他,不能肯定所见的洋船有几层,恐怕车坐对他所说不相信,故又引出一个黑漆漆的大铁锚来证明,然而这铁锚的斤两究难估计,故终于不再作声,又自个默默的奔他的路。

这不一定。大概三层四层——以至于五六层都有。小的还只有一层;再小的便像普通白屋子一样,没有楼。你北京地方房子,不是很少有楼的吗?"

这话又勾动了健谈的话匣子,少不得又要匀出一口气来应付了。

"对啦!天津日本租界过去那小河中——我是在那铁桥上见到的——一排排泊着些小舢子,据说那叫作洋舢子。小到同汽车不差什么,走动时也很快,只听见咯咯咯咯和汽车号筒一样,尾子上出烟,烟拖在水面上成一条线……那贵吧,比汽车,先生?"

"不知道。"

"外国人真狠,咱们中国人造机器总赶不上别人,……他们造机器运到中国来赚咱们的钱,所以他们才富强……"

话只要你我爱听,同车夫扯谈,不怕是三日三夜,想他完也是不会完的!但是,这时有件东西要塞住他的口了。他因加劲跑过一辆粪车刚撒过娇的路段,于是单用口去喘气。

他开始去注意马路上擦身而过的一切。

女人,女人,女人,一出来就遇到这些敌人,一举目就见到这些鬼物,花绸的遮阳把他的眼睛牵引到这边那边,而且似乎每一个少年女人擦身过去时,都能同时把他心带去一小片儿。"呵呵,这成什么事?我太无聊了!我病太深了!我灵魂当真非找人医治一下不可!我要医治的是灵魂,是像水玻璃般脆薄东西,是像破了的肥皂泡,我的医生到什么地方去找?呵呵,医生哟!病入膏肓的我,不应再提到医治了!……"手帕子又掩着他的眼睛了,有一种青春追捉不到的失望悲哀扼着他的心。

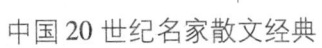

这是一条新来代替昨天为鼻血染污了的丝质手巾,有蓝的缘边与小空花,这手巾从他的朋友手中取来时,朋友的祝告是:瘦躰弟弟用这手巾,满满的装一包欢喜还我吧。当时以为大孩子虽然是大孩子,但明天到他家时为买二十个大苹果送他,大概苹果中就含有欢喜的意义了。明天就是这样空着还他吧,告他欢喜已有许多沾在这巾上。

一九二五年八月五日作

街

有个小小的城镇,有一条寂寞的长街。

那里住下许多人家,却没有一个成年的男子。因为那里出了一个土匪,所有男子便都被人带到一个很远很远的地方去,永远不再回来了。他们是五个十个用绳子编成一连,背后一个人用白木挺子敲打他们的腿,赶到别处去作军队上搬运军火的伕的。他们为了"国家"应当忘了"妻子"。

大清早,各个人家从梦里醒转来了。各个人家开了门,各个人家的门里,皆飞出一群鸡,跑出一些小猪,随后男女小孩子出来站在门限上撒尿,或蹲到门前撒尿,随后便是一个妇人,提了小小的木桶,到街市尽头去提水。有狗的人家,狗皆跟着主人身前身后摇着尾巴,也时时刻刻照规矩在人家墙基上抬起一只腿撒尿,又赶忙追到主人前面去。这长街早上并不寂寞。

当白日照到这长街时,这一条街静静的像在午睡,什么地方柳树桐树上有新蝉单纯而又倦人的声音,许多小小的屋里,湿而发霉的土地上,头发干枯脸儿瘦弱的孩子们,皆蹲在土地上或伏在母亲身边睡着了。作母亲的全按照一个地方的风气,当街坐下,织男子们束腰用的板带过日子。用小小的木制手机,固定在房角一柱上,伸出憔悴的手来,敏捷地把手中犬骨线板压着手机的一端,退着粗粗的棉线,一面用一个棕叶刷子为孩子们拂着蚊蚋。带子成了,便用剪子修理那些边沿,等候每五天来一次的行贩,照行贩所定的价钱,把已成的带子收去。

许多人家门对着门，白日里，日头的影子正正的照到街心不动时，街上半天还无一个人过身。每一个低低的屋檐下人家里的妇人，各低下头来赶着自己的工作，作倦了，抬起头来，用疲倦忧愁的眼睛，张望到对街的一个铺子，或见到一条悬挂到屋檐下的带样，换了新的一条，便仿佛奇异的神气，轻轻的叹着气，用犬骨板击打自己的下颔，因为她一定想起一些事情，记忆到由另一个大城里来的收货人的买卖了。她一定还想到另外一些事情。

有时这些妇人把工作停顿下来，遥遥的谈着一切。最小的孩子饿哭了，就拉开衣的前襟，抓出枯瘪的乳头，塞到那些小小的口里去。她们谈着手边的工作，谈着带子的价钱和棉纱的价钱，谈到麦子和盐，谈到鸡的发瘟，猪的发瘟。

街上也常常有穿了红绸子大裤过身的女人，脸上抹胭脂擦粉，小小的髻子，光光的头发，都说明这是一个新娘子。到这时，小孩子便大声喊着看新娘子，大家完全把工作放下，站到门前望着，望到看不见这新娘子的背影时才重重的换了一次呼吸，回到自己的工作凳子上去。

街上有时有一只狗追一只鸡，便可以看见到一个妇人持了一长长的竹子打狗的事情，使所有的孩子们都觉得好笑。长街在日里也仍然不寂寞。

街上有时什么人来信了，许多妇人皆争着跑出去，看看是什么人从什么地方寄来的。她们将听那些识字的人，念信内说到的一切。小孩子们同狗，也常常凑热闹，追随到那个人的家里去，那个人家便不同了。但信中有时却说到一个人死了的这类事，于是主人便哭了。于是一切不相干的人，围聚在门前，过一会，又即刻走散了。这妇人，伏在堂屋里哭泣，另外一些妇人便代为照料孩子，买豆腐，买酒，买纸钱，于是不久大家都知道那家男人已死掉了。

街上到黄昏时节，常常有妇人手中拿了小小的筥箩，放了一些米，一个蛋，低低地喊出了一个人的名字，慢慢的从街这端走到另一端去。这是为不让小孩子夜哭发热，使他在家中安静的一种方法，这方法，同时也就娱乐到一切坐到门边的小孩子。长街上这时节也不寂寞的。

黄昏里，街上各处飞着小小的蝙蝠。望到天上的云，同归巢还家的老鸹，背了小孩子们到门前站定了的女人们，一面摇动背上的孩子，一面总轻轻的唱着忧郁凄凉的歌，娱悦到心上的寂寞。

"爸爸晚上回来了，回来了，因为老鸹一到晚上么回来了！"

远处山上全紫了，土城擂鼓起更了，低低的屋里，有小小油灯的光，为画出屋中的一切轮廓，听到筷子的声音，听到碗盏磕碰的声音……但忽然间小孩子又哇的哭了。

爸爸没有回来。有些爸爸早已不在这世界上了，但并没有信来。有些

临死时还忘不了家中的一切,便托便人带了信回来。得到信息哭了一整夜的妇人,到晚上便把纸钱放在门前焚烧。红红的火光照到街上下人家的屋檐,照到各个人家的大门。见到这火光的孩子们。也照例十分欢喜。长街这时节也并不寂寞的。

  阴雨天的夜里,天上漆黑,街头无一个街灯,狼在土城外山嘴上嗥着,用鼻子贴近地面,如一个人的哭泣,地面仿佛浮动在这奇怪的声音里。什么人家的孩子在梦里醒来,吓哭了,母亲便说:"莫哭,狼来了,谁哭谁就被狼吃掉。"

  卧在土城上高处木棚里老而残废的人,打着梆子。这里的人不须明白一个夜里有多少更次,且不必明白半夜里醒来是什么时候。那梆子声音,只是告给长街上人家,狼已爬进土城到长街,要他们小心一点门户。

  一到阴雨的夜里,这长街更不寂寞,因为狼的争斗,使全街热闹了许多。冬天若夜里落了雪,则早早的起身的人,开了门,便可看到狼的脚迹,同糍粑一样印在雪里。

一九三一年五月十日作

中国 20 世纪名家散文经典

昆明冬景

　　新居移上了高处,名叫北门坡,从小晒台上可望见北门门楼上用虞世南体写的"望京楼"的匾额。上面常有武装同志向下望,过路人马多,可减去不少寂寞。住屋前面是个大敞坪,敞坪一角有杂树一林。尤加利树瘦而长,翠色带银的叶子,在微风中荡摇,如一面一面丝绸旗帜,被某种力量裹成一束,想展开,无形中受着某种束缚,无从展开。一拍手,就常常可见圆头长尾的松鼠,在树枝间惊窜跳跃。这些小生物又如把本身当成一个球,在空中抛来抛去,俨然在这种抛掷中,能够得到一种快乐,一种从行为中证实生命存在的快乐。且间或稍微休息一下,四处顾望,看看它这种行为能不能够引起其他生物的注意。或许会发现,原来一切生物都各有它的心事。那个在晒台上拍手的人,眼光已离开尤加利树,向天空凝眸了。天空一片明蓝,别无他物。这也就是生物中之一种,"人",多数人中一种人对于生命存在的意义,他的想象或情感,目前正在不可见的一种树枝间攀援跳跃,同样略带一点惊惶,一点不安,在时间上转移,由彼到此,始终不息。他是三月前由沅陵独自坐了二十四天的公路汽车,来到昆明的。

　　敞坪中妇人孩子虽多,对这件事却似乎都把它看得十分平常,从不曾有谁将头抬起来看看。昆明地方到处是松鼠。许多人对于这小小生物的知识,不过是把它捉来卖给"上海人",值"中央票子"两毛钱到一块钱罢了。站在晒台上的那个人,就正是被本地人称为"上海人",花用中央票子,来昆明租

房子住家工作过日子的。住到这里来近于凑巧，因为凑巧反而不会令人觉得希奇了。妇人多受雇于附近一个小小织袜厂，终日在敞坪中摇纺车纺棉纱。孩子们无所事事，便在敞坪中追逐吵闹，拾捡碎瓦小石子打狗玩。敞坪四面是路，时常有无家狗在树林中垃圾堆边寻东觅西，鼻子贴地各处闻嗅，一见孩子们蹲下，知道情形不妙，就极敏捷的向坪角一端逃跑。有时只露出一个头来，两眼很温和的对孩子们看着，意思像是要说："你玩你的，我玩我的，不成吗？"有时也成。那就是一个卖牛羊肉的，扛了个木架子，带着官秤，方形的斧头，雪亮的牛耳尖刀，来到敞坪中，搁下架子找寻主顾时。妇女们多放下工作，来到肉架边讨价还钱。孩子们的兴趣转移了方向，几只野狗便公然到敞坪中来。先是坐在敞坪一角便于逃跑的地方，远远的看热闹。其次是在一种试探形式中，慢慢的走近人丛中来。直到忘形挨近了肉架边，被那羊屠户见着，扬起长把手斧，大吼一声"畜生，走开！"方肯略略走开，站在人圈子外边，用一种非常诚恳非常热情的态度，略微偏着颈，欣赏肉架上的前腿后腿，以及后腿末端那条带毛小羊尾巴，和搭在架旁那些花油。意思象是觉得不拘什么地方都很好，都无话可说，因此它不说话。它在等待，无望无助的等待。照例妇人们在集群中向羊屠户连嚷带笑，加上各种"神明在上，报应分明"的誓语，这一个证明实在赔了本，那一个证明买了它家用的秤并不大，好好歹歹作成了交易，过了秤，数了钱，得钱的走路，得肉的进屋里去，把肉挂在悬空钩子上。孩子们也随同进到屋里去时，这些狗方趁空走近，把鼻子贴在先前一会搁肉架的地面闻嗅闻嗅。或得到点骨肉碎渣，一口咬住，就匆匆向敞坪空处跑去，或向尤加利树下跑去。树上正有松鼠剥果子吃，果子掉落地上。"上海人"走过来拾起嗅嗅，有"万金油"气味，微辛而芳馥。

早上六点钟，阳光在尤加利树高处枝叶间敷上一层银灰光泽。空气寒冷而清爽。敞坪中很静，无一个人，无一只狗。几个竹制纺车瘦骨伶精的搁在一间小板屋旁边。站在晒台上望着这些简陋古老工具，感觉"生命"形式的多方。敞坪中虽空空的，却有些声音仿佛从敞坪中来，在他耳边响着。

"骨头太多了，不要这个腿上大骨头。"

"嫂子，没有骨头怎么走路？"

"曲蟮有不有骨头？"

"你吃曲蟮？"

"哎哟，菩萨。"

"菩萨是泥的木的，不是骨头作成的。"

"你毁佛骂佛，死后入三十三层地狱，磨石碾你，大火烧你，饿鬼咬你。"

"活下来作屠户,杀羊杀猪,给你们善男信女吃,作赔本生意,死后我会坐在莲花上,直往上飞,飞到西天一个池塘里洗个大澡,把一身罪过一身羊臊血腥气洗得干干净净!"

"西天是你们屠户去的?作梦!"

"好,我不去让你们去。我们作屠户的都不去了,怕你们到那地方肉吃不成!你们都不吃肉,吃长斋,将来西天住不下,急坏了佛爷,还会骂我们作屠户的不会作生意。一辈子作赔本生意,不光落得人的骂名,还落个佛的骂名。肉你不要我拿走。"

"你拿走好!肉臭了看你喂狗吃。"

"臭了我就喂狗吃,不很臭,我把人吃。红焖好了请人吃,还另加三碗苞谷烧酒,怕不有人叫我作伯伯、舅舅、干老子。许我每天念《莲花经》一千遍,等我死后坐朵方桌大金莲花到西天去!"

"送你到地狱里去,投胎变一只蛤蟆,日夜呱呱呱呱叫。"

"我不上西天,不入地狱。忠贤区区长告我说,姓曾的,你不用卖肉了吧,你住忠贤区第八保,昨天抽壮丁抽中了你,不用说什么,到湖南打仗去。你个子长,穿上军服排队走在最前头,多威武!我说好,什么时候要我去,我就去。我怕无常鬼,日本鬼子我不怕。派定了我,要我姓曾的去,我一定去。"

"××××××××××"

"我去打仗,保卫武汉三镇。我会打枪,我亲哥子是机关枪队长!他肩章上有三颗星,三道银边!我一去就要当班长,打个胜仗,我就升排长。打到北平去,赶一群绵羊回云南来作生意,真正作一趟赔本生意!"

接着便又是这个羊屠户和几个妇人各种赌咒的话语。坪中一切寂静。远处什么地方有军队集合、下操场的喇叭声音,在润湿空气中振荡。静中有动。他心想:

"武汉已陷落三个月了。"

屋上首一个人家白粉墙刚刚刷好,第二天,就不知被谁某一个克尽厥职的公务员看上了,印上十二个方字。费很多想象把意思弄清楚了。只中间一句话不大明白,"培养卫生"。好像是错了两个字。这是小事。然而小事若弄得使人糊涂,不好办理,大处自然更难说了。

带着小小铜项铃的瘦马,驮着粪桶过去了。

一个猴子似瘦脸嘴人物,从某个人家小小黑门边探出头来,喊"娃娃,娃娃",娃娃不回声。他自言自语说道:"你哪里去了?吃屎去了?"娃娃年纪已经八岁,上了学校,可是学校因疏散下了乡,无学校可上,只好终日在敞坪煤堆上玩。"煤是哪里来的?""地下挖来的。""作什么用?""可以烧火。"娃娃

知道的同一些专门家知道的相差并不很远。那个上海人心想:"你这孩子,将来若可以上学,无妨入矿冶系。因为你已经知道煤炭的出处和用途。好些人就因那么一点知识,被人称为专家,活得很有意义!"

娃娃的父亲,在儿子未来发展上,却老作梦,以为长大了应当作设治局长,督办。照本地规矩,当这些差事很容易发财。发了财,买下对门某家那栋房子。上海人越来越多,租房子肯出大价钱,押租又多。放三分利,利上加利,三年一个转。想象因之丰富异常。

作这种天真无邪好梦的人恐怕正多着。这恰好是一个地方安定与繁荣的基础。

提起这个会令人觉得痛苦是不是?不提也好。

因为你若爱上了一片蓝天,一片土地,和一群忠厚老实人,你一定将不由自主的嚷:"这不成!这不成!天不辜负你们这群人,你们不应当自弃,不应当!得好好的来想办法!你们应当得到的还要多,能够得到的还要多!"

于是必有人问:"先生,你这是什么意思?在骂谁?教训谁?想煽动谁?用意何在?"

问的你莫名其妙,不特对于他的意思不明白,便是你自己本来意思,也会弄糊涂的。话不接头,两无是处。你爱"人类",他怕"变动"。你"热心",他"多心"。

"美"字笔画并不多,可是似乎很不容易认识。"爱"字虽人人认识,可是真懂得它的意义的人却很少。

一九三九年二月

云南看云

　　云南是因云而得名的,可是外省人到了云南一年半载后,一定会和本地人差不多,对于云南的云,除了只能从它变化上得到一点晴雨知识,就再也不会单纯的来欣赏它的美丽了。看过卢锡麟先生的摄影后,必有许多人方俨然重新觉醒,明白自己是生在云南,或住在云南。云南特点之一,就是天上的云变化得出奇。尤其是傍晚时候,云的颜色,云的形状,云的风度,实在动人。

　　战争给了许多人一种有关生活的教育,走了许多路,过了许多桥,睡了许多床,此外还必然吃了许多想象不到的苦头。然而真正具有深刻教育意义的,说不定倒是明白许多地方各有各的天气,天气不同还多少影响到一点人事。云有云的地方性:中国北部的云厚重,人也同样那么厚重。南部的云活泼,人也同样那么活泼。海边的云幻异,渤海和南海云又各不相同,正如两处海边的人性情不同。河南河北的云一片黄,抓一把下来似乎就可以作窝窝头,云粗中有细,人亦粗中有细。湖湘的云一片灰,长年挂在天空一片灰,无性格可言,然而橘子辣子就在这种地方大量产生,在这种天气下成熟,却给湖南人增加了生命的发展性和进取精神。四川的云与湖南云虽相似而不尽相同,巫峡峨眉夹天耸立,高峰把云分割又加浓,云有了生命,人也有了生命。

　　论色彩丰富,青岛海面的云应当首屈一指。有时五色相渲,千变万化,天空如展开一张张图案新奇的锦毯。有时素净

纯洁,天空只见一片绿玉,别无它物,看来令人起轻快感,温柔感,音乐感。一年中有大半年天空完全是一幅神奇的图画,有青春的嘘息,煽起人狂想和梦想,海市蜃楼即在这种天空下显现。海市蜃楼虽并不常在人眼底,却永远在人心中。秦皇汉武的事业,同样结束在一个长生不死青春常住的美梦里,不是毫无道理的。云南的云给人印象大不相同,它的特点是素朴,影响到人性情,也应当是挚厚而单纯。

云南的云似乎是用西藏高山的冰雪,和南海长年的热浪,两种原料经过一种神奇的手续完成的。色调出奇的单纯。唯其单纯反而见出伟大。尤以天时晴明的黄昏前后,光景异常动人。完全是水墨画,笔调超脱而大胆。天上一角有时黑得如一片漆,它的颜色虽然异样黑,给人感觉竟十分轻。在任何地方"乌云蔽天"照例是个沉重可怕的象征,云南傍晚的黑云,越黑反而越不碍事,且表示第二天天气必然顶好。几年前中国古物运到伦敦展览时,记得有一个赵松雪作的卷子,名《秋江叠嶂》,净白的澄心堂纸上用浓墨重重涂抹,给人印象却十分秀美。云南的云也恰恰如此,看来只觉得黑而秀。

可是我们若在黄昏前后,到城郊外一个小丘上去,或坐船在滇池中,看到这种云彩时,低下头来一定会轻轻的叹一口气。具体一点将发生"大好河山"感想,抽象一点将发生"逝者如斯"感想。心中可能会觉得有些痛苦,为一片悬在天空中的沉静黑云而痛苦。因为这东西给了我们一种无言之教,比目前政治家的文章,宣传家的讲演,杂感家的讽刺文都高明得多,深刻得多,同时还美丽得多。觉得痛苦原因或许也就在此。那么好看的云,教育了在这一片天底下讨生活的人,究竟是些什么?是一种精深博大的人生理想?还是一种单纯美丽的诗的激情!若把它与地面所见、所闻、所有两相对照,实在使人不能不痛苦!

在这美丽天空下,人事方面,我们每天所能看到的,除了官方报纸虚虚实实的消息,物价的变化,空洞的论文,小巧的杂感,此外似乎到处就只碰到"法币"。大官小官商人和银行办事人直接为法币而忙,教授学生也间接为法币而忙。最可悲的现象,实无过于大学校的商学院,近年每到注册上课时,照例人数必最多。这些人其所以热中于习经济、学会计,可说对于生命无任何高尚理想,目的只在毕业后能入银行作事。"熙熙攘攘,皆为利往;挤挤挨挨,皆为利来。"教务处几个熟人都不免感到无可奈何。教这一行的教授,也认为风气实不大好。社会研究的专家,机会一来即向银行跑。习图书馆的,弄古典文学的,学外国文学的,工作皆因此而清闲下来,因亲戚、朋友、同乡……种种机会,不少人也像失去了对本业的信心。有子女升学的,都不反对子弟改业从实际出发,能挤进银行或金融机关作办事员,认为比较稳妥。大部分优秀脑子,都给真正的法币和抽象的法币弄得昏昏的,失去了应

有的灵敏与弹性,以及对于"生命"较深一层的认识。其余平常小职员、小市民的脑子,成天打算些什么,就可想而知了。云南的云即或再美丽一点,对于那个真正的多数人,还似乎毫无意义可言的。

近两个月来本市连续的警报,城中二十万市民,无一不早早的就跑到郊外去,向天空把一个颈脖昂酸,无一人不看到过几片天空飘动的浮云,仰望结果,不过增加了许多人对于财富得失的忧心罢了。"我的越币下落了","我的汽油上涨了","我的事业这一年发了五十万财","我从公家赚了八万三",这还是就仅有十几个熟人口里说说的。此外说不定还有三五个教授之流,终日除玩牌外无其他娱乐,想到前一晚上玩麻雀牌输赢事情,聊以解嘲似的自言自语:"我输牌不输理。"这种教授先生当然是不输理的,在警报解除以后,不妨跑到老伙伴住处去,再玩个八圈,证明一下输的究竟是什么。一个人若乐意在地下爬,以为是活下来最好的姿势,他人劝他不妨站起来试走走看,或更盼望他挺起脊梁来作个人,当然是不会有什么结果的。

就在这么一个社会这么一种精神状态下,卢先生却来昆明展览他在云南的摄影,告给我们云南法币以外还有些什么值得注意。即以天空的云彩言,色彩单纯的云有多健美,多飘逸,多温柔,多崇高!观众人数多,批评好,正说明只要有人会看云,就能从云影中取得一种诗的感兴和热情,还可望将这种可贵的感情,转给另外一种人。换言之,就是云南的云即或不能直接教育人,还可望由一个艺术家的心与手,间接来教育人。卢先生摄影的兴趣,似乎就在介绍这种美丽感印给多数人,所以作品中对于云物的题材,处理得特别好。每一幅云都有一种不同的性情,流动的美。不纤巧,不做作,不过分修饰,一任自然,心手相印,表现得素朴而亲切,作品取得的成功是必然的。可是我以为得到"赞美"还不是艺术家最终的目的,应当还有一点更深的意义。我意思是如果一种可怕的庸俗的实际主义正在这个社会各组织各阶层间普遍流行,腐蚀我们多数人作人的良心作人的理想,且在同时还像是正在把许多人有形无形市侩化,社会中优秀分子一部分所梦想所希望,也只是糊口混日子了事,毫无一种较高尚的情感,更缺少用这情感去追求一个美丽而伟大的道德原则的勇气时,我们这个民族应当怎么办?大学生读书目的,不是站在柜台边作行员,就是坐在公事房作办事员,脑子都不用,都不想,只要有一碗饭吃就算有了出路。甚至于作政论的,作讲演的,写不高明讽刺文的,习理工的,玩玩文学充文化人的,办党的,信教的,……特别是当权作官的,出路打算也都是只顾眼前。大家眼前固然都有了出路,这个国家的明天,是不是还有希望可言?我们如真能够像卢先生那么静观默会天空的云彩,云物的美丽景象,也许会慢慢的陶冶我们,启发我们,改造我们,使我们习惯于向远景凝眸,不敢堕落,不甘心堕落,我以为这才像是一个艺术

家最后的目的。正因为这个民族是在求发展，求生存，战争已经三年，战争虽败北，虽死亡万千人民，牺牲无数财富，可并不气馁，相信坚持抗战必然翻身。就为的是这战争背后还有个庄严伟大的理想，使我们对于忧患之来，在任何情形下都能忍受。我们其所以能忍受，不特是我们要发展，要生存，还要为后来者设想，使他们活在这片土地上更好一点，更像人一点！我们责任那么重，那么困难，所以不特多数知识分子必然要有一个较坚朴的人生观，拉之向上，推之向前，就是作生意的，也少不了需要那么一分知识，方能够把企业的发展与国家的发展放在同一目标上，分途并进，异途同归，抗战到底！

举一个浅近的例来说说：我们的眼光注意到"出路""赚钱"以外，若还能够估量到在滇越铁路的另一端，正有多少鬼蜮成性阴险狡诈的敌人，圆睁两只鼠眼，安排种种巧计阴谋，预备把劣货倾销到昆明来，且把推销劣货的责任，派给昆明市的大小商家时，就知道学习注意远处，实在是目前一件如何重要的事情！照相必选择地点，取准角度，方可望有较好效果。作人何尝不是一样。明分际，识大体，"有所不为"，敌人即或花样再多，敌货在有经验商家的眼中，总依然看得出，取舍之间是极容易的。若只图发财，见利忘义，"无所不为"，把劣货变成国货，改头换面，不过是翻手间事！劣货推销不过是若干有形事件中之一种。此外统治者中上层和知识阶级中不争气处，所作所为，实有更甚于此者。哪一件事、哪一种行为不影响到整个国家前途命运！哪容许我们松劲！

所以我觉得卢先生的摄影，不仅仅是给人看看，还应当给人深思。

北平的印象和感想

——油在水面,就失去了粘腻性质,转成一片虹彩,幻美悦目,不可仿佛。人的意象,亦复如是。有时平匀敷布于岁月时间上,或由于岁月时间所作成的幕景上,即成一片虹彩,具有七色,变易倏忽,可以感觉,不易揣摩。生命如泡沤,如露亦如电,唯其如此,转令人于生命一闪光处,发生庄严感印。悲悯之心,油然而生。

十月已临,秋季行将过去。迎接这个一切沉默但闻呼啸的严冬,多少人似乎尚毫无准备。从眼目所及说来,在南方有延长到三十天的满山红叶黄叶,满地露水和白霜。池水清澄明亮,如小孩子眼睛。一些上早学的孩子,一面走一面哈出白气,两只手玩水玩霜不免冻得红红的。于是冬天真来了。在北方刚大不相同。一星期狂风,木叶尽脱,只树枝剩余一二红点子,挂枝柿子和海棠果,依稀还留下点秋意。随即是负煤的脏骆驼,成串从四城涌进。从天安门过身时,这些和平生物可能抬起头,用那双忧愁小眼睛望望新油漆过的高大门楼,容许发生一点感慨,"你东方最大的一个帝国,四十年,什么全崩溃下来了。这就是只重应付现实缺少高尚理想的教训,也就是理想战胜事实的说明,而且适用于任何时代任何民族。后来者缺少历史知识,还舍不得这些木石砖瓦堆积物,重新装饰它们,用它们来点缀政治,这有何用? ……"也容许正在这时,忽

然看到那个停在两个大石狮子前面的一件东西,八个或十个轮子,结结实实,一个钢铁管子,斜斜伸出。这一切,虽用一片油布罩上,这生物可明白,那是一种力量,另外一种事实——用来屠杀中国人的美国坦克。到这时,感慨没有了。怕犯禁忌似的,步子一定快了一点,出月洞门转过南池子,它得上那个大图书馆卸煤!还有那个供屠宰用的绵羊群,也挤挤挨挨向四城拥进。说不定在城门洞前时,正值一辆六轮大汽车满载新征发的壮丁由城内驶出来。这一进一出,恰证实古代哲人一生用千言万语也说不透彻的"圣人不仁"和"有生平等"——于是冬天真来了。

就在这个时节,我回到了一别九年的北平。心情和二十五年前初到北京下车时相似而不同。我还保留二十岁青年初人百万市民大城的孤独心情在记忆中,还保留前一日南方的夏天光景在感觉中。这两种绝不相同的成分,为一个粮食杂货店中收音机放出的京戏给混和了,第一眼却发现北平的青柿和枣子已上市,共同搁在一辆手推货车上,推车叫卖的"老北京"已白了头。在南方,时常听人作新八股腔论国事说,"此后南京是政治中心,上海是商业中心,北平是文化中心。"话说得虽动人,并不可靠。政治中心照例拥有权势,商业中心照例拥有财富,这个我相信。因为权势和财富都可以改作"美国",两个中心原来就和老米不可分!至于文化中心,必拥有知识才得人尊敬,必拥有文物才足以刺激后来者怀古感情因而寄希望于未来。北平的知识分子的确不少,但是北平城既那么高,每个人家的墙壁照例又那么厚,知识能否流注交换,能否出城,不免令人怀疑。历史的庄严伟大,在北平文物上,即使不曾保留全部,至少还保留了一部分。可是这些保留下来的,能不能激发一个中国年青人的生命热忱,或一种感印、思索,引起他对祖国过去和未来一点深刻的爱?能不能由于爱,此后即活得更勇敢些,坚实些,也合理些?若所保留下来的庄严伟大和美丽缺少对于活人的教育作用,只不过供游人赏玩,供党国军政要人宴客开会,北平的文物,作用也就有限。给于多数人的知识,不过是让人知道前一代满人统治的帝国,奴役人民三百年,用人民血汗建筑有多大的花园,多大的庙宇宫殿,此外实在毫无意义可言。一个美国游览团的团员,具有调查统治中国兴趣的美国军官眷属,格利佛老太太,阿丽思小姐,可以用它来平衡《马可孛罗游记》所引起她灵魂骚乱的情感。一个中国人,假如说,一个某种无知自大的中国人,不问马伕或将军,他也许只会觉得他占领征服了北京城,再也不会还想到他站到的脚下,还有历史。在一个虽有历史却无从让许多人明白历史的情形下,北平的文化价值,如何使中国人对之表示应有的关心尊敬和重视,北平有知识的人,教育人的人,实值得思索,值得重新思索,北平的价值和意义,似乎方有希望让人稍稍明白!

北平入秋的阳光,事实上也就可以教育人。从明朗阳光和澄蓝天空中,使我温习起住过近十年的昆明景象。这时节的云南,雨季大致已经过去,阳光同样如此温暖美好,然而继续下去,却是一切有生机的草木枯死。我奇怪北平八年的沦陷,加上种种新的忌讳,居然还有成群白鸽,敢在用蓝天作背景寒冷空气中自由飞翔。微风刷动路旁的树枝,卷起地面落叶,悉悉率率如对于我的疑问有所回答:"凡是在这个大城上空绕绕大小圈子的自由,照例是不会受干涉的。这里原有充分的自由,犹如你们在地面,在教室或客厅中……""你这个话可是存心有点……'不,鲁迅早死了。讽刺和他同时死去了已多年。"可是你必然完全同意我说及的事实。这个想象的对话很怪,我疑心有人窃听。试各处看看,没有一个人。街上到处走的是另外一种人。我起始发现满街每个人家屋檐下的一面国旗,提醒我这是个节日,问铺子里人,才知悉和尊师重道有关,当天举行八年来第一回的祭孔大典。全国将在同一日举行这个隆重典礼。我重新想起苏州平江府那个大而荒凉的文庙,这一天文庙两廊豢养的几十匹膘壮日本军马,是不是暂时会由那一排看马的病兵牵出,让守职二十年饿得瘦瘪瘪的苏中苏小那一群老教师,也好进孔庙行个礼,且不至于想到用讲堂作马厩而情感脆弱露出酸态?军马即可暂时牵出,正殿上那些无法计数身分不明的蝙蝠,又如何处理?中国孔庙廊庑用来养马的,一定不止平江府,曲阜那一座可能更甚。这也正说明,北平、南京,师道在仪式上虽被尊敬,其他地方的教师,却仍在军马与蝙蝠之中讨生活,其无从生活也可想而知。

我起始在北平市大街上散步。想在地面发现一二种小小虫蚁,具有某种不同意志,表现到它本身奇怪造形上,斑驳色彩上,或飞鸣宿食性情上。毫无满意结果。人倒很多,汽车、三轮车、洋车,自行车上面都有人。街路宽阔而清洁,车辆上的人都似乎不必担心相互撞碰。可是许多人一眼看去样子都差不多,睡眠不足,营养不足。吃的胖胖的特种人物,包含伟人和羊肉馆掌柜,神气之间即有相通处!俨然已多少代都生活在一种无信心,无目的,无理想情形中,脸上各部官能因不曾好好运用,都显出一种疲倦或退化神情。另外一种,即是油滑,市侩乡愿官僚侦探特有的装作憨厚混和谦虚的油滑。他也许正想起从什么三郎小村转手的某注产业的数目,他也许正计划如何用过去与某某有田、有岛活动的方式又来参加什么文化活动,也许还得到某种新的特许……然而从深处看,这种人却又一律有种作人的是非与义利冲突,羞耻与无所谓冲突而遮掩不住的凄苦表情。在这种人群中散步,我当然不免要胡思乱想。我们是不是还有方法,可以使这些人恢复正常人的反应,多有一点生存兴趣,能够正常的哭起来笑起来?我们是不是还可望另一种人在北平市不再露面,为的是他明白羞耻二字的含义,自己再也不好

意思露面？我们是不是对于那个更年青的一辈，从孩子时代起始，在教育中应加强一点什么成分，如营养中的维他命，使他们生长中的生命，待发展的情绪，得到保护，方可望能抗抵某种抽象恶性疾病的传染，方可望于成年时能对于腐烂人类灵魂的事事物物，能有一点抵抗力？

我们似乎需要"人"来重新写作"神话"。这神话不仅是综合过去人类的抒情幻想与梦，加以现世成分重新处理，还应综合过去人类求生的经验，以及人类对于人的认识，为未来有所安排，有个明天威胁他，引诱他。也许教育这个坐在现实滚在现实里的多数，任何神话都已无济于事。然而还有那个在生长中的孩子群，以及从国内各地集中在这个大城的青年学生群，很显明的事，即得从宫殿，公园，学校中的图书馆或实验室以外，还要点东西，方不至于为这个大城中的历史暮气与其他新的有毒不良气息所中，失去一个中国人对人生向上应有的信心，要好好的活也能够更好的活的信心！在某种意义上说来，这个信心更恰当名称或叫作"野心"。即寄生于这一片黄土上年青的生命，对社会重造国家重造应有的野心。若事实上教书的，作官的，在一切社会机构中执事服务的，都害怕幻想，害怕理想，认为是不祥之物，决不许与现实生活发生关系时，北平的明日真正对人民的教育，恐还需要寄托在一种新的文学运动上。文学运动将从一更新的观点起始，来着手，来展开。

想得太远，路不知不觉也走得远了些。一下子我几乎撞到一个拦路电网上。你们可曾想得到，北平目前还有什么地方没有不固定性的铁丝网点缀胜利一年后的古城？

两个人起始摸我的身上，原来是检查。从后方昆明来的教师，似不必需要人用这种不愉快的按摩表示敬意。但我不曾把我身份说明，因为这是个尊师重道的教师节，免得在我这个"复杂"头脑和另一位"统一"头脑中，都要发生混乱印象。

好在我头脑装的虽多，身上带的可极少，所以一会儿即通过了。回过头看看时，正有两个衣冠整齐的绅士下车等待检查，样子谦和而恭顺。我知道这两位近十年中一定不曾离开北京，因为困辱了十年，已成习惯，容易适应。

北平的冬天来了，许多人都担心御寒的燃料会有问题。然而，北平十分严重的缺少的不仅仅是煤。煤只能暖和身体，却无从暖和这个大城市中过百万人的疲惫僵硬的心！我们可曾想到在一些零下三十度的地方，还有五十万人在冰天雪地中打仗？虽说那是离北平城很远很远地方的事，却是一件真实事，发展下去可能有二十万壮丁的伤亡，千百万人民的流离转徙，比缺煤升火炉严重得多！若我们住在北平城里的读书人，能把缺煤升大火炉的忧虑，转而体会到那零下三十度的地方战事如何在进行，到十二月我们的课堂即再冷一些,年青学生也不会缺课,或因缺少火炉而生埋怨。因为读书人纵无能力制止这一代战争的继续,至少还可以鼓励更年青一辈,对国家有一种新的看法,到他们处置这个国家一切时,决不会还需要用战争来调整冲突和矛盾!如果大家苦熬了八年回到了北平,连这点兴趣也打不起,依然只认为这是将军、伟人、壮丁、排长的事情,和自己全不相干,很可能我们的儿女,就免不了会有一天以此为荣,参加热闹。为人父或教人子弟的,实不能不把这些事想得远一点,深一点!

一九四六年八月九日作

一封未曾付邮的信

阴郁模样的从文,目送二掌柜出房以后。用两只瘦而小的手撑住了下巴,把两个手拐子搁到桌子上去,"唉!无意义的人生——可诅咒的人生!"伤心极了,两个陷了进去的眼孔内,热的泪只是朝外滚。

"再无办法,火食可开不成了!"二掌柜的话很使他十分难堪,但他并不以为二掌柜对他是侮辱与无理。他知道,一个开公寓的人,如果住上了三个以上像他这样的客人,公寓中受的影响,是能够陷于关门的地位的。他只伤心自己的命运。

"我不能奋斗去生,未必连爽爽快快去结果了自己也不能吧?"一个不良的思绪时时抓着他心。

生的欲望,似乎是一件美丽东西。也许是未来的美丽的梦,在他面前不住的晃来晃去,于是,他又握起笔来写他的信了。他要在这最后一次决定自己的命运。

A先生:
　　在你看我信以前,我先在这里向你道歉,请原谅我!
　　一个人,平白无故向别一个陌生人写出许多无味的话语,妨碍了别人正经事情;有时候,还得给人以不愉快,我知道,这是一桩很不对的行为。不过,我为求生,除了这个似乎已无第二个途径了!所以我不怕别人讨嫌,依然写了这信。

先生对这事，若是懒于去理会，我觉得并不什么要紧。我希望能够像在夏天大雨中，见到一个大水泡为第二个雨点破灭了一般不措意。

我很为难。因为我并不曾读过什么书，不知道如何来说明我的为人以及对于先生的希望。

我是一个失业人——不，我并不失业，我简直是无业人！我无家，我是浪人——我在十三岁以前就成了一个无家可归的人了。过去的六年，我只是这里那里无目的的流浪。

我坐在这不可收拾的破烂命运之舟上，竟想不出办法去找一个一年以上的固定生活。我成了一张小而无根的浮萍，风是如何吹——风的去处，便是我的去处。湖南，四川，到处飘，我如今竟又飘到这死沉沉的沙漠北京了。

经验告我是如何不适于徒坐。我便想法去寻觅相当的工作，我到一些同乡们跟前去陈述我的愿望，我到各小工场去询问，我又各处照这个样子写了好多封信去，表明我的愿望是如何低而容易满足。可是，总是失望！生活正同弃我而去的女人一样，无论我是如何设法去与她接近，到头终于失败。

一个陌生少年，在这茫茫人海中，更何处去寻找同情与爱？我怀疑，这是我方法的不适当。

人类的同情，是轮不到我头上了。但我并不怨人们待我苛刻。我知道，在这个扰攘争逐世界里，别人并不须对他人尽什么应当尽的义务。

生活之绳，看看是要把我扼死了！我竟无法去解除。

我希望在先生面前充一个仆欧。我只要生！我不管任何生活都满意！我愿意用我手与脑终日劳作，来换取每日最低限度的生活费。我愿……我请先生为我寻一生活法。

我以为："能用笔写他心同情于不幸者的人，不会拒绝这样一个小孩子，"这愚陋可笑的见解，增加了我执笔的勇气。

我住处是××××，倘若先生回复我这小小愿望时。

愿先生康健！

"伙计！伙计！"他把信写好了，叫伙计付邮。

"什么？——有什么事？"在他喊了六七声以后，才听到一个懒懒的应声。从这声中，可以见到一点不愿理会的轻蔑与骄态。

他生出一点火气来了。但他知道这时发脾气,对事情没有好处,且简直是有害的。便依然按捺着性子,和和气气的喊,"来呀,有事!"

一个青脸庞二掌柜兼伙计,气呼呼的立在他面前。他准备把信放进刚写好的封套里,"请你发一下!……本京一分……三个子儿就得了!"

"没得邮花怎么发?……是的,就是一分,也没有!——你不看早上洋火、夜里的油是怎么来的!"

"……"

"一个大子没有如何发?——哪里去借?"

"……"

"谁扯谎?——那无法……"

"那算了吧。"他实在不能再看二掌柜难看的青色脸了,打发了他出去。

窗子外面,一声小小冷笑送到他耳朵边来。

他同疯狂一样,全身战栗,粗暴的从桌上取过信来,一撕两半。那两张信纸,轻轻的掉了下地,他并不去注意,只将两个半边信封,叠作一处,又是一撕,向字篓中尽力的掼去。

一九二四年十二月中旬作

小草与浮萍

　　小萍儿被风吹着停止在一个陌生的岸旁。他打着旋身睁起两个小眼睛察看这新天地。他想认识他现在停泊的地方究竟还同不同以前住过的那种不惬意的地方。他还想：

　　——这也许便是诗人告给我们的那个虹的国度里！

　　自然这是非常容易解决的事！他立时就知道所猜的是失望了。他并不见什么玫瑰色的云朵，也不见什么金刚石的小星。既不见到一个生银白翅膀，而翅膀尖端还蘸上天空明蓝色的小仙人，更不见一个坐在蝴蝶背上，用花瓣上露颗当酒喝的真宰。他看见的世界，依然是骚动骚动像一盆泥鳅那末不绝地无意思骚动的世界。天空苍白灰颓同一个病死的囚犯脸子一样，使他不敢再昂起头去第二次注视。

　　他真要哭了！他于是唱着歌诉说自己凄惶的心情：

　　"侬是失家人，萍身伤无寄。江湖多风雪。频送侬来去。风雪送侬去，又送侬归来；不敢识旧途，恐乱侬行迹，……"

　　他很相信他的歌唱出后，能够换取别人一些眼泪来。在过去的时代波光中，有一只折了翅膀的蝴蝶堕在草间，寻找不着它的相恋者，曾在他面前流过一次眼泪，此外，再没有第二回同样的事情了！这时忽然有个突如其来的声音止住了他：

　　"小萍儿，漫伤嗟！同样漂泊有杨花。"

　　这声音既温和又清婉，正像春风吹到他肩背时一样，是一种同情的爱抚。他很觉得惊异，他想：

　　——这是谁？为甚认识我？莫非就是那只许久不通消息

的小小蝴蝶吧？或者杨花是她的女儿，……

但当他抬起含有晶莹泪珠的眼睛四处探望时，却不见一个小生物。他忙提高嗓子：

"喂！朋友，你是谁？你在什么地方说话？"

"朋友，你寻不到我吧？我不是那些伟大的东西！虽然我心在我自己看来并不很小，但实在的身子却同你不差什么。你把你视线放低一点，就看见我了。……是，是，再低一点，……对了！"

他随着这声音才从路坎上一间玻璃房子旁发见了一株小草。她穿件旧到将退色了的绿衣裳。看样子，是可以作一个朋友的。当小萍儿眼睛转到身上时，她含笑说：

"朋友，我听你唱歌，很好。什么伤心事使你唱出这样调子？倘若你认为我够得上作你一个朋友，我愿意你把你所有的痛苦细细的同我讲讲。我们是同在这靠着作一点梦来填补痛苦的寂寞旅途上走着呢！"

小萍儿又哭了，因为用这样温和口气同他说话的，他还是初次入耳呢。

他于是把他往时常同月亮诉说而月亮却不理他的一些伤心事都一一同小草说了。他接着又问她是怎样过活。

"我吗？同你似乎不同了一点。但我也不是少小就生长在这里的。我的家找还记着：从不见到什么冷得打战的大雪，也不见什么吹得头痛的大风，也不像这里那么空气干燥，时时感到口渴，——总之，比这好多了。幸好，我有机会傍在这温室边旁居住，不然，比你还许不如！"

他曾听过别的相识者说道，温室是一个很奇怪的东西。凡是在温室中打住的，不知道什么叫作季节，永远过着春天的生活。虽然是残秋将尽的天气，碧桃同樱花一类东西还会恣情的开放。这之间，卑卑不足道的虎耳草也能开出美丽动人的花朵，最无气节的石菖蒲也会变成异样的壮大。但他却还始终没有亲眼见到过温室是什么样子。

"呵！你是在温室旁住着的，我请你不要笑我浅陋可怜，我还不知道温室是怎么样一种地方呢。"

从他这问话中，可以见他略略有点羡慕的神气。

"你不知道却是一桩很好的事情。并不巧，我——"

小萍儿又抢着问：

"朋友，我听说温室是长年四季过着春天生活的！为甚你又这般憔悴？你莫非是闹着失恋的一类事吧？"

"一言难尽！"小草叹了一口气。歇了一阵，她像在脑子里搜索得什么似的，接着又说，"这话说来又长了。你若不嫌烦，我可以从头一一告诉你。我先前正是像你们所猜想的那么愉快，每日里同一些姑娘们少年们有说有笑

的过日子。什么跳舞会啦,牡丹与芍药结婚啦……你看我这样子虽不什么漂亮,但筵席上少了我她们是不欢的。有一次,真的春天到了,跑来了一位诗人。她们都说他是诗人,我看他那样子,同不会唱歌的少年并没有什么不同。我一见他那尖瘦有毛的脸嘴,就不高兴。嘴巴尖瘦并不是什么奇怪事,但他却尖的格外讨厌。又是长长的眉毛,又是崭新的绿森森的衣裳,又是清亮的嗓子,直惹得那一群不顾羞耻的轻薄骨头发颠!就中尤其是小桃,——"

"那不是莺哥大诗人吗?"照小草所说的那诗人形状,他想,必定是会唱赞美诗的莺哥了。但穿绿衣裳又会唱歌的却很多,因此又这样问。

"嘘!诗人?单是口齿伶便一点,简直一个儇薄儿罢了!我分明看到他弃了他居停的女人,飞到园角落同海棠偷偷的去接吻。"

她所说的话无非是不满意于那位漂亮诗人,小萍儿想:或者她对于这诗人有点妒意吧!

但他不好意思将这疑问质之于小草,他们不过是新交。他只问:

"那末,她们都为那诗人轻薄了!"

"不。还有——"

"还有谁?"

"还有玫瑰。她虽然是常常含着笑听那尖嘴无聊的诗人唱情歌,但当他嬉皮涎脸的飞到她身边,想在那鲜嫩小嘴唇上接一个吻时,她却给他狠狠的刺了一下。"

"以后,——你?"

"你是不是问我以后怎么又不到温室中了吗?我本来是可以在那里住身的。因为秋的饯行筵席上,大众约同开一个跳舞会,我这好动的心思,又跑去参加了。在这当中,大家都觉到有点惨沮,虽然是明知春天终不会永久消逝。"

"诗人呢?"

"诗人早不知到什么地方去了。有些姐妹们也想,因为无人唱诗,所以弄得满席抑郁不欢。不久就从别处请了一位小小破脚诗人来。他小得可怜,身上还不到一粒白果那么大。穿一件黑油绸短袄子,行路一跳一跳,——"

"那是蟋蟀吧?"其实小萍儿并不与蟋蟀认识,不过这名字对他很熟罢了!

"对。他名字后来我才知道的。那你大概是与他认识了!他真会唱。他的歌能感动一切,虽然调子很简单。——我所以不到温室中过冬,愿到这外面同一些不幸者为风雪暴虐下的牺牲者一道,就是为他的歌所感动

呢。——看他样子那么渺小，真不值得用正眼刷一下。但第一句歌声唱出时，她们的眼泪便一起为挤出来了！他唱的是'萧条异代不同时'。这本是一句旧诗，但请想，这样一个钱行的筵席上，这种诗句如何不敲动她们的心呢？就中尤其感到伤心的是那位密司柳。她原是那绿衣诗人的旧居停。想着当日'临流顾影，婀娜丰姿'，真是难过！到后又唱到'姣艳芳姿人阿谀，断枝残梗人遗弃'……，把密司荷又弄得嚎啕大哭了。……还有许多好句子，可惜我不能一一记下。到后跛脚诗人便在我这里住下了。我们因为时常谈话，才知道他原也是流浪性成了随遇而安的脾气。——"

他想，这样诗人倒可以认识认识，就问：

"现在呢？"

"他因性子不大安定，不久就又走了！"

'小萍儿听到他朋友的答复，怃然若有所失，好久好久不作声。他末后又问她唱的"小萍儿，漫伤嗟，同样漂泊有杨花！"那首歌是什么人教给她的时，小草却掉过头去，羞涩的说，就是那跛脚诗人。

一九二五年二月十四日作

Láomei, Zuohen!*

> 微微的凉风吹拂了衣裙,
> 淡淡的黄月洒满了一身。
> 星样的远远的灯成行排对,
> 灯样的小小的星无声长坠。
>
> ——《月下》

在长期的苦恼中沉溺,我感到疲倦,乏力,气尽,希望救援,置诸温暖。在一种空虚的想望中,我用我的梦,铸成了偶像一尊。我自己,所有的,是小姐们一般人所不必要的东西,内在的,近于潜伏的,忧郁的热情。这热情,在种种习俗下,真无价值!任何一个女人,从任何一个男子身上都可找到的脸孔上装饰着的热情,人来向我处找寻,我却没有。我知道,一个小小的殷勤,能胜过更伟大但是潜默着的真爱。在另一方面,纵是爱,把基础建筑到物质一方,也总比到空虚不可捉找的精神那面更其切于实用。这也可说是女人们的聪明处。不过,傻子样的女人呢,我希望还是有。

我所需要于人,是不加修饰的热情,是比普通一般人更贴紧一点的友谊,要温柔,要体谅。我愿意我的友人脸相佳美,但愿意她灵魂更美,远远超过她的外表。我追求的,我是深知。但在别人,所能给我的,是不是即我所找寻的东西?我将

---

* 苗语:妹子,真美呀!

于发现后,再检察我自己。这时,让它茫然的,发痴样,让朋友引我进到新的矿地,用了各样努力,去搜索,在短短期间中,证明我的期望。暂忘却我是一个但适宜于白日作梦的独行人,且携了希望,到事实中去印证。于我适宜的事,是没有比这更其适宜了,因此我到了一个地方。

呵,在这样月色里,我们一同进入一个夸大的梦境。黄黄的月,将坪里洒遍,却温暖了各人的心。草间的火萤,执了小小的可怜的火炬,寻觅着朋友。这行为,使我对它产生无限的同情。

小的友人! 在这里,我们同是寻路者,我将燃起我心灵上的火把,同你样沉默着来行路!

月亮初圆,星子颇少。拂了衣裙的凉风,且复推到远地,芦苇叶子,瑟瑟在响。金铃子像拿了一面小锣在打,一个太高兴了天真活泼的小孩子!

四人整齐的贴到地上移动的影子,白的鞋,纵声的笑,精致的微像有刺的在一种互存客气中的谈话,为给我他日作梦方便起见,我一一的连同月色带给我的温柔感触,都保留到心上了。真像一个夸大的梦! 我颇自疑。在另一时,一件极其平常的事,就会将我这幻影撞碎,而我,却又来从一些破碎不完整的残片中,找寻我失去的心。我将在一种莫可奈何中极其柔弱的让回忆的感情来宰割,且预先就见到我有一天会不可自拔的陷进到这梦的破灭的哀愁里。虽然,这时我却是对人颇朦胧,总是不需要爱,那是自欺的事,但我真实的对于人,还未能察觉到的内心就是生了沸腾,来固执这爱! 在如此清莹的月光下,白玉雕像样的 Lǎomei 前,我竟找不到我是蒙了幸福的处所来。我只觉得寂寞。尤其是这印象太美。我知道,我此后将于一串的未来的日子里,再为月光介绍给我这真实的影子,在对过去的追寻里,我会苦恼得成一个长期囚于荒岛的囚人。

我想,我是永远在大地上独行的一个人,没有家庭,缺少朋友,过去如此,未来还是如此,且,自己是这样:把我理想中的神,拿来安置在一个或者竟不同道的女人身上,而我在现实中,又即时发现了事实与理想的不协调。我自己看人,且总如同在一个扩大镜里,虽然是有时是更其清白,但,谬误却随时随地显著暴露了。一根毛发,在我看来,会发见许多鳞片。其实这东西,在普通触觉下,无论如何不会刺手;而我对一根毛发样的事的打击,有时竟感到颇深的疼痛。……

我有所恐惧,我心忽颤抖,终于我走开了。我怕我会在一种误会下沉坠,我慢慢的把自己留在月光下孤独立着了。

我想起我可哀的命运,凡事我竟如此固执,不能抓住眼前的一切,享受刹那的幸福,美的欣赏却总偏到那种恍惚的梦里去。

"眼前,岂不是颇足快乐么?"谢谢朋友的忠告,正因为是眼前,我反而更

其凄凉了。这样月色,这样情景,同样的珍重收藏在心里,倘若是不能遗忘,未必不可作他日温暖我们既已成灰之心。但从此事看来,人生的渺茫无端,就是使我们一同在这明月下痛哭了!

  他日,我们的关系,不论变成怎样,想着时,都使我害怕。变,是一定的。不消说,我是希望它变成如我所期待的那一种,我们当真会成一个朋友。这也是我每一次同女人在一种泛泛的情形中接触时,就发生的一个希望。我竟不能使我更勇猛点,英雄点,作一个平常男子的事业,尽量的,把心灵迷醉在目下的欢乐中。我只深深的忧愁着:尽力扩张的结果,在他日,我会把我苦恼的分量加重,到逾过我所能担负的限度以外。我就又立时怜悯我自己起来。在一种欢乐空气中,我却不能作一点我应作的事,永远是向另一个虚空里追求,且竟先时感到了还未拢身的苦楚!

  在朋友面前,我已证明我是一个与英雄相反的人了,我竟想逃。

  在真实的谈话中,我们可以找出各人人格的质点来。在长期的沉默里,我们可以使灵魂接近。但我都不愿去作。我欲从别人方面得到一个新的启示,把方向更其看得清楚,但我就怀了不安,简直不想把朋友看得透彻一点。力量于我,可说是全放到收集此时从视觉下可以吸入的印象上面去了。别人的话,我不听;我的话,却全不是我所应当说的夹七杂八的话。

  "月亮真美!"

  "月亮虽美,Lóomei,你还更美!"像朋友,短兵直入的夸赞,我却有我的拘束,想不到应如此说。

  我的生涩,我的外形的冷静,我的言语,甚至于我的走路的步法,都不是合宜于这种空气下享受美与爱的,我且多了一层自知,我,熨贴别人的全无方法,即受 Lóome 们来安慰,也竟不会!

  朋友们,所有的爱,坚固得同一座新筑成的城堡样,且是女墙上插了绣花旗子,鲜艳夺目。我呢,在默默中走着自己的道路而已。

  到了一个地方,大家便坐了下来。行到可歇憩处便应休息,正同友情一个样子。

  "我应该怎么办?"想起来,当真应当作一点应作的事,为他日证明我在此一度月圆时,我的青春,曾在这世界上月光下开了一朵小小的花过。从官能上,我应用一种欣赏上帝为人造就这一部大杰作样去尽意欣赏。这只是一生的刹那,稍纵,月儿会将西沉,人也会将老去!

  Láomei,zuohen!(妹子,真美呀!)一个春天,全在你的身上。一切光荣,一切幸福,以及字典上一堆为赞美而预备的字句,都全是为你们年青 Láomei 而预备。

颇远的地方,有市声随了微风扬在耳边。月亮把人的影子安置在地上。大坪里碎琉璃片类,在月下都反射着星样的薄光。一切一切,在月光的抚弄下,都极其安静,入了睡眠。月边,稀薄的白云,如同淡白之微雾,又如同扬着的轻纱。

……单为这样一个良夜圆月,人即使陌生再陌生,对这上天的恩惠,也合当拥抱,亲吻,致其感谢!

一个足以自愕的贪欲,一个小小的自私,在动人的月光下,便同野草般的心中滋长起来了。我想到人类的灵魂用处来。我想到将在这不可复得之一刹那,在各人心头,留下一道较深的印子。在两人的嘴边,留下一个永远的温柔的回味。时间在我们脚下轻轻滑过,没有声息,初不停止,到明日,我们即已无从在各人脸上找出既已消失的青春了!用颇大的力量,把握到现实,真无疑虚之必须!

把要求提高,在官能上,我可以作一点粗暴点的类乎掠夺样的事情来,表示我全身为力所驱迫的热情,于自己,私心的扩张,也是并不怎样不恰当。且,那样结果,未必比我这么沉默下来情形还更坏,照这样作,我也才能更像男子一点。一个男子,能用力量来爱人,比在一种女性的羞腼下盼望一个富于男性的女子来怜悯,那是好多了。

但我并不照到我的心去作。头上月亮,同一面镜子,我从映到地下的影子上起了一个颓唐的自馁的感慨,"不必在未来,眼前的我,已是老了,不中用了,再不配接受一个人的友情了。倘若是,我真有那种力量,竟照我自私的心去办,到他时,将更给我痛苦。这将成我一个罪孽,我曾沉溺到忏悔的深渊里,无从自救。"于是,身虽是还留在别人身边,心却偷偷悄悄的逃了下来,跑到幽僻到她要找也无从找的一处去了。

Láomei, zuohen! 一个春天,全在你的身上。一切光荣,一切幸福,以及字典上一堆为赞美而预备的字句,都全是为你们而有。一切艺术由你们来建设。恩惠由你们来颁布给人。剩下来的忧愁苦恼,却为我们这类男子所有了!

> 在蓝色之广大空间里:
> 月儿半升了银色之面孔,
> 超绝之"美满"在空中摆动,
> 星光在毛发上闪烁——如神话里之表现。
>
> ——《微雨·她》

我如同哑子,无力去狂笑,痛哭,宁静的在梦样的花园里勾留,且斜睐无

声长坠之流星。想起《微雨·幽怨》的前段：

　　流星在天心走过，反射出我心中一切之幽怨。不是失望的凝结，抑攻击之窘迫，和征战之败北！……

心中有哀戚幽怨，他人的英雄，乃更形成我的无用。我乃留心沙上重新印下之足迹，让它莫在记忆中为时光拭尽。

"我全是沉闷，静寂，排列在空间之隙。"

朋友离我而他去，淡白的衣裙，消失到深蓝暗影里。我不能说生命是美丽抑哀戚。在淡黄色月亮下归来，我的心涂上了月的光明。倘他日独行旷野时，将用这永存的光明照我行路。

　　　　　　　　　　　一九二六年八月二十一日深夜作

时间

一切存在严格地说都需要"时间"。时间证实一切,因为它改变一切。气候寒暑,草木荣枯,人从生到死,都不能缺少时间,都从时间上发生作用。

常说到"生命的意义"或"生命的价值"。其实一个人活下去真正的意义和价值,不过占有几十个年头的时间罢了。生前世界没有他,他无意义和价值可言的;活到不能再活死掉了,他没有生命,他自然更无意义和价值可言。

正仿佛多数人的愚昧与少数人的聪明,对生命下的结论差不多都以为是"生命的意义同价值是活个几十年",因此都肯定生活,那么吃,喝,睡觉,吵架,恋爱,……活下去等待死,死后让棺木来装殓他,黄土来掩埋他,蛆虫来收拾他。

生命的意义解释的即如此单纯,"活下去,活着,倒下,死了",未免太可怕了。因此次一等的聪明人,同次一等的愚人,对生命的意义同价值找出第二结论。就是"怎么样来耗费这几个年头"。虽更肯定生活,那么吃,喝,睡觉,吵架,恋爱,……然而生活得失取舍之间,到底也就有了分歧。这分歧一看就明白。大别言之,聪明人要理解生活,愚蠢人要习惯生活。聪明人以为目前并不完全好,一切应比目前更好,且竭力追求那个理想。愚蠢人对习惯完全满意,安于现状,保证习惯。(在世俗观察上,这两种人称呼常常相反,安于习惯的被称为聪明人,怀抱理想的人却成愚蠢家伙。)

两种人即同样有个"怎么来耗费这几十个年头"的打算,

要从人与人之间寻找生存的意义和价值,即或择业相同,成就却不相同。同样想征服颜色线条作画家,同样想征服乐器音声作音乐家,同样想征服木石铜牙及其他材料作雕刻家,甚至于同样想征服人身行为作帝王,同样想征服人心信仰作思想家或教主,一切结果都不会相同。因此世界上有大诗人,同时也就有蹩脚诗人,有伟大革命家,同时也有虚伪革命家。至于两种人目的不同,择业不同,即就更容易一目了然了。

看出生命的意义同价值,原来如此如此,却想在生前死后使生命发生一点特殊意义和永久的价值,心性绝顶聪明,为人却好像傻头傻脑,历史上的释迦,孔子,耶稣,就是这种人。这种人或出世,或入世,或革命,或复古,活下来都显得很愚蠢,死过后却显得很伟大。屈原算得这种人另外一格,历史上这种人可并不多。可是每一时代间或产生一个两个,就很像样子了。这种人自然也只能活个几十年,可是他的观念,他的意见,他的风度,他的文章,却可以活在人类的记忆中几千年。一切人生命都有时间的限制,这种人的生命又似乎不大受这种限制。

话说回来,事事物物要时间证明,可是时间本身却又像是个极其抽象的东西,从无一个人说得明白时间是个什么样子。时间并不单独存在。时间无形,无声,无色,无臭。要说明时间的存在,还得回过头来从事事物物去取证。从日月来去,从草木荣枯,从生命存亡找证据。正因为事事物物都可为时间作注解,时间本身反而被人疏忽了。所以多数人提问到生命的意义同价值时,没有一个人敢说"生命意义同价值,只是一堆时间"。

"前不见古人,后不见来者",这是一个真正明白生命意义同价值的人所说的话。老先生说这话时心中的寂寞可知! 能说这话的是个伟人,能理解这话的也不是个凡人。目前的活人,大家都记得这两句话,却只有那些从日光下牵入牢狱,或从牢狱中牵上刑场的倾心理想的人,最了解这两句话的意义。因为说这话的人生命的耗费,同懂这话的人生命的耗费,异途同归,完全是为事实皱眉,却胆敢对理想倾心。

他们的方法不同,他们的时代不同,他们的环境不同,他们的遭遇也不相同;相同的是他们的心,同样为人类向上向前而跳跃。

一九三五年十月

潜渊

一

黄昏极美丽悦人,光景清寂,极静,独坐小蒲团上,望窗口微明。欧战从一日起始,至今天为止,已三十天。此三十天中波兰即已灭亡。一国家养兵至一百万,一月中即告灭亡,何况一人心中所信所守,能有几许力量,抵抗某种势力侵入?一九三九之九月,实一值得记忆的月份。人类用双手、头脑创造出一个惊心动魄文明世界,然此文明不旋踵立即由人手毁去。人之十指,所成所毁,亦已多矣。

九月××

二

读《人与技术》、《红百合》二书各数章。小楼上阳光甚美,心中茫然,如一战败武士,受伤后独卧荒草间,武器与武力已全失。午后秋阳照铜甲上炙热。手边有小小甲虫爬行,耳畔闻远处尚有落荒战马狂奔,不觉眼湿。心中实充满作战雄心,又似觉一切已成过去,生命中仅残余一种幻念,一种陈迹的温习。

心若翻腾,渴想海边,及海边可能见到的一切。沙滩上为浪潮漂白的一些螺蚌残壳,泥路上一朵小小兰花,天末一片白帆,一片紫。

房中静极。面对窗上三角形夕阳黄光,如有所悟,亦如有所惑。

十月××

三

晴。六时即起。甚愿得在温暖阳光下沉思,使肩背与心同在朝阳炙晒中感到灼热。灼热中回复清凉,生命从疲乏得到新生,久病新瘥一般新生。所思者或为阳光下生长一种造物(精巧而完美,秀与壮并之造物),并非阳光本身。或非造物,仅仅造物所遗留之一种光与影,形与线。

人有为这种光影形线而感兴激动的,世人必称之为"痴汉"。因大多数人都"不痴"。知从"实在"上讨生活,或从"意义""名分"上讨生活。捕蚊捉虱,玩牌下棋,在小小得失上注意关心,引起哀乐,即可度过一生。生活安适,即已满足。活到末了,倒下完毕。多数人所需要的是"生活",并非对于"生命"具有何种特殊理解,故亦不必追寻生命如何使用,方觉更有意思。因此若有一人,超越习惯的心与眼,对于美特具敏感,自然即被称为痴汉。此痴汉行为,若与多数人庸欲利害观念相冲突,且成为罪犯,为恶徒,为叛徒。换言之,即一切不吉名词无一不可加诸其身,对此符号,消极意思为"沾惹不得",积极企图为"与众弃之"。然一切文学美术以及人类思想组织上巨大成就,常唯痴汉有分,与多数无涉,事情显明而易见。

十月××

四

金钱对"生活"虽好像是必需的,对"生命"似不必需。生命所需,唯对于现世之光影疯狂而已。因生命本身,从阳光雨露而来,即如火焰,有热有光。

我如有意挫折此奔放生命,故从一切造形小物事上发生嗜好,即不能挫折它?亦可望陶冶它,羁縻它,转变它。不知者以为留心细物,所志甚小,见闻不广,无多大价值物事,亦如宝贝,加以重视,未免可笑。这些人所谓价值,自然不离金钱,意即商业价值。

美固无所不在,凡属造形,如用泛神情感去接近,即无不可以见出其精巧处和完整处。生命之最大意义,能用于对自然或人工巧妙完美而倾心,人之所同,唯宗教与金钱,或归纳,或消灭,因此令多数人生活下来都庸俗呆笨,了无趣味。某种人情感或被世务所阉割,淡漠如一僵尸,或欲扮道学,充绅士,作君子,深深惧怕被任何一种美所袭击,支撑不住,必致误事。又或受佛教"不净观"影响,默会《诃欲经》本意,以爱与欲不可分,惶恐逃避,唯恐不

及。像这些人,对于"美",对于一切美物,美行,美事,美观念,无不漠然处之,竟若毫无反应。

不过试从文学史或美术史(以至于人类史)加以清查,却可得一结论,即伟人巨匠,千载宗师,无一不对于美特具敏锐感触。或取调和态度,融汇之以成为一种思想,如经典制作者对于经典文学符号排比的准确与关心。或听其撼动,如艺术家与美对面时,从不逃避某种光影形线所感印之痛苦,以及因此产生佚智失理之疯狂行为。举凡所谓活下来"四平八稳"人物,生存时自己无所谓,死去后他人对之亦无所谓。但有一点应当明白,即"社会"一物,是由这种人支持的。

十月××

五

饭后倦极。至翠湖土堤上一走。木叶微脱,红花萎悴,水清而草乱。猪耳莲尚开淡紫花,静贴水面。阳光照及大地,随阳光所及,举目临眺,但觉房屋人树,及一池清水,无不如相互之间,大有关系。然个人生命,转若甚感单独,无所皈依,亦无所附丽。上天下地,粘滞不住。过去生命可追寻处,并非一堆杂著,只是随身记事小册三五本。名为记事,事无可记,即记下亦无可观。唯生命形式,或可于字句间求索得到一二,足供温习。生命随日月交替而有新陈代谢现象,有变化,有移易。生命者,只前进,不后退,能迈进,难静止。到必需"温习过去",则目前情形可想而知。沉默甚久,生悲悯心。

我目前俨然因一切官能都十分疲劳,心智神经失去灵明与弹性,只想休息。或如有所规避,即逃脱彼噬心啮知之"抽象",由无数造物空间时间综合而成之一种美的抽象。然生命与抽象固不可分,真欲逃避,唯有死亡。是的,我的休息,便是多数人说的死。

十月××

六

在阳光下追思过去,俨然整个生命俱在两种以及无数种力量中支撑抗拒,消磨净尽。所得唯一种知识,即由人之双手所完成之无数泥土陶瓷形象,与由上帝双手抟泥所完成之无数造物灵魂有所会心而已。令人痛苦也就在此。人若欲贴近土地,呼吸空气,感受幸福,则不必有如此一分知识。多数人或具有一种浓厚动物本性,如猪如狗,或虽如猪如狗,唯感情被种种名词所阉割,皆可望从日常生活中感到完美与幸福。譬如说"爱",这些人爱

之基础或完全建筑在一种"情欲"事实上,或纯粹建筑在一种"道德"名分上,异途同归,皆可得到安定与快乐。若将它建筑在一抽象的"美"上,结果自然到处见出缺陷和不幸。因美与"神"近,即与"人"远。生命具神性,生活在人间,两相对峙,纠纷随来。情感可轻翥高飞,翱翔天外,肉体实呆滞沉重,不离泥土。

××说,"×××年前死得其所,是其时。"即"人"对"神"的意见,亦即神性必败一个象征。××实死得其时,因为救了一个"人",一个贴近地面的人。但××若不死,未尝不可以使另外若干人增加其神性。

有些人梦想生翅膀一双,以为若生翅翼,必可轻举,向日飞去。事实上即背上生出翅膀,亦不宜高飞。有些人从不梦想,唯时时从地面踊跃升腾,虽腾空不高,旋即堕地,依然永不断念,信心特坚。前者是艺术家,后者是革命家。但一个文学作家,似乎必需兼有两种性格。

十月××
十月十六日摘抄

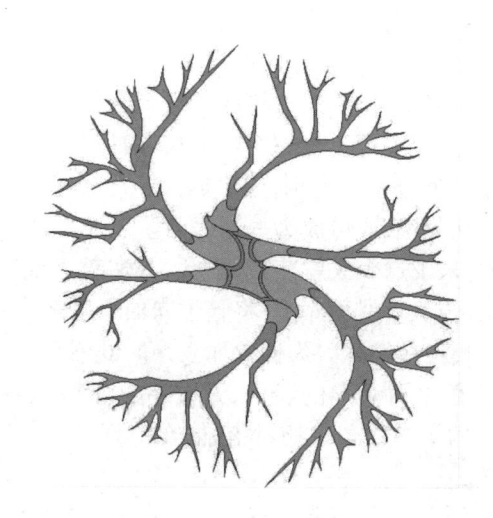

生命

我好像为什么事情很悲哀,我想起"生命"。

每个活人都像是有一个生命,生命是什么,居多人是不曾想起的,就是"生活"也不常想起。我说的是离开自己生活来检视自己生活这样事情,活人中就很少那么作,因为这么作不是一个哲人,便是一个傻子了。"哲人"不是生物中的人的本性,与生物本性那点兽性离得太远了,数目稀少正见出自然的巧妙与庄严。因为自然需要的是人不离动物,方能传种。虽有苦乐,多由生活小小得失而来,也可望从小小得失得到补偿与调整。一个人若尽向抽象追究,结果纵不至于违反自然,亦不可免疏忽自然,观念将痛苦自己,混乱社会。因为追究生命意义时,即不可免与一切习惯秩序冲突。在同样情形下,这个人脑与手能相互为用,或可成为一思想家或艺术家,脑与行为能相互为用,或可成为一革命者。若不能相互为用,引起分裂现象,末了这个人就变成疯子。其实哲人或疯子,在违反生物原则,否认自然秩序上,将脑子向抽象思索。意义完全相同。

我正在发疯。为抽象而发疯。我看到一些符号,一片形,一把线,一种无声的音乐,无文字的诗歌。我看到生命一种最完整的形式,这一切都在抽象中好好存在,在事实前反而消灭。

有什么人能用绿竹作弓矢,射入云空,永不落下?我之想象,犹如长箭,向云空射去,去即不返,长箭所注,在碧蓝而明静之广大虚空。

明智者若善用其明智。即可从此云空中,读示一小文,文中有微叹与沉默,色与香,爱和怨。无著者姓名。无年月。无

故事。无……然而内容极柔美。虚空静寂,读者灵魂中如有音乐。虚空明蓝,读者灵魂上却光明净洁。

大门前石板路有一个斜坡,坡上有绿树成行,长干弱枝,翠叶积叠,如翠翟,如羽葆,如旗帜。常有山灵,秀腰白齿,往来其间。遇之者即喑哑。爱能使人喑哑———一种语言歌呼之死亡。"爱与死为邻"。

然抽象的爱,亦可使人超生。爱国也需要生命,生命力充溢者方能爱国。至如阉寺性的人,实无所爱,对国家,貌作热诚,对事,马马虎虎,对人,毫无情感,对理想,异常吓怕。也娶妻生子,治学问教书,作官开会,然而精神状态上始终是个阉人。与阉人说此,当然无从了解。

夜梦极可怪。见一淡绿白合花,颈弱而花柔,花身略有斑点青渍,倚立门边微微动摇。在不可知地方好像有极熟习的声音在招呼:

"你看看好,应当有一粒星子在花中。仔细看看。"

于是伸手触之。花微抖,如有所怯。亦复微笑,如有所恃。因轻轻摇触那个花柄,花蒂,花瓣。近花处几片叶子全落了。

如闻叹息。低而分明。

…………

雷雨刚过。醒来后闻远处有狗吠,吠声如豹。半迷糊中卧床上默想,觉得惆怅之至。因白合花在门边动摇,被触时微抖或微笑,事实上均不可能!

起身时因将经过记下,用半浮雕手法,如玉工处理一片玉石,琢刻割磨。完成时犹如一壁炉上小装饰。精美如瓷器。素朴如竹器。

一般人喜用教育身分来测量一个人道德程度。尤其是有关乎性的道德。事实上这方面的事情,正复难言。有些人我们应当嘲笑的,社会却常常给以尊敬,如阉寺。有些人我们应当赞美的,社会却认为罪恶,如诚实。多数人所表现的观念,照例是与真理相反的。多数人都乐于在一种虚伪中保持安全或自足心境。因此我焚了那个稿件。我并不畏惧社会,我厌恶社会,厌恶伪君子,不想将这个完美诗篇,被伪君子眼目所污渎。

白合花极静。在意象中尤静。

山谷中应当有白中微带浅蓝色的白合花,弱颈长蒂,无语如语,香清而淡,躯干秀拔。花粉作黄色,小叶如翠珰。

法郎士曾写一《红白合》故事,述爱欲在生命中所占地位,所有形式,以及其细微变化。我想写一《绿白合》,用形式表现意象。

美与爱

宇宙实在是个复杂的东西，大如太空列宿，小至蜉蝣蝼蚁，一切分裂与分解，一切繁殖与死亡，一切活动与变易，俨然都各有秩序，照固定计划向一个目的进行。然而这种目的却尚在活人思索观念边际以外，难于说明。人心复杂，似有过之无不及。然而目的却显然明白，即求生命永生。永生意义，或为精子游离而成子嗣延续，或凭不同材料产生文学艺术。似相异，实相同，同源于"爱"。

一个人过于爱有生一切时，必因为在一切有生中发现了"美"，亦即发现了"神"。必觉得那个光与色，形与线，即是代表一种最高的德性，使人乐于受它的统治，受它的处置。人类的智慧亦即由其影响而来。然而典雅词令和华美仪表，与之相比都见得黯然无光，如细碎星点在朗月照耀下同样情形。它或者是一个人，一件物，一种抽象符号的结集排比，令人都只能低首表示虔敬。正若如此一来，虽不会接近上帝，至少已接近上帝造物。

这种美或由上帝造物之手所产生，一片铜，一块石头，一把线，一组声音，其物虽小，亦可以见世界之大，并见世界之全。或即造物，最直接简便那个"人"。流星闪电于天空刹那而逝，从此烛示一种无可形容的美丽圣境，人亦相同，一微笑，一皱眉，无不同样可以显出那种圣境。一个人的手足毛发在此一闪即逝更缥缈的印象中，并印象温习中，都无不可以见出造物者之手艺无比精巧。凡知道用各种感觉去捕捉住此美丽

神奇光影的,此光影在生命中即终生不灭。屈原,曹植,李煜,曹雪芹,便是将这种光影用文字组成篇章,保留得比较完整的几个人;这些人写成的作品,虽各不相同,所得启示必古今如一,即被美所照耀,所征服,所教育是也。

美固无所不在,凡属造形,如用泛神情感去接近,即无不可见出其精巧处和完整处。生命之最高意义,即此种"神在生命中"的认识。唯宗教与金钱,或归纳,或消蚀,已令多数人生活下来逐渐都变成庸俗呆笨,了无趣味。这些人对于一切美物,美事,美行为,美观念,无不漠然处之,毫无反应。于宗教虽若具有虔信,亦无助于宗教美的发展。于金钱虽若具有热情,实不如金钱真正意义。

这种人既填满地面各处,必然即堕落了宗教的神圣庄严性,凝滞了金钱的活动变化性。这种人大都富于常识,会打小算盘,知从"实在"上讨生活,或从"意义""名分"上讨生活,捕蚊捉蚤,玩牌下棋,在小小得失上注意关心,引起哀乐。生活安适,即已满足。活到末了,倒下完事。这些人所需要的既只是"生活",并非对于"生命"具有何等特殊理解,故亦从不追寻生命如何使用,方更有意义。因此若有人超越习惯的心与眼,对于美特具敏感,自然即将被这个多数人目为"痴汉"。若与多数人庸俗利害观念相冲突,且成为疯狂,为恶徒,为叛逆。换言之,即一切不吉名词,无不可加诸其身。对此符号消极为"沾惹不得",积极为"与共弃之"。然一切文学美术以及多数思想组织七巨大成就,却常常唯痴汉有分与多数无涉,则显而易见。

世界上缝衣的,理发的,作高跟皮鞋的,制造胭脂水粉的,共同把女人的灵魂压扁扭曲,失去了原有的本性,亦恰恰如宗教,金钱,到近代再加上个官场得失世故哲学,将多数男子灵魂压扁扭曲所形成的变态一样。两者且有一共同点,即由于本性日渐消失,"护短"情感因之亦与日俱增。和尚,道士,会员,社员,……人人都俨然为一切名分而生存得十分庄严,事实上任何一个人却从不曾仔细思索过这些名词的本来意义。许多"场面上"人物,只不过如花园中盆景,被所谓思想观念强制曲折成为各种小巧而丑恶的形式罢了。一切所为所成就,无不表示对于自然之违反,见出社会的抽象和人的愚心。然而近代所有各种人生学说,却大多数起源于承认这种种,重新给以说明与界限。这也就正是一般名为"思想家"的人物,日渐变成政治八股交际公文注疏家的原因!更无怪乎许多"政策","纲要","设计","报告",都找不出一点依据,可证明它是出于这个民族最优秀头脑与真实情感的产物,只看到它完全建筑在少数人的霸道无知和多数人的迁就虚伪上面,政治,哲学,美术,背面都给一个"市侩"人生现在推行。换言之,即"神的解体"!

神既经解体,因此世上多斗方名士,多假道学,多蜻蜓点水的生活法,多情感被阉割的人生观,多轻微妒嫉,多无根传说。大多数人的生命如一堆牛

粪，在无热无光中慢慢燃烧，且都安于这种燃烧形式，不以为异。本来是是懒惰麻木。却号称为"老成持重"，本来是自私小气，却被赞为"有分寸不苟且"。他的架子虽大，灵魂却异常小。他目前的地位虽高，却用过去的卑屈佞谀奠基而成。这也就是社会中还有圆光，算命，求神，许愿种种老玩意儿存在的理由。因为这些人若无从在贿赂阿谀交换中支持他的地位，发展他的事业，即必然要将生命交给不可知的运与数的。

然而人是能够重新创造"神"的，且能用这个抽象的神，阻止退化现象的扩大，给新的生命一种刺激启迪的。

我们实需要一种美和爱的新宗教，来煽起更年青一辈作人的热诚，激发其生命的抽象搜寻，对人类明日未来向上合理的一切设计，都能产生一种崇高庄严感情。国家民族的重造问题，方不至于成为具文，为空话。五月又来了，一堆纪念日子中，使我们想起用"美育代宗教"学说的提倡者蔡孑民老先生对于国家重造的贡献。蔡老先生虽在战争中寂寞死去了数年，主张的健康性，却至今犹未消失。这种主张如何来发扬光大，应当是我们的事情！

忆翔鹤

——二十年代前期同在北京我们一段生活的点点滴滴

一九二三年秋天,我到北京已约一年,住在前门外杨梅竹斜街"酉西会馆"侧屋一间既湿且霉的小小房间中,看我能看的一些小书,和另外那本包罗万有用人事写成的"大书",日子过得十分艰苦,却对未来充满希望。可是经常来到会馆看望我的一个表弟,先我两年到北京的农业大学学生,却担心我独住在会馆里,时间久了不是个办法。特意在沙滩附近银闸胡同一个公寓里,为我找到一个小小房间,并介绍些朋友,用意是让我在新环境里多接近些文化和文化人,减少一点寂寞,心情会开朗些。住处原是个贮煤间。因为受"五四"影响,来京穷学生日多,掌柜的把这个贮煤间加以改造,临时开个窗口,纵横钉上四根细木条,用高丽纸糊好,搁上一个小小写字桌,装上一扇旧门,让我这么一个体重不到一百磅的乡下佬住下。我为这个仅可容膝安身处,取了一个既符合实际又略带穷秀才酸味的名称,"窄而霉小斋",就泰然坦然住下来了。生活虽还近于无望无助的悬在空中,气概倒很好,从不感到消沉气馁。给朋友印象,且可说生气虎虎,憨劲十足。主要原因,除了我在军队中照严格等级制度,由班长到军长约四十级的什么长,具体压在我头上心上的沉重分量已完全摆脱,且明确意识到是在真正十分自由的处理我的当前,并创造我的未来。此外还有三根坚固结实支柱共同支撑住了我,即"朋友","环境"和"社会风气"。

原来一年中，我先后在农业大学、燕京大学和北京大学，就相熟了约三十个人。农大的多属湖南同乡。两间宿舍共有十二个床位，只住下八个学生，共同自办伙食，生活中充满了家庭空气。当时应考学农业的并不多，每月既有二十五元公费，学校对学生还特别优待。农场的蔬菜瓜果，秋收时，每一学生都有一份。实验农场大白菜品种特别好，每年每人可分一二百斤，一齐埋在宿舍前砂地里。千八百斤大卷心菜，足够三四个月消费。新引进的台湾种矮脚白鸡，用特配饲料喂养。下蛋特别勤，园艺系学生，也可用比市场减半价钱，每月分配一定分量。我因表弟在农大读书，早经常成为不速之客，留下住宿三五天是常有事。还记得有一次雪后天晴，和郁达夫先生、陈翔鹤、赵其文共同踏雪出平则门，一直走到罗道庄，在学校吃了一顿饭，大家都十分满意开心。因为上桌的菜有来自苗乡山城的鹌鹑和胡葱酸菜，新化的菌子油，汉寿石门的风鸡风鱼，在北京任何饭馆里都吃不到的全上了桌子。

这八个同乡不久毕业回转家乡后，正值北伐成功，因此其中六个人，都成了县农会主席，过了一阵不易设想充满希望的兴奋热闹日子，"马日事变"倏然而来，便在军阀屠刀下一同牺牲了。

第二部分朋友是老燕京大学的学生。当时校址还在盔甲厂，由认识董景天（即董秋斯）开始。董原来正当选学生会主席，照习惯，即兼任校长室的秘书。初到他学校拜访时，就睡在他独住小楼地板上，天上地下谈了一整夜。第二天他已有点招架不住，我还若无其事。到晚上又继续谈下去，一直三夜，把他几乎拖垮，但他对我却已感至极大兴趣，十分满意。于是由董景天介绍先后认识了张采真、司徒乔、刘廷蔚、顾千里、韦丛芜、于成泽、焦菊隐、刘潜初、樊海珊等人。燕大虽是个教会大学，可是学生活动也得到较大便利。当北伐军到达武汉时，这些朋友多已在武汉工作。不久国共分裂，部分还参加了广州暴动，牺牲了一半人。活着的陆续逃回上海租界潜伏待时。一九二八——一九二九年左右，在景天家中，我还有机会见到张采真、刘潜初等五六人多次，谈了不少武汉前后情况，和广州暴动失败种种。（和斯沫特莱相识，也是在董家。）随后不久，这些朋友就又离开了上海，各以不同灾难成了"古人"。解放后，唯一还过从的，只剩下董景天一人。我们友谊始终极好。我在工作中的点滴成就，都使他特别高兴。他译的托尔斯泰名著，每一种印出时，必把错字一一改正后，给我一册作为纪念。不幸在我一九七一年从湖北干校回京时，董已因病故去二三月了。真是良友云亡，令人心痛。

第三部分朋友，即迁居沙滩附近小公寓后不多久就相熟了许多搞文学的朋友。湖南人有刘梦苇、黎锦明、王三辛……四川人有陈炜谟、赵其文、陈翔鹤，相处既近，接触机会也更多。几个人且经常同在沙滩附近小饭店同座

共食。就中一部分是北大正式学生，一部分和我情形相近，受了点"五四"影响，来到北京，为继续接受文学革命熏陶，引起了一点幻想童心，有所探索有所期待而来的。当时这种年青人在红楼附近地区住下，比住东西二斋的正规学生大致还多数倍。有短短时期就失望离开的，也有一住三年五载的，有的对于文学社团发生兴趣，有的始终是单干户。共同影响到三十年代中国新文学，各有不同成就。

近人谈当时北大校长蔡元培先生的伟大处时，多只赞美他提倡的"学术自由"，选择教师不拘一格，能兼容并包，具有远见与博识。可极少注意过学术思想开放以外，同时对学校大门也全面敞开，学校听课十分自由，影响实格外深刻而广泛。这种学习方面的方便，以红楼为中心，几十个大小公寓，所形成的活泼文化学术空气，不仅国内少有，即在北京别的学校也希见。谈二十世纪二十年代北大学术上的自由空气，必需肯定学校大门敞开的办法，不仅促进了北方文学的成就，更酝酿储蓄了一种社会动力，影响到后来社会的发展。因为当时"五四"虽成了尾声，几个报纸副刊，几个此兴彼起的文学新社团，和大小文学刊物，都由于学生来自全国，刊物因之分布面广，也具有全国性。

我就是在这时节和翔鹤及另外几个朋友相识，而且比较往来亲密的。记得炜谟当时是北大英文系高材生，特别受学校几位名教师推重，性格比较内向，兴趣偏于研究翻译，对我却十分殷勤体贴。其文则长于办事，后来我在《现代评论》当发报员时，其文已担任经理会计一类职务。翔鹤住中老胡同，经济条件似较一般朋友好些，房中好几个书架，中外文书籍都比较多，新旧书分别搁放，清理得十分整齐。兴趣偏于新旧文学的欣赏，对创作兴趣却不大。三人在人生经验和学识上，都比我成熟得多，但对于社会这本"大书"的阅读，可都不如我接触面广阔，也不如我那么注意认真仔细。正因为我们性情经历上不同处，在相互补充情形下，大家不只谈得来，且相处极好。我和翔鹤同另外一些朋友就活在二十年代前期，这么一个范围窄狭生活中，各凭自己不同机会、不同客观条件和主观愿望，接受所能得到的一份教育，也影响到后来各自不同的发展，有些近于离奇不经的偶然性，有些又若有个规律，可以于事后贯串起来成一条线索，明白一部分却近于必然性。

因为特别机会，一九二五——一九二六年间，我在香山慈幼院图书馆作了个小职员，住在香山饭店前山门新宿舍里。住处原本是清初泥塑四大天王所占据，香山寺既改成香山饭店，学生用破除迷信为理由，把彩塑天王捣毁后，由学校改成几间单身职员临时宿舍。别的职员因为上下极不方便，多不乐意搬到那个宿舍去。我算是第一个搬进的活人。翔鹤从我信中知道这新住处奇特环境后，不久就充满兴趣，骑了毛驴到颐和园，换了一匹小毛驴，

上香山来寻幽访胜，成了我住处的客人，在那简陋宿舍中，和我同过了三天不易忘却的日子。双清那个悬空行宫虽还有活人住下，平时照例只两个花匠看守。香山饭店已油漆一新，挂了营业牌子，当时除了四个白衣伙计管理灯水，还并无一个客人。半山亭近旁一系列院落，泥菩萨去掉后，到处一片空虚荒凉，白日里也时有狐兔出没，正和《聊斋志异》故事情景相通。我住处门外下一段陡石阶，就到了那两株著名的大松树旁边。我们在那两株"听法松"边畅谈了三天。每谈到半晚，四下一片特有的静寂，清冷月光从松枝间筛下细碎影子到两人身上，使人完全忘了尘世的纷扰，但也不免鬼气阴森，给我们留下个清幽绝伦的印象。所以经过半个世纪，还明明朗朗留在记忆中，不易忘却。解放后不久，翔鹤由四川来北京工作，我们第一次相见，提及香山旧事，他还记得我曾在大松树前，抱了一面琵琶，为他弹过"梵王宫"曲子。大约因为初学，他说，弹得可真蹩脚，听来不成个腔调，远不如陶潜挥"无弦琴"有意思。我只依稀记得有这么一件乐器，至于曲调，大致还是从刘天华先生处间接学来的。这件乐器，它的来处和去踪，可通通忘了。

翔鹤在香山那几天，我还记得，早晚吃喝，全由我下山从慈幼院大厨房取来，只是几个粗面冷馒头，一碟水疙瘩咸菜。饮水是从香山饭店借用个洋铁壶打来的。早上洗脸，也照我平时马虎应差习惯，若不是从"双清"旁山溪沟里，就那一线细流，用搪瓷茶缸慢慢舀到盆里，就得下山约走五十级陡峻石台阶，到山半腰那个小池塘旁石龙头口流水处，挹取活泉水对付过去。一切都简陋草率得可笑惊人。一面是穷，我还不曾学会在饮食生活上有所安排，使生活过得像样些。另一面是环境的清幽离奇处，早晚空气都充满了松树的香味，和间或由双清那个荷塘飘来的荷花淡香。主客间所以都并不感觉到什么歉仄或生活上的不便，反而觉得充满了难得的野趣，真是十分欢快。使我深一层认识到，生长于大都市的翔鹤，出于性情上的熏染，受陶渊明、嵇康作品中反映的洒脱离俗影响实已较深；和我来自乡下，虽不欢喜城市却并不厌恶城市，入城虽再久又永远还像乡巴佬的情形，心情上似同实异的差别。因此正当他羡慕我的新居环境像个"洞天福地"，我新的工作从任何方面说来也是难得的幸运时，我却过不多久，又不声不响，抛下了这个燕京二十八景之一的两株八百年老松树，且并不曾正式向顶头上司告别，就挟了一小网篮破书，一口气跑到静宜园宫门口，雇了个秀眼小毛驴，下了山，和当年鲁智深一样，返回了"人间"。依旧在那个公寓小窝里，过我那种前路茫茫穷学生生活了。生活上虽依旧毫无把握，情绪上却自以为又得到完全自由独立，继续进行我第一阶段的自我教育。一面阅读我所能到手用不同文体写成的新旧文学作品，另一面更充满热情和耐心，来阅读用人事组成的那本内容无比丰富充实的"大书"了。在风雨中颠簸生长的草木，必然比在温

室荫蔽中培育的更结实强健。对我而言，也更切合实际。个人在生活处理上，或许一生将是个永远彻底败北者，但在工作上的坚持和韧性，半个世纪来，还像对得起这个生命。这种坚毅持久、不以一时成败得失而改型走样，自然包括有每一阶段一些年岁较长的友好，由于对我有较深认识、理解而产生无限同情和支持密切相关。回溯半世纪前第一阶段的生活和学习，炜谟、其文和翔鹤的影响，显明在我生长过程中，都占据一定位置。我此后工作积累点滴成就，都和这份友谊分不开。换句话说，我的工作成就里，都浸透有几个朋友澹而持久古典友谊素朴性情人格一部分。后来生活随同社会发展中，经常陷于无可奈何情形下，始终能具一种希望信心和力量，倒下了又复站起，当十年浩劫及身时，在湖北双溪，某一时血压高达二百五十度，心目还不眩瞀失去节度，总还觉得人生百年长勤，死者完事，生者却宜有以自励。一息尚存，即有责任待尽！这些故人在我的印象温习中，总使我感觉到生命里便回复了一种力量和信心。所以翔鹤虽在"十年浩劫"中被折磨死去了，在我印象中，却还依旧完全是个富有生气的活人。

一九八〇年八月十日作于北京

我所见到的司徒乔先生

我初次见司徒乔先生，是在半个世纪以前。记得约在一九二三年，我刚到北京的第二年，带着我的那份乡下人模样和一份求知的欲望，和燕京大学的一些学生开始了交往。最熟的是董景天，可说是最早欣赏我的好友之一。常见的还有张采真、焦菊隐、顾千里、刘潜初、韦丛芜、刘廷蔚，等等。当时的燕京大学校址在盔甲厂。一次，在董景天的宿舍里我见到了司徒乔。他穿件蓝卡机布旧风衣，随随便便的，衣襟上留着些油画色彩染上的斑斑点点，样子和塞拉西皇帝有些相通处。这种素朴与当时燕京的环境可不大协调，因为洋大学生是多半穿着洋服的。若习文学，有的还经常把一只手插在大衣襟缝中作成拜伦诗人神气。还有更可笑处，就是只预备写诗，已印好了加有边款"××诗稿"信笺的这种诗人。我被邀请到他的宿舍去看画。房中墙上，桌上，这里，那里，到处是画，是他的素描速写。我没受过西洋画训练，不敢妄加评论。静物写生，我没有兴趣，却十分注意他的人物速写。那些实实在在、平凡、普通、底层百姓的形象，与我记忆中活跃着的家乡人民有些相像又有些不同，但我感到亲切，感到特别大的兴趣，因为他"所画"的正是我"想写"的旧社会中所谓极平常的"下等人"。第一次见面，司徒乔给我的印象就极好。我喜欢他为人素朴，我还喜欢他墙上桌上的那些画。

不久，一九二四年大革命爆发，燕京中熟人不少参加革命去了武汉、广州。我却仍在北京过那种不易生活的"职业作

家"的生活。他们来信邀我去武汉,我当时工作刚刚打下基础,以为去上海或许更合适一些。到一九二八、二九年间,因国共破裂,武汉局势动荡极大,不少熟人没有在这种白色大恐怖中牺牲的,多陆续来到上海聚合了。在重聚的人中,除董景天、张采真等,还有司徒乔。这位年青的画家,仍然是那个素朴的样子,他为我们带回了不少作品。对他的人和画,一九二八年我在《司徒乔君吃的亏》一文中曾写道:

"此时的中国,各样的艺术,莫不是充满了权势,虚伪,投机取巧的种种成分,哪里容得下所谓诚实?……

在一种无望无助中,他把每一个日子都耗费到为长于应世的"高明人"所不为的实际努力下了。没有颜料则用油去剥洗锡管中剩余红绿,没有画布则想法子用所有可当的衣物去换取,仍然作成了许多很好的作品,这傻处是我想介绍给大家知道的。我们若相信一个好的时代会快来,要这时代迈开脚步走近我们,在艺术上就似乎还需要许多这样傻子,才配合得上时代需要!

一种了解,一种认识,从了解与认识中产生出一点儿真实同情,从了解与认识中得到一点儿愉快,这在他,是已算很满意了!"

因为那时的上海"艺术家",多流行长头发、黑西服、大红领结,以效仿法国派头为时髦乐事。艺术家还必须得善交际,会活动,才吃得开。司徒乔的素朴与这种流行风尚不免格格不入。我却推崇他的实践态度,以为难得可贵。在我看来,文学与绘画是同样需要这种素朴诚实,不装模作样,不自外于普通人的生活,才能取得应有进展的。我对司徒乔已不仅是喜欢,而是十分钦佩了。

一九三三年我从青岛大学到北京工作,又有机会见到了司徒乔先生。当时他住在什刹海冰窖胡同,已经结婚。经过社会的大动荡,重又相见,彼此感觉格外亲热。谈话间自然要欣赏他的新作。生活虽从无安定,他的画却已愈见成熟。不久他就主动提出要为我画张像,留个纪念,约好在北海"仿膳"一个角落作画。到时他果然带了画具赴约,一连三个半天,他极认真地为我画了张二尺来高半身肖像。是粉彩画。朋友们都说画得好,不仅画得极像,且十分传神。他自己也相当满意,且说,此生为泰戈尔画过像,为周氏兄弟画过像,都感到满意,此像为第四回满意之作。他的热情令我感动,这幅肖像成为一件纪念品,好好保存在我的身边。

芦沟桥事变后,清华、北大、南开组成西南联大,在昆明集中。司徒乔先生为我画的肖像随同我到了昆明,整整八年,抗战胜利后,我随北大迁回北京,仍旧带着这幅十分珍贵的画像。听说司徒乔先生也回到了北京,在西郊卧佛寺附近买了所小小的画室。我和家中人去拜访他,见到了相隔十多年

的老友和他这段时期的许多作品。给我印象最深处,是他还始终保持着原来的素朴、勤恳的工作态度。他不声不响的,十分严肃的把自己当成人民中的一员去接近群众,去描绘现实生活中被压迫的底层人物,代他们向那个旧社会提出无言的控诉。他依旧保留着他的诚实和素朴。这诚实,这素朴,却是多年来一直为我所钦佩和赞赏的。而在同时"艺术家"中,却近于希有少见的品质。

司徒乔先生经历了无数挫折,到了可以好好为他热爱的祖国人民作画的新社会,却过早地被病魔夺去了生命。他为我画的肖像,在"文化大革命"中也失去了!永远不会失去的,将是许多崇敬喜爱他的人对他的记忆!他的工作态度既曾经影响到我的工作,也还必将为更多的人所学习。他在世时从没有过什么得意处,也没有赫赫显要的名声,但他虽死犹生。他给我的最初印象至今还不曾淡漠,永远不会淡漠的!

一九八〇年

友情

一九八〇年十一月，我初次在美国哥伦比亚大学一个小型的演讲会讲话后，就向一位教授打听在哥大教中文多年的老友王际真先生的情况，很想去看看他。际真曾主持哥大中文系达二十年，那个系的基础，原是由他奠定的。即以《红楼梦》一书研究而言，他就是把这部十八世纪中国著名小说节译本介绍给美国读者的第一人。人家告诉我，他已退休二十年了，独自一人住在大学附近一个退休教授公寓三楼中。后来又听另外人说，他的妻不幸早逝，因此人很孤僻，长年把自己关在寓所楼上，既极少出门见人，也从不接受任何人的拜访，是个古怪老人。

我和际真认识，是在一九二八年。那年他由美返国，将回山东探亲，路过上海，由徐志摩先生介绍我们认识的。此后曾继续通信。我每次出了新书，就给他寄一本去。我不识英语，当时寄信用的信封，全部是他写好由美国寄我的。一九二九年到一九三一年间，我和一个朋友生活上遭到意外困难时，还前后得到他不少帮助。际真长我六七岁，我们一别五十余年，真想看看这位老大哥。同他叙叙半世纪隔离彼此不同的情况。因此回到新港我姨妹家不久，就给他写了个信，说我这次到美国，很希望见到几个多年不见的旧友，如邓嗣禹、房兆楹和他本人。准备去纽约专诚拜访。

回信说，在报上已见到我来美消息。目前彼此都老了，丑了，为保有过去年青时节印象，不见面还好些。果然有些古

怪。但我想,际真长期过着极端孤寂的生活,是不是有一般人难于理解的隐衷?且一般人所谓"怪",或许倒正是目下认为活得"健康正常人"中业已消失无余的稀有难得的品质。

虽然回信像并不乐意和我们见面,我们——兆和、充和、博汉思和我,曾两次电话相约两度按时到他家拜访。

第一次一到他家,兆和、充和即刻就在厨房忙起来了。尽管他连连声称厨房不许外人插手,还是为他把一切洗得干干净净。到把我们带来的午饭安排上桌时,他却承认作得很好。他已经八十五六岁了。身体精神看来还不错。我们随便谈下去,谈得很愉快。他仍然保有山东人那种爽直淳厚气质。使我惊讶的是,他竟忽然从抽屉里取出我的两本旧作,《鸭子》和《神巫之爱》!那是我二十年代中早期习作,《鸭子》还是我出的第一个综合性集子。这两本早年旧作,不仅北京上海旧书店已多年绝迹,连香港翻印本也不曾见到。书已经破旧不堪,封面脱落了,由于年代过久,书页变黄了,脆了,翻动时,碎片碎屑直往下掉。可是,能在万里之外的美国,见到自己早年不成熟不像样子的作品,还被一个古怪老人保存到现在,这是难以理解的,这感情是深刻动人的!

谈了一会,他忽然又从什么地方取出一束信来,那是我在一九二八到一九三一年写给他的。翻阅这些五十年前的旧信,它们把我带回到二十年代末期那段岁月里,令人十分怅惘。其中一页最最简短的,便是这封我向他报告志摩遇难的信:

际真:志摩十一月十九日十一点三十五分乘飞机撞死于济南附近"开山"。飞机随即焚烧,故二司机成焦炭。志摩衣已尽焚去,全身颜色尚如生人,头部一大洞,左臂折断,左腿折碎,照情形看来,当系飞机坠地前人即已毙命。二十一此间接到电后,二十二我赶到济南,见其破碎遗骸,停于一小庙中。时尚有梁思成等从北平赶来,张嘉铸从上海赶来,郭有守从南京赶来。二十二晚棺木运南京转上海,或者尚葬他家乡。我现在刚从济南回来,时(一九三一年十一月)二十三早晨。

那是我从济南刚刚回青岛,即刻给他写的。志摩先生是我们友谊的桥梁,纵然是痛刻人心的噩耗,我不能不及时告诉他。

如今这个才气横溢光芒四射的诗人辞世整整有了五十年。当时一切情形,保留在我印象中还极其清楚。

那时我正在青岛大学中文系教点书。十一月二十一日下午,文学院几

个比较相熟的朋友,正在校长杨振声先生家吃茶谈天,忽然接到北平一个急电。电中只说志摩在济南不幸遇难,北平、南京、上海亲友某某将于二十二日在济南齐鲁大学朱经农校长处会齐。电报来得过于突兀,人人无不感到惊愕。我当时表示,想搭夜车去济南看看,大家认为很好。第二天一早车抵济南,我赶到齐鲁大学,由北平赶来的张奚若、金岳霖、梁思成诸先生也刚好到达。过不多久又见到上海来的张嘉铸先生和穿了一身孝服的志摩先生的长子,以及从南京来的张慰慈、郭有守两先生。

随即听到受上海方面嘱托为志摩先生料理丧事的陈先生谈遇难经过,才明白出事地点叫"开山",本地人叫"白马山"。山高不会过一百米。京浦车从山下经过,有个小站可不停车。飞机是每天飞行的邮航班机,平时不售客票,但后舱邮包间空处,有特别票仍可带一人。那日由南京起飞时气候正常,因济南附近大雾迷途,无从下降,在市空盘旋移时,最后撞在白马山半斜坡上起火焚烧。消息到达南京邮航总局,才知道志摩先生正在机上。灵柩暂停城里一个小庙中。

早饭后,大家就去城里偏街瞻看志摩先生遗容。那天正值落雨,雨渐落渐大,到达小庙时,附近地面已全是泥浆。原来这停灵小庙,已成为个出售日用陶器的堆店。院坪中分门别类搁满了大大小小的缸、罐、沙锅和土碗,堆叠得高可齐人。庙里面也满是较小的坛坛罐罐。棺木停放在入门左侧贴墙处,像是临时腾出来的一点空间,只容三五人在棺边周旋。

志摩先生已换上济南市面所能得到的一套上等寿衣,戴了顶瓜皮小帽,穿了件浇蓝色绸袍,外加个黑纱马褂,脚下是一双粉底黑色云头如意寿字鞋。遗容见不出痛苦痕迹,如平常熟睡时情形,十分安详。致命伤显然是飞机触山那一刹那间促成的。从北京来的朋友,带来个用铁树叶编成径尺大小花圈,如古希腊雕刻中常见的式样,一望而知必出于志摩先生生前好友思成夫妇之手。把花圈安置在棺盖上,朋友们不禁想到,平时生龙活虎般、天真纯厚、才华惊世的一代诗人,竟真如"为天所忌",和拜伦、雪莱命运相似,仅只在人世间活了三十多个年头,就突然在一次偶然事故中与世长辞!志摩穿了这么一身与平时性情爱好全然不相称的衣服,独自静悄悄躺在小庙一角,让檐前点点滴滴愁人的雨声相伴,看到这种凄清寂寞景象,在场亲友忍不住人人热泪盈眶。

我是个从小遭受至亲好友突然死亡比许多人更多的人,经受过多种多样城里人从来想象不到的恶梦般生活考验,我照例从一种沉默中接受现实。当时年龄不到三十岁,生命中像有种青春火焰在燃烧,工作时从不知道什么疲倦。志摩先生突然的死亡,深一层体验到生命的脆弱倏忽,自然使我感到分外沉重。觉得相熟不过五六年的志摩先生,对我工作的鼓励和赞赏所产

生的深刻作用,再无一个别的师友能够代替,因此当时显得格外沉默,始终不说一句话。后来也从不写过什么带感情的悼念文章。只希望把他对我的一切好意热忱,反映到今后工作中,成为一个永久牢靠的支柱,在任何困难情况下,都不灰心丧气。对人对事的态度,也能把志摩先生为人的热忱坦白和平等待人的希有好处,加以转化扩大到各方面去,形成长远持久的影响。因为我深深相信,在任何一种社会中,这种对人坦白无私的关心友情,都能产生良好作用,从而鼓舞人抵抗困难,克服困难,具有向上向前意义的。我近五十年的工作,从不断探索中所得的点滴进展,显然无例外都可说是这些朋友纯厚真挚友情光辉的反映。

人的生命会忽然泯灭,而纯挚无私的友情却长远坚固永在,且无疑能持久延续,能发展扩大。

一九八一年八月于北京作

郁达夫张资平及其影响

这两人,是国内年青人皆知道的。知道第一个会写感伤小说,第二个会写恋爱小说。使人同情也在这一点,因为这是年青人两个最切身的问题。穷,为经济所苦恼,郁达夫那自白的坦白,仿佛给一切年青人一个好机会,这机会是用自己的文章,诉之于读者,使读者有"同志"那样感觉。这感觉是亲切的。友谊的成立,是一本《沉沦》。其他的作品,可说是年青人已经知道从作者方面可以得到什么东西以后才引起的注意,是兴味的继续,不是新的发现。实在说来,我们也并没有在《沉沦》作者其他作品中得到新的感动。《日记九种》,《迷羊》,全是一贯的继续下来的东西。对于《日记九种》发生更好印象,那理由,就是我们把作家一切生活当作一个故事,从作品认识作家,所以《日记九种》据说有出版界空前的销路。看《迷羊》也仍然是那意义。似乎我们活到这世界上,不能得人怜悯,也无机会怜悯别人,读一下《沉沦》一类东西,我们就有一种同情作者的方便了。这里使我们相信一个作家态度的正确,是在另一件事上。似乎像是在论文中,作者曾引另外一个作家的话,说文学是"表现自己"。仿佛还有下面补充,"文学表现自己越忠实越有成就"。又好像这是为卢梭《忏悔录》而言,又像是为对于加作者以冷嘲的袭击而作的抗议。表现自己,是不是文学绝对的法则,把表现自己意义只包括在写自己生活心情的一面,这问题。加以最简单的解释,也可以说一整天。因为界限太宽,各处小节上皆有承认或否认理由。但说到《沉沦》,作者那态度,是显然在"表现自己"—"最狭意义"

上加以拥护的。把写尽自己心上的激动一点为最大义务，是自然主义的文学的表现方法。郁达夫，是这样一个人。他也就因为这方法的把持，不松手，从起首到最近，还是一个模样，他的成就算是最纯净的成就。

但是到现在，怎么样？现在的世评，于作者是不利的。时代方向掉了头，这是一个理由。还有更大更属于自己的一个理由，是他自己把那一个创作的冲动性因恋爱消失，他不能再用他那所长的一套"情欲的忧郁"行动装到自己的灵魂上，他那性格，又似乎缺少写《情书一束》作者那样能在歌颂中度日子的自白精神，最适宜于写情诗的生活中此时的他，却腼腆了，消沉了。对作者有所失望的青年，如能从这方面了解作者，或者会觉得不好意思对作者加以无怜悯的讽刺的。因为在"保持自己"这一点上看来，缺少取巧，不作夸张的郁达夫，是仍然有可爱处的郁达夫。他的沉默也仍然告给我们"忠于自己"的一种可尊敬的态度。

他那由于病弱的对于世态的反抗，或将正可以抛弃了"性的忧郁"那一面，而走到更合用更切实的社会运动提倡者的向上的一面。

另外有相似处或相同处，然而始终截然立于另一地位上的是张资平。提起张资平，我们所生的印象，似乎是可以毫不惊讶的说：

"这是中国大小说家！"

请注意大字，是数量的大。是文言文"汗牛充栋"那个意思。他的小说真多，这方面，也真有了不得的惊人能耐。不过我们若是愿意去在他那些小说中加以检察、考据或比较，就可知道那容易产生的理由了。还有人说，这作者一定得有人指出什么书从什么书译出以后，作者才肯声明那是译作的。其实，少数的创作，也仍然是那一个模型出来的。似乎文人的笔，也应当如母亲的身，对于所生产的一切全得赋予一个相类的外表，相通的灵魂。张资平的作品常常是孪生的。常常让读者疑心，两篇文章不单出于一只手，且出于同一时间。忠厚的说，就是他那文章"千篇一律"。

这里就有问题了。为什么郁达夫的一套能引起人同情，张资平那一套却永远是失败呢？因为那是两种方向。一个表白自己，抓得着自己的心情上因时间空间而生的变化，那么读者也将因时间空间的距离，读郁达夫小说发生兴味以及感兴。张资平，写的是恋爱，三角或四角，永远维持到一个通常局面下，其中纵不缺少引起挑逗抽象的情欲感应，在那里抓年青人的心，但在艺术、思想、力、美各方面，是很少人承认那作品是好作品的。我们是因为在上海的缘故，许多人皆养成一种读小报的习惯。不拘是《晶报》，是别的，总而言之把那东西放在身边时，是明知道除了说闲话的材料以外将毫无所得的。但我们从不排斥这样小报。张资平小说，其所以使一些人发生欢喜，放到枕下，赠给爱人，也多数是那样原因。因为它帮助了年青人在很不熟习的男女事情方面得到一个荒唐犯罪的方便。在他全集里，每一篇皆给

我们一个证据。郁达夫作品告给我们生理的烦闷，我们却从张资平作品得到了解决。

所以张资平也仍然是成功了的：他"懂大众"，把握"大众"，且知道"大众要什么"，比提倡大众文艺的郁达夫似乎还高明，就按到那需要，造了一个卑下的低级的趣味标准。

使他这样走他自己的道路的，是在《创造》上起首的几种作品发表后所得到年青人的喝彩。那时的同情是空前的。作者在收了"友谊的利息"以后，成了"能生产"的作者了。

怎么样会到这样？是读者。五四运动在年青人方面所起的动摇，是全国的一切青年的心。然而那作人的新的态度，文学的新的态度，是仅仅只限于活动中心的北京的。其波动，渐远渐弱，取了物理公律，所以中国其余省分，如广西，如云南，是不受影响的。另外因民族性那种关系，四川湖南虽距离较远，却接受了这运动的微震，另作阔度的摆动。因为地方习惯以及旧势力反应的关系，距离较近的上海，反而继续了一种不良趣味不良嗜好。这里我们又有来谈一谈"礼拜六"这个名称所附属的文学趣味的必要了。现在说"礼拜六"派，大家所得的概念是暧昧的，不会比属于政治趣味的改组派，以及其他什么派为容易明白。或者说这是盘据在上海各报纸附张上作文的一般作品而言，或者说像现在小报的趣味，或者……其实，礼拜六派所造成的趣味，是并不比某一种新文化运动者所造成的趣味为两样的。当年的礼拜六派，是大众的趣味所在的制造者。是有实力的，能用他们的生活，也是忠实，也是大胆，……错误或失败的地方，只是绅士阶级对绅士阶级的文字的争夺，到了肉搏的情况，到后是文言文失败，思想方面有了向新的一面发展的机会，人道的，民众的，这类名词培养在一般人口上，而且那文学概念也在年青人心上滋长，因此礼拜六派一种趣味便被影响、攻击而似乎失败了。其实呢，礼拜六派并不足代表绅士的。礼拜六派只可以说是海派，是上海地方的一切趣味的表现。此时这类趣味的拥护者、制造者、领会者依然存在，新文学运动并不损及他们丝毫。新文学发展，自然是把内地一些年青人的礼拜六趣味夺去了。但这本不是礼拜六派应有的同志，不过当时只有《礼拜六》可看，这些年青人就倾向于"礼拜六"那种方便罢了。

承继《礼拜六》，能制礼拜六派死命的，使上海一部分学生把趣味掉到另一方向的，是如像良友一流的人物。这种人分类应当在新海派。他们说爱情，文学，电影以及其他，制造上海的口胃，是礼拜六派的革命者。帮助他们这运动的是基督教所属的学生，是上帝的子弟，是美国生活的摹仿者，作进攻礼拜六运动而仍然继续礼拜六趣味发展的有《良友》一类杂志。

这里我们有为难处了，就是把身在创造社作左倾文学运动的张资平的作品处置的费事。论性质、精神以及所给人的趣味的成分，张资平作品最相宜的去处，是一面看《良友》上女校皇后一面谈论电影接吻方法那种大学生的书桌上。在这些地方，有他最诚实的读者以及最大的成就。由他手写出的革命文学，也仍然是要这种读者来欣赏的。

放到别的去处呢，也仍然是成功，因为他那味道有一种十六岁到二十四五岁年青男女共通的甜处，可是一个不以欣赏皇后小影为日课的年青人（譬如说内地男女分校的中学生），是不懂那文章好处的。

张资平作品的读者，在上海，应当比别的作家的读者为多，才不是冤屈。

至于两人的影响，关于作风的，现在可数出那因影响而成功的，有下面几个人可提：

间接的，又近于直接而以女性本身为基础，走出自己的路，到现在尚常为人称道大胆作家的，有冯沅君女士。在民十左右，会有女子能在本身上加以大胆的解剖，虽应当说是五四运动力量摇动于女子方面当然的结果，但，在所取的方向上，以及帮助这不安于现状叫喊的观点上，我们得承认，这淦女士笔名发表他的《隔绝之后》，显然是有了创造社作家的启示，才会产生那作品的。

另外一个——或者说一群，就是王以仁、叶鼎洛、周全平、倪贻德、叶灵凤等作风与内含所间接为郁达夫或创造社影响的那一面，显出了与以北平作根据而活动于国内的文学运动稍稍异型。趣味及文体，那区别，是一个略读现代中国文学作品的人即可以指出的。那简直可以说是完全两样东西。一个因守了白话运动所标的实在主义，用当时所承受的挪威易卜生以及俄国几个作家思想，作为指导及信仰，发展到朴素实在一面去。一个则因为缺少这拘束，且隐隐反抗这拘束，由上海创造社作大本营，挂了尼采式的英雄主义，或波特莱尔的放荡颓废自弃的喊叫，成了到第二次就接受了最左倾的思想的劳动文学的作者集团，且取了进步的姿态，作高速度的跃进。

但基础，这些人皆是筑于一个华丽与夸张的局面下，文体的与情绪的，皆仍然不缺少那"英雄的向上"与"名士的放纵"相纠结，所以对于"左倾"这意义，我们从各作者加以检察，似乎就难于随便首肯了。

取向前姿势，而有希望向前，能理解性苦闷以外的苦闷，用有风采的文字表现出来，是郁达夫。张资平，一个聪明能干的人，他将在他说故事的方向上永远保守到"博人同意"一点上，成为行时的人去了。张资平是会给人趣味不会给人感动的，因为他的小说，差不多全是一些最适宜于安插在一个有美女照片的杂志七面的故事。

在新的进代开展下，郁达夫为一种激浪所影响，或将给我们一个机会加以诚实的敬视。张资平自然也不缺少这机会，那是因为他写故事的勇敢与耐力，取恋爱小说内含，总可以希望写出一个好东西来。伟大的故事，自然不一定要排斥这人间男女的事情，我们现在应当承认张资平的小说，是还能影响到一般新兴的作者，且在有意义的暗示中，产生轮廓相近而精神不同的作品的。

从徐志摩作品学习"抒情"

在写作上想到下笔的便利,是以"我"为主,就官能感觉和印象温习来写随笔。或向内写心,或向外写物,或内外兼写,由心及物由物及心混成一片。方法上多变化,包含多,体裁上更不拘文格文式可以取例作参考的,现代作家中,徐志摩作品似乎最相宜。

如写风景,在《我所知道的康桥》,说到康桥天然的景色,说到康河,实在妩媚美丽得很。他要你凝神的看,要你听,要你感觉到这特殊风光。即或这是个对你十分陌生的外国地方,也能给你一种十分亲切的印象。

> 康桥的灵性全在一条河上;康河,我敢说,是全世界最秀丽的一条水。……河身多的是曲折,上游是有名的拜伦潭,当年拜伦常在那里玩的;有一个老村子叫格兰骞斯德,有一个果子园,你可以躺在累累的桃李树荫下吃茶,花果会吊入你的茶杯,小雀子会到你的桌上来啄食,那真是别有一番天地。这是上游。下游是从骞斯德顿下去,河面展开,那是春夏间竞舟的场所。上下河分界有一个坝筑,水流急得很,在星光下听水声,听近村晚钟声,听河畔倦牛刍草声,是我康桥经验中最神秘的一种:大自然的优美,宁静,调谐在这星光与波光的默契中不期然的淹入了你的性灵。

………

这河身的两岸都是四季常青最葱翠的草坪。从校友居的楼上望去,对岸草场上,不论早晚,永远有十数匹黄牛与白马,胫蹄没在恣蔓的草丛中,从容的在咬嚼,星星的黄花在风中动荡,应和着它们尾鬃的扫拂。桥的两端有斜倚的垂柳与掬荫护住。不是澈底的清澄,深不足四尺,匀匀的长着长条的水草。这岸边的草坪又是我的爱宠,在清晨,在傍晚,我常去这天然的织锦上坐地,有时读书,有时看水;有时仰卧着看天空的行云,有时反扑着搂抱大地的温软。

但河上的风流还不止两岸的秀丽,你得买船去玩。……

你站在桥上看人家撑,那多不费劲,多美!尤其在礼拜天,有几个专家的女郎,穿一身缟素衣裙,裙裾在风前悠悠的飘着,戴一顶宽边的薄纱帽,帽影在水草间颤动,你看她们出桥洞时的姿态,捻起一根竟像没分量的长竿,只轻轻的、不经心的往波心里一点,身子微微的一蹲,这船身便波的转出了桥影,翠条鱼似的向前滑了去。她们那敏捷,那闲暇,那轻盈,真是值得歌咏的。

在初夏阳光渐暖时,你去买一只小船。划去桥边荫下躺着念你的书或是作你的梦,槐花香在水面上漂浮,鱼群的唼喋声在你耳边挑逗。或是在初秋的黄昏,迎着新月寒光,望上流僻静处远去。爱热闹的少年们携着他们的女友,在船沿上支着双双的东洋彩纸灯,带着话匣子,船心里用软垫铺着,也开向无人迹处去享他们的野福——谁不爱听那水底翻的音乐在静定的河上描写梦意与春光!……

静极了,这朝来水溶溶的大道,只远处牛奶车的铃声,点缀这周遭的沉默。顺着这大道走去,走到尽头,再转入林子里的小径,往烟雾浓密处走去,头顶是交枝的榆荫,透露着漠楞楞的曙色;再往前走去,走尽这林子,当前是平坦的原野;望见了村舍,初青的麦田,更远三两个馒形的小山掩住了一条通道。天边是雾茫茫的,尖尖的黑影是近村的教寺。听,那晓钟和缓的清音。这一带是此邦中部的平原,地形像是海里的轻波,默沉沉的起伏。山岭是望不见的,有的是常青的草原与沃腴的田壤。登那土阜上望去,康桥只是一带茂林,拥戴着几处婷婷的尖阁。妩媚的康河也望不见踪迹,你只能循着那锦带似的林木想象那一流清浅。村舍与树林是这地盘上的棋子,有村舍处有佳荫,有佳荫处有村舍。这早起是看炊烟的时辰:朝雾渐渐的升起,揭开了这灰苍苍的开幕(最好是微霞后的

光景),远近的炊烟,成丝的,成缕的,成卷的,轻快的,迟重的,浓灰的、淡青的,惨白的,在静定的朝气里渐渐的上腾,渐渐的不见,仿佛是朝来人们的祈祷,参差的翳入了天听。朝阳是难得见的,这初春的天气。但它来时是起早人莫大的愉快。顷刻间这田野添深了颜色,一层轻纱似的金粉渗上了这草,这树,这通道,这庄舍。顷刻间这周遭弥漫了清晨富丽的温柔。顷刻间你的心怀也分润了白天诞生的光荣。(摘引自《我所知道的康桥》)

对自然的感印下笔还容易,文字清而新,能凝眸动静光色,写下来即令人得到一种柔美印象。难的是对都市光景的捕捉,用极经济篇章,写一个繁华动荡建筑物高耸人群交流的都市。文字也俨然具建筑性,具流动性,如写巴黎。

咳,巴黎!到过巴黎的一定不会再希罕天堂;尝过巴黎的,老实说,连地狱都不想去了。整个的巴黎就像是一床野鸭绒的垫褥,衬得你通体舒泰,硬骨头都给熏酥了的——有时许太热一些。那也不碍事,只要你受得住。赞美是多余的,正如赞美天堂是多余的;咒诅也是多余的,正如咒诅地狱是多余的。巴黎,软绵绵的巴黎,只在你临别的时候轻轻的嘱咐一声"别忘了,再来!"其实连这都是多余的。谁不想再去?谁忘得了?

香草在你的脚下,春风在你的脸上,微笑在你的周遭。不拘束你,不责备你,不督饬你,不窘你,不恼你,不揉你。它搂着你,可不缚住你;是一条温存的臂膀,不是根绳子。它不是不让你跑,但它那招逗的指尖却永远在你的记忆里晃着。多轻盈的步履,罗袜的丝光随时可以沾上你记忆的颜色!

但巴黎却不是单调的喜剧。塞纳河的柔波里掩映着罗浮宫的倩影,它也收藏着不少失意人最后的呼吸。流着,温驯的水波;流着,缠绵的恩怨。咖啡馆:和着交颈的软语,开怀的笑响,有踞坐在屋隅里蓬头少年计较自毁的哀思。跳舞场:和着翻飞的乐调,迷醉的酒香,有独自支颐的少妇思量着往迹的怆心。浮动在上一层的许是光明,是欢畅,是快乐,是甜蜜,是和谐;但沉淀在底里阳光照不到的,才是人事经验的本质:说重一点是悲哀,说轻一点是惆怅。谁不愿意永远在轻快的流波里漾着,可得留神你往深处去时的发现!

…………

放宽一点说，人生只是个机缘巧合；别瞧日常生活河水似的流得平顺，它那里面多的是潜流，多的是旋涡——轮着的时候谁躲得了给卷了进去？那就是你发愁的时候，是你登仙的时候，是你辨着酸的时候，是你尝着甜的时候。

　　巴黎也不一定比别的地方怎样不同，不同就在那边生活流波里的潜流更猛，旋涡更急，因此你叫给卷进去的机会也就更多。
（摘自《巴黎的鳞爪》）

　　同样是写"物"，前面从实处写所见，后面从虚处写所感。在他的诗中也可以找出相近的例，从实处写，如《石虎胡同七号》，从虚处写，如《云游》。

我们的小园庭，有时荡漾着无限温柔：
善笑的藤娘，袒酥怀任团团的柿掌绸缪，
百尺的槐翁，在微风中俯身将棠姑抱搂，
黄狗在篱边，守候睡熟的珀儿，它的小友，
小雀儿新制求婚的艳曲，在媚唱无休——
我们的小园庭，有时荡漾着无限温柔。

我们的小园庭，有时淡描着依稀的梦景；
雨过的苍茫与满庭荫绿，织成无声幽瞑。
小蛙独坐在残兰的胸前，听隔院蚓鸣。
一片化不尽的雨云，倦展在老槐树顶，
掠檐前作圆形的舞旋，是蝙蝠，还是蜻蜓？——
我们的小园庭，有时淡描着依稀的梦景。

我们的小园庭，有时轻喟着一声奈何；
奈何在暴风雨时，雨捶下捣烂鲜红无数，
奈何在新秋时，未凋的青叶阙怅地辞树，
奈何在深夜里，月儿乘云艇归去，西墙已度，
远巷薤露的乐音，一阵阵被冷风吹过——
我们的小园庭，有时轻喟着一声奈何。

我们的小园庭，有时沉浸在快乐之中；
雨后的黄昏，满园只美荫，清香与凉风，
大量的寒翁，巨樽在手，寒足直指天空。

一斤,两斤,杯底喝尽,满怀酒欢,满面酒红,
　　连珠的笑响中,浮沉着神仙似的酒翁——
　　我们的小园庭,有时沉浸在快乐之中。

(《石虎胡同七号》)

　　那天你翩翩的在空际云游,
　　自在,轻盈,你本不想停留
　　在天的那方或地的那角,
　　你的愉快是无拦阻的逍遥。
　　你更不经意在卑微的地面
　　有一流涧水,虽则你的明艳
　　在过路时点染了他的空灵,
　　使他惊醒,将你的倩影抱紧。

　　他抱紧的只是绵密的忧愁,
　　因为美不能在风光中静止;
　　他要,你已飞渡万重的山头,
　　去更阔大的湖海投射影子!
　　他在为你消瘦,那一流涧水,
　　在无能的盼望,盼望你飞回!

(《云游》)

　　一切优秀作品的制作,离不了手与心。更重要的,也许还是培养手与心那个"境",一个比较清虚寥廓,具有反照反省能够消化现象与意象的境。单独把自己从课堂或寝室朋友或同学拉开,静静的与自然对面,即可慢慢得到。关于这问题,下面的自白便很有意思。作者的散文,以富于热情见长,风格独具。可是这热情的培养与表现,却从一个"单独"的"境"中得来的。

　　"单独"是一个耐人寻味的现象。我有时想它是任何发见的第一个条件。你要发见你的朋友的"真",你得有与他单独的机会。你要发见你自己的"真",你得给你自己一个单独的机会。你要发见一个地方(地方一样有灵性),你也得有单独玩的机会。我们这一辈子,认真说,能认识几个人?能认识几个地方?我们都是太匆忙,太没有单独的机会。……

　　但一个人要写他最心爱的对象,不论是人是地,是多么使他为

难的一个工作！你怕，你怕描坏了它，你怕说过分了恼了它，你怕说太谨慎了辜负了它。

(《我所知道的康桥》)

徐志摩作品给我们感觉是"动"，文字的动，情感的动，活泼而轻盈。如一盘圆圆珠子，在阳光下转个不停，色彩交错，变幻眩目。他的散文集《巴黎的鳞爪》代表他作品最高的成就。写景，写人，写事，写心，无一不见出作者对于现世光色彩敏感，与对于文字性能的敏感。

水云

——我怎么创造故事，故事怎么创造我

青岛的五月，是个希奇古怪的时节，从二月起的交换季候风忽然一息后，阳光热力到了地面，天气即刻暖和起来。树林深处，有了啄木鸟的踪迹和黄莺的鸣声。公园中梅花、桃花、玉兰、郁李、棣棠、海棠和樱花，正像约好了日子，都一齐开放了花朵。到处都聚集了些游人，穿起初上身的称身春服，携带酒食和糖果，坐在花木下边草地上赏花取乐。就中有些从南北大都市来看樱花作短期旅行的，从外表上一望也可明白。这些人为表示当前为自然解放后的从容和快乐，多仰卧在草地上，用手枕着头，被天上云影、压枝繁花弄得发迷。口中还轻轻吹着唿哨，学林中鸣禽唤春。女人多站在草地上为孩子们照相，孩子们却在花树间各处乱跑。

就在这种阳春烟景中，我偶然看到一个人的一首小诗，大意说：地上一切花果都从阳光取得生命的芳馥，人在自然秩序中，也只是一种生物，还待从阳光中取得营养和教育。因此常常欢喜孤独伶俜的，带了几个硬绿苹果，带了两本书，向阳光较多无人注意的海边走去。照习惯我是对准日出方向，沿海岸往东走。夸父追日我却迎赶日头，不担心半道会渴死。走过了浴场，走过了炮台，走过了那个建筑在海湾石堆上俄国什么公爵的大房子……一直到太平角凸出海中那个黛色大石堆上，方不再向前进。这个地方前面已是一片碧绿大海，远远可看见水灵山岛的灰色圆影，和海上船只驶过时在浅紫色天末

留下那一缕淡烟。我身背后是一片马尾松林,好像一个一个翠绿扫帚,扫拂天云。矮矮的疏疏的马尾松下,到处有一丛丛淡蓝色和黄白间杂野花在任意开放。花丛间常常可看到一对对小而伶俐麻褐色野兔,神气天真烂漫,在那里追逐游戏。这地方还无一座房子,游人稀少,本来应分算是这些小小生物的特别区,所以与陌生人互相发现时,必不免抱有三分好奇,眼珠子骨碌碌的对人望望。望了好一会,似乎从神情间看出了一点危险,或猜想到"人"是什么,方憬然惊悟,猛回头在草树间奔窜。逃走时恰恰如一个毛团弹子一样迅速,也如一个弹子那么忽然触着树身而转折,更换个方向继续奔窜。这聪敏活泼生物。终于在绿色马尾松和杂花间消失了。我于是好像有点抱歉,来估想它受惊以后跑回窠中的情形。它们照例是用埋在地下的引水陶筒作家的,因为里面四通八达,合乎传说上的三窟意义。进去以后,必挤得紧紧的,为求安全准备第二次逃奔,因为有时很可能是被一匹狗追逐,狗尚徘徊在水道口。过一会儿心定了一点,小心谨慎从水道口露出那两个毛茸茸的小耳朵和光头来,听听远近风声,从经验明白"天下太平"后,方重新到草树间来游戏。

我坐的地方八尺以外,便是一道陡峻的悬崖,向下直插入深海中。若想自杀,只要稍稍用力向前一跃,就可坠崖而下,掉进海水里喂鱼吃。海水有时平静不波,如一片光滑的玻璃。有时可看到两三丈高的大浪头,载着皱折的白帽子,直向岩石下扑撞,结果这浪头却变成一片银白色的水沫,一阵带咸味的雾雨。我一面让和暖阳光烘炙肩背手足,取得生命所需要的热和力,一面却用面前这片大海教育我,淘深我的生命。时间长,次数多,天与树与海的形色气味,便静静的溶解到了我绝对单独的灵魂里。我虽寂寞却并不悲伤。因为从默会遐想中,感觉到生命智慧和力量。心脏跳跃节奏中,即俨然有形式完美韵律清新的诗歌,和调子柔软而充满青春纪念的音乐。

"名誉、金钱或爱情,什么都没有,这不算什么。我有一颗能为一切现世光影而跳跃的心,就很够了。这颗心不仅能够梦想一切,而且可以完全实现它。一切花草既都能从阳光下得到生机,各自于阳春烟景中芳菲一时,我的生命上的花朵,也待发展,待开放,必然有惊人的美丽与芳香。"

我仰卧时那么打量。一起身,另外一种回答就起自中心深处。这正是想象碰着边际时所引起的一种回音。回音中见出一点世故,一点冷嘲,一种受社会挫折蹂躏过的记号。

"一个人心情骄傲,性格孤僻,未必就能够作战士,应当时时刻刻记住,得谨慎小心,你到的原是个深海边。身体纵不至于掉进海里去,一颗心若掉到梦想的幻异境界中去,也相当危险,挣扎出来并不容易!"

这点世故对于当时的我并不需要,因此我重新躺下去,俨若表示业已心

甘情愿受我选定的生活选定的人所征服。我等待这种征服。

"为什么要挣扎？倘若那正是我要到的去处，用不着使力挣扎的。我一定放弃任何抵抗愿望，一直向下沉。不管它是带咸味的海水，还是带苦味的人生，我要沉到底为止。这才像是生活，是生命。我需要的就是绝对的皈依，从皈依中见到神。我是个乡下人，走到任何一处照例都带了一把尺，一把秤，和普遍社会总是不合。一切来到我命运中的事事物物，我有我自己的尺寸和分量，来证实生命的价值和意义。我用不着你们名叫'社会'为制定的那个东西，我讨厌一般标准，尤其是什么思想家为扭曲蠹蚀人性而定下的乡愿蠢事。这种思想算是什么？不过是少年时男女欲望受压抑，中年时权势欲望受打击，老年时体力活动受限制，因之用这个来弥补自己并向人间复仇的人病态的表示罢了。这种人从来就是不健康的，哪能够希望有个健康人生观。"

"好，你不妨试试看，能不能使用你自己那个尺和秤，去量量你和人的关系。"

"你难道不相信吗？"

"你应当自己有自信，不用担心别人不相信。一个人常常因为对自己缺少自信，才要从别人相信中得到证明。政治上纠纠纷纷，以及在这种纠纷中的牺牲，使百万人在面前流血，流血的意义就为的是可增加某种人自己那点自信。在普通人事关系上，且有人自信不过，又无从用牺牲他人得到证明。所以一失了恋就自杀的。这种人作了一件其蠢无以复加的行为，还以为自己是在追求生命最高的意义，而且得到了它。"

"我只为的是如你所谓灵魂上的骄傲，也要始终保留着那点自信！"

"那自然极好，因为凡真有自信的人，不问他的自信是从官能健康或观念顽固而来，都可望能够赢得他人的承认。不过你得注意，风不常向一定方向吹。我们生活中到处是'偶然'，生命中还有比理性更具势力的'情感'。一个人的一生可说即由偶然和情感乘除而来。你虽不迷信命运，新的偶然和情感，可将形成你明天的命运，决定他后天的命运。"

"我自信我能得到我所要的，也能拒绝我不要的。"

"这只限于选购牙刷一类小事情。另外一件小事情，就会发现势不可能。至于在人事上，你不能有意得到那个偶然的凑巧，也无从拒绝那个附于情感上的弱点。"

辩论到这点时，仿佛自尊心起始受了点损害，躺着向天的那个我，沉默了。坐着望海的那个我，因此也沉默了。

试看看面前的大海，海水明蓝而静寂，温厚而蕴藉。虽明知中途必有若干海岛，可供候鸟迁移时栖息，且一直向前，终可到达一个绿芜无限的彼岸。但一个缺少航海经验的人，是无从用想象去证实的，这也正与一个人的生命相似。再试抬头看看天空云影，并温习另外一时同样天空的云影，我便俨若

有会于心。因为海上的云彩实在丰富异常。有时五色相渲,千变万化,天空如张开一张锦毯。有时又素净纯洁,天空但见一片绿玉,别无它物。这地方一年中有大半年天空中竟完全是一幅神奇的图画,有青春的嘘息,触起人狂想和梦想,看来令人起轻快感、温柔感、音乐感、情欲感。海市蜃楼就在这种天空中显现,它虽不常在人眼底,却永远在人心中。秦皇汉武的事业,同样结束在一个长生不死青春常驻的梦境里,不是毫无道理的。然而这应当是偶然和情感乘除,此外还有点别的什么?

我不羡慕神仙,因为我是个凡人。我还不曾受过任何女人关心,也不曾怎么关心过别的女人。我在移动云影下,作了些年青人所能作的梦。我明白我这颗心在情分取予得失上,受得住人的冷淡糟蹋,也载得起来的忘我狂欢。我试重新询问我自己。

"什么人能在我生命中如一条虹,一粒星子,在记忆中永远忘不了?应当有那么一个人。"

"怎么这样谦虚得小气?这种人虽行将就要陆续来到你的生命中,各自保有一点势力。这些人名字都叫作'偶然'。名字有点俗气,但你并不讨厌它,因为它比虹和星还无固定性,还无再现性。它过身,留下一点什么在这个世界上一个人的心上;它消失,当真就消失了,除了留在心上那个痕迹,说不定从此就永远消失了。这消失也不会使人悲观,为的是它曾经活在你心上过,并且到处是偶然。"

"我是不是也能够在另外一个生命中保留一种势力?"

"这应当看你的情感。"

"难道我和人对于自己,都不能照一种预定计划去作一点……"

"唉,得了。什么计划?你意思是不是说那个理性可以为你决定一件事情,而这事情又恰恰是上帝从不曾交把任何一个人的?你试想想看,能不能决定三点钟以后,从海边回到你那个住处去,半路上会有些什么事情等待你?这些事影响到一年两年后的生活可能有多大?若这一点你失败了,那其他的事情,显然就超过你智力和能力以外更远了。这种测验对于你也不是件坏事情。因为可让你明白偶然和感情将来在你生命中的种种,说不定还可以增加你一点忧患来临的容忍力——也就是新的道家思想,在某一点某一事上,你得有点信天委命的达观,你因此才能泰然坦然继续活下去。"

我于是靠在一株马尾松旁边,一面采摘那些杂色不知名野花,一面试去想象,下午回去半路上可能发生的一切事情。

到下午四点钟左右,我预备回家了。在惠泉浴场潮水退落后的海滩泥地上,看见一把被海水漂成白色的小螺蚌,在散乱的地面返着珍珠光泽。从

螺蚌形色，可推测得这是一个细心的人的成绩。我猜想这也许是个随同家中人到海滩上来游玩的女孩子，用两只小而美丽的手，精心细意把它从砂砾中选出，玩过一阵以后，手中有了一点温汗，怪不受用，又还舍不得抛弃。恰好见家中人在前面休息处从藤提篮中取出苹果，得到个理由要把手弄干净一点，就将它塞在保姆手里，不再关心这个东西了。保姆把这些螺蚌残骸捏在大手里一会儿，又为另外一个原因，把它随意丢在这里了。因为湿地上留下一列极长的足印，就中有个是小女孩留下的，我为追踪这个足印，方发现了它。这足印到此为止，随后即斜斜的向可供休息的一个大石边走去，步伐已较宽，脚印也较深，可知是跑去的。并且石头上还有些苹果香蕉皮屑。我于是把那些美丽螺蚌一一捡到手中。因为这些过去生命，保留了一些别的生命的美丽天真愿望活在我的想象中。

　　再走过去一点，我又追踪另外两个脚迹走去，从大小上可看出这是一对年青伴侣留下的。到一个最适宜于看海上风帆的地点，两个脚迹稍深了点，乱了点，似乎曾经停留了一会儿。从男人手杖尖端划在砂上的几条无意义的曲线，和一些三角形与圆圈，和一个装胶卷的小黄纸盒，可推测得出这对年青伴侣，说不定到了这里，恰好看见海上一片三角形白帆驶过，因为欣赏景致停顿了一会儿，还照了个相。照相的很可能是女人，手杖在砂上画的曲线和其他，就代表男子闲坐与一点厌烦。在这个地方照相，又可知是一对外来游人，照规矩，本地人是不会在这个地方照相的。

　　再走过去一点，到海滩滩头时，我碰到一个敲拾牡蛎的穷女孩，竹篮中装了一些牡蛎和一把黄花。

　　于是我回到了住处。上楼梯时楼梯照样轧轧的响，从这响声中就可知并无什么意外事发生。从一个同事半开房门中，可看到墙壁上一张有香烟广告美人画。另外一个同事窗台上，依然有个鱼肝油空瓶。一切都照样。尤其是楼下厨房中大师傅，在调羹和味时那些碗盏磕碰声音，以及那点从楼口上溢的扑鼻香味，更增加凡事照常的感觉。我不免对于在海边那个宿命论与不可知论的我，觉得有点相信不过。

　　其时尚未黄昏，住处小院子十分清寂，远在三里外的海上细语啮岸声音，也听得很清楚。院子内花坛中一大丛珍珠梅，脆弱枝条上繁花如雪。我独自在院中划有方格的水泥道上来回散步，一面走一面思索些抽象问题。恰恰如《歌德传记》中说他二十多岁时在一个钟楼上看村景心情，身边手边除了本诗集什么都没有，可是世界上一切都俨然为他而存在。用一颗心去为一切光色声音气味而跳跃，比用两条强壮手臂对于一个女人所能作的还更多。可是多多少少有一点儿难受，好像在有所等待，可不知要来的是什么。

　　远远的忽然听到女人笑语声，抬头看看，就发现短墙外拉斜下去的山路旁，那个加拿大白杨林边，正有个年事轻轻的女人，穿着件式样称身的黄绸袍子，走过草坪去追赶一个女伴。另外一处却有个"上海人"模样穿旅行装的二号胖子，携带两个孩子，在招呼他们。我心想，怕是什么银行中人来看樱花吧。这些人照例住第一宾馆的头等房间，上馆子时必叫"甲鲫鱼"，还要到炮台边去照几个相，一切行为都反应他钱袋的饱满和兴趣的庸俗。女的很可能因为从上海来的，衣服都很时髦，可是脑子都空空洞洞，除了从电影上追求女角的头发式样，算是生命中至高的悦乐，此外竟毫无所知。

过不久，同住的几个专家陆续从学校回来了，于是照例开饭。甲乙丙丁戊己庚辛坐满了一桌子，再加上一位陌生女客，一个受过北平高等学校教育上海高等时髦教育的女人。照表面看，这个女人可说是完美无疵，大学教授理想的太太，照言谈看，这个女人并且对于文学艺术竟像是无不当行。不凑巧平时吃保肾丸的教授乙，饭后拿了个手卷人物画来欣赏时，这个漂亮女客却特别对画上的人物数目感兴趣，这一来，我就明白女客精神上还是大观园拿花荷包的人物了。

到了晚上，我想起"偶然"和"情感"两个名词，不免重新有点不平。好像一个对生命有计划对理性有信心的我，被另一个宿命论不可知论的我战败了。虽然败还不服输，所以总得想方法来证实一下。当时唯一可证实我是能够有理想照理想活下去的事，即使用手上一支笔写点什么。先是为一个远在千里外女孩子写了些信，预备把白天海滩上无意中得到的螺蚌附在信里寄去，因为叙述这些螺蚌的来源，我不免将海上光景描绘一番。这种信写成后使我不免有点难过起来，心俨然沉到一种绝望的泥潭里了，为自救自解计，才另外来写个故事。我以为由我自己把命运安排得十分美丽，若势不可能，安排一个小小故事，应当不太困难。我想试试看能不能在空中建造一个式样新奇的楼阁。我无中生有，就日中所见，重新拼合写下去，我应当承认，在写到故事一小部分时，情感即已抬了头。我一直写到天明，还不曾离开桌边，且经过二十三个钟头，只吃过三个硬苹果。写到一半时，我方在前面加个题目：《八骏图》。第五天后，故事居然写成功了。第二十七天后，故事便在上海一个刊物上发表了。刊物从上海寄过青岛时，同住几个专家都觉得被我讥讽了一下，都以为自己即故事上甲乙丙丁。完全不想到我写它的用意，只是在组织一个梦境。至于用来表现"人"在各种限制下所见出的性心理错综情感，我从中抽出式样不同的几种人，用语言、行为、联想、比喻以及其他方式来描写它。这些人照样活一世，并不以为难受，到被别人如此艺术的加以处理时，看来反而难受，在我当时竟觉得大不可解。这故事虽得来些不必要麻烦，且影响到我后来放弃教学的理想，可是一般读者却因故事和题目巧合，表现方法相当新，处理情感相当美，留下个较好印象。且以为一定

真有那么一回事,因此按照上海风气,为我故事来作索引,就中男男女女都有名有姓。这种索引自然是不可信的,尤其是说到的女人,近于猜谜。这种猜谜既无关大旨,所以我只用微笑和沉默作为答复。

夏天来了,大家都向海边跑,我却留在山上。有一天,独自在学校旁一列梧桐树下散步,太阳光从梧桐大叶空隙间滤过,光影印在地面上,纵横交错,俨若有所契,有所悟,只觉得生命和一切都交互溶解在光影中。这时节,我又照例成为两种对立的人格。

我稍稍有点自骄,有点兴奋,"什么是偶然和情感?我要作的事,就可以作。世界上不可能用任何人力材料建筑的宫殿和城堡,原可以用文字作成功的。有人用文字写人类行为的历史。我要写我自己的心和梦的历史。我试验过了,还要从另外一些方面作种种试验。"

那个回音依然是冷冷的,"这不是最好的例,若用前事作例,倒恰好证明前次说的偶然和情感实决定你这个作品的形式和内容。你偶然遇到几件琐碎事情,在情感兴奋中粘合贯串了这些事情,末了就写成了那么一个故事。你再写写看,就知道你单是'要写',并不成功了。文字虽能建筑宫殿和城堡,可是那个图样却是另外一时的偶然和情感决定的。"

"这是一种诡辩。时间将为证明,我要作什么,必能作什么。"

"别说你'能'作什么,你不知道,就是你'要'作什么,难道还不是由偶然和情感乘除来决定?人应当有自信,但不许超越那个限度。"

"情感难道不属于我?不由我控制?"

"它属于你,可并不如由知识堆积而来的理性,能供你使唤。只能说你属于它,它又属于生理上的'性',性又属于人事机缘上的那个偶然。它能使你生命如有光辉,就是它恰恰如一个星体为阳光照及时。你能不能知道阳光在地面上产生了多少生命,具有多少不同形式?你能不能知道有多少生命名字叫作'女人',在什么情形下就使你生命放光,情感发炎?你能不能估计有什么在阳光下生长中的生命,到某一时原来恰恰就在支配你,成就你?这一切你全不知道!"

"……"

这似乎太空虚了点,正像一个人在抽象中游泳,这样游来游去,自然不会到达那个理想或事实边际。如果是海水,还可推测得出本身浮沉和位置。如今只是抽象,一切都超越感觉以上,因此我不免有点恐怖起来。我赶忙离开了树下日影,向人群集中处走去,到了熙来攘往的大街上。这一来,两个我照例都消失了。只见陌生人林林总总,在为一切事而忙。商店和银行,饭馆和理发馆,到处有人进出。人与人关系变得复杂到不可思议,然而又异常单纯的一律受钞票所控制。到处有人在得失上爱憎,在得失上笑骂,在得失

上作种种表示。离开了大街,转到市政府和教堂时,就可使人想到这是历史上种种得失竞争的象征。或用文字制作经典,或用木石造作虽庞大却极不雅观的建筑物,共同支撑一部分前人的意见,而照例更支撑了多数后人的衣禄。……不知如何一来,一切人事在我眼前都变成了漫画,既虚伪,又俗气,而且反复继续下去,不知到何时为止。但觉人生百年长勤,所得于物虽不少,所得于己实不多。

我俨然就休息到这种对人事的感慨上,虽累而不十分疲倦。我在那座教堂石阶上面对大海坐了许久。

回来时,我想除去那些漫画印象和不必要的人事感慨,就重新使用这支笔,来把佛经中小故事放大翻新,注入我生命中属于情绪散步的种种纤细感觉和荒唐想象。我认为,人生为追求抽象原则,应超越功利得失和贫富等级,去处理生命与生活。我认为,人生至少还容许用将来重新安排一次,就那么试来重作安排,因此又写成一本《月下小景》。

两年后,《八骏图》和《月下小景》结束了我的教书生活,也结束了我海边孤寂中的那种情绪生活。两年前偶然写成的一个小说,损害了他人的尊严,使我无从和甲乙丙丁专家同在一处继续共事下去。偶然拾起的一些螺蚌,连同一个短信,寄到另外一处时,却装饰了另外一个人的青春生命,我的幻想已证实了一部分,原来我和一个素朴而沉默的女孩子,相互间在生命中都保留一种势力,无从去掉了。我到了北平。

有一天,我走入北平城一个人家的阔大华贵客厅里,猩红丝绒垂地的窗帘,猩红丝绒四丈见方的地毯,把我愣住了。我就在一套猩红丝绒旧式大沙发中间,选了靠近屋角一张沙发坐下来,观看对面高大墙壁上的巨幅字画。莫友芝斗大的分隶屏条,赵伪叔斗大的红桃立轴,这一切竟像是特意为配合客厅而准备,并且还像是特意为压迫客人而准备。一切都那么壮大,我于是似乎缩得很小。来到这地方是替一个亲戚带个小礼物,应当面把礼物交给女主人的。等了一会儿,女主人不曾出来,从客厅一角却出来了个"偶然"。问问才知道是这人家的家庭教师,和青岛托带礼物的亲戚也相熟,和我好些朋友都相熟。虽不曾见过我,可是却读过我作的许多故事。因为那女主人出了门,等等方能回来,所以用电话要她和我谈谈。我们谈到青岛的四季,两年前她还到过青岛看樱花,以为樱花和别的花都并不比北平的花好,倒是那个海有意思。女主人回来时,正是我们谈到海边一切,和那个本来俨然海边的主人麻兔时,我们又谈了些别的事方告辞。"偶然"给我一个幽雅而脆弱的印象,一张白白的小脸,一堆黑而光柔的头发,一点陌生羞怯的笑,当发后的压发翠花跌落到地毯上,躬身下去寻找时,我仿佛看到一条素色的虹

霓。虹霓失去了彩色,究竟还有什么,我并不知道。"偶然"给我保留一种印象,我给了"偶然"一本书,书上第一篇故事,原可说就是两年前为抵抗"偶然"而写成的。

一个月以后,我又在另外一个素朴而美丽的小客厅中见到了"偶然"。她说一点钟前还看过我写的那个故事,一面说一面微笑。且把头略偏,眼中带点羞怯之光,想有所探询,可不便启齿。

仿佛有斑鸠唤雨声音从远处传来。小庭园玉兰正盛开。我们说了些闲话,到后"偶然"方问我:"你写的可是真事情?"

我说,"什么叫作真?我倒不大明白真和不真在文学上的区别,也不能分辨它在情感上的区别。文学艺术只有美和不美。精卫衔石,杜鹃啼血,情真事不真,并不妨事。你觉得对不对?"

"我看你写的小说,觉得很美,当真很美,但是,事情真不真——可未必真!"

这种怀疑似乎已超过了文学作品的欣赏,所要理解的是作者的人生态度。

我稍稍停了一会儿,"不管是故事还是人生,一切都应当美一些!丑的东西虽不是罪恶,可是总不能令人愉快。我们活到这个现代社会中,被官僚、政客、银行老板、理发师和成衣师傅,共同弄得到处是丑陋,可是人应当还有个较理想的标准,也能够达到那个标准,至少容许在文学艺术上创造那标准。因为不管别的如何,美应当是善的一种形式!"

正像是这几句空话说中了"偶然"另外某种嗜好,"偶然"轻轻的叹了一口气。"美的有时也令人不愉快!譬如说,一个人刚好订婚,又凑巧……"

我说,"呵!我知道了。你看了我写的故事一定难过起来了。不要难受,美丽总使人忧愁,可是还受用。那是我在海上受水云教育产生的幻影,并非实有其事!"

"偶然"于是笑了。因为心被个故事已浸柔软,忽然明白这为古人担忧弱点已给客人发现,自然觉得不大好意思。因此不再说什么,把一双白手拉拉衣角,裹紧了膝头。那天穿的衣服,恰好是件绿底小黄花绸子夹衫,衣角袖口缘了一点紫。也许自己想起这种事,只是不经意的和我那故事巧合,也许又以为客人并不认为这是不经意,且认为是成心。所以在应对间不免用较多微笑作为礼貌的装饰,与不安情绪的盖覆。结果另外又给了我一种印象。我呢,我知道,上次那本小书给人甘美的忧愁已够多了。

离开那个素朴小客厅时,我似乎遗失了一点什么东西。在开满了马樱花和洋槐的长安街大路上,试搜寻每个衣袋,不曾发现失去的是什么。后来转入中南海公园,在柳堤上绕了一个大圈子,见到水中的云影,方骤然觉悟失去的只是三年前独自在青岛大海边向虚空凝眸,作种种辩论时那一点孩子气主张。这点自信若不是掉落到一堆时间后边,就是前不久掉在那个小客厅了。

我坐在一株老柳树下休息，想起"偶然"穿的那件夹衫，颜色花朵如何与我故事上景物巧合。当这点秘密被我发现时，"偶然"所表示的那种轻微不安，是种什么分量。我想起我向"偶然"说的话，这些话，在"偶然"生命中，可能发生的那点意义，又是种什么分量，心似乎有点跳得不大正常。"美丽总使人忧愁，然而还受用。"

一个小小金甲虫落到我的手背上，捉住了它看看时，只见六只小脚全缩敛到带金属光泽的甲壳下面。从这小虫生命完整处，见出自然之巧和生命形式的多方。手轻轻一扬，金虫即振翅飞起，消失在广阔的湖面莲叶间了。我同样保留了一点印象在记忆里。原来我的心尚空阔得很，为的是过去曾经装过各式各样的梦，把梦腾挪开时，还装得上许多事事物物。然而我想这个泛神倾向若用之与自然对面，很可给我对现世光色有更多理解机会；若用之于和人事对面，或不免即成为我一种弱点，尤其是在当前的情形下，决不能容许弱点抬头。

因此我有意从"偶然"给我的印象中，搜寻出一些属于生活习惯上的缺点，用作保护我性情上的弱点。

……生活在一种不易想象的社会中，日子过得充满脂粉气。这种脂粉气既成为生活一部分，积久也就会成为生命中不可少的一部分。一切不外乎装饰，只重在增加对人的效果，毫无自发的较深较远的理想。性情上的温雅，和文学爱好，也可说是足为装饰之一种。脂粉气邻于庸俗，知识也不免邻于虚伪。一切不外乎时髦，然而时髦得多浅多俗气！……

我于是觉得安全了。倘若没有别的时间下偶然发生的事情，我应当说实在是十分安全的。因为我所体会到的"偶然"生活性情上的缺点，一直都还保护到我，任何情形下尚有作用。不过保护得我更周到的，也许还是另外一种事实，即一种幸福的婚姻，或幸福婚姻的幻影，我正准备去接受它，证实它。这也可说是种偶然，为的是由于两年前在海上拾来那点螺蚌，无意中寄到南方时所得的结果。然而关于这件事，我却认为是意志和理性作成的，恰恰如我一切用笔写成的故事，内容虽近于传奇，由我个人看来，却产生于一种计划中。

时间流过去了，带来了梅花、丁香、芍药和玉兰，一切北方色香悦人的花朵，在冰冻渐渐融解风光中逐次开放。另外一种温柔的幻影已成为实际生活。一个小小院落中，一株槐树和一株枣树，遮蔽了半个院子，从细碎树叶间筛下细碎的明净秋阳日影，铺在砖地，映照在素净纸窗间，给我对于生命

或生活一种新的经验和启示。一切似乎都安排对了。我心想：

"我要的，已经得到了。名誉或认可，友谊和爱情，全部到了我的身边。我从社会和别人证实了存在的意义。可是不成，我似乎还有另外一种幻想，即从个人工作上证实个人希望所能达到的传奇。我准备创造一点纯粹的诗，与生活不相粘附的诗。情感上积压下来的一点东西，家庭生活并不能完全中和它消耗它，我需要一点传奇，一种出于不巧的痛苦经验，一分从我'过去'负责所必然发生的悲剧。换言之，即完美爱情生活并不能调整我的生命，还要用一种温柔的笔调来写爱情，写那种和我目前生活完全相反，然而与我过去情感又十分相近的牧歌，方可望使生命得到平衡。"

因此每天大清早，就在院落中一个红木八条腿小小方桌上，放下一叠白纸，一面让细碎阳光洒在纸上，一面将我某种受压抑的梦写在纸上。故事中的人物，一面从一年前在青岛崂山北九水旁见到的一个乡村女子，取得生活的必然，一面就用身边新妇作范本，取得性格上的素朴式样。一切充满了善，然而到处是不凑巧。既然是不凑巧，因之素朴的善终难免产生悲剧。故事中充满五月中的斜风细雨，以及那点六月中夏雨欲来时闷人的热，和闷热中的寂寞。这一切其所以能转移到纸上，倒可说全是从两年来海上阳光得来的能力。这一来，我的过去痛苦的挣扎，受压抑无可安排的乡下人对于爱情的憧憬，在这个不幸故事上，才得到了排泄与弥补。

一面写一面总仿佛有个生活上陌生、情感上相当熟习的声音在招呼我：

"你这是在逃避一种命定。其实一切努力全是枉然。你的一支笔虽能把你带向'过去'，不过是用故事抒情作诗罢了。真正的等待你的却是'未来'。你敢不敢向更深处想一想，笔下如此温柔的原因？你敢不敢仔仔细细认识一下你自己，是不是个能够在小小得失悲欢上满足的人？"

"我用不着作这种分析和研究。我目前的生活很幸福，这就够了。"

"你以为你很幸福，为的是你尊重过去，当前是照你过去理性或计划安排成功的。但你何尝真正能够在自足中得到幸福？或用他人缺点保护，或用自己的幸福幻影保护，二而一，都可作为你害怕'偶然'浸入生命中时所能发生的变故。因为'偶然'能破坏你幸福的幻影。你怕事实，所以自觉宜于用笔捕捉抽象。"

"我怕事实？"

"是的，你害怕明天的事实。或者说你厌恶一切事实，因之极力想法贴近过去，有时并且不能不贴近那个抽象的过去，使它成为你稳定生命的碇石。"

我好像被说中了，无从继续申辩。我希望从别的事情上找寻我那点业已失去的自信，或支持自信的观念；没有得到，却得到许多容易破碎的古陶旧瓷。由于耐心和爱好换来的经验，使我从一些盘盘碗碗形体和花纹上，认

识了这些艺术品的性格和美术上特点，都恰恰如一个中年人自各样人事关系上所得的经验一般。久而久之，对于清代瓷器中的盘碗，我几乎用手指去摸抚它的底足边缘，就可判断作品的相对年代了。然而这一切却只能增加我耳边另外一种声音的调讽。

"你打量用这些容易破碎的东西稳定平衡你奔放的生命，到头还是毫无结果。这消磨不了你三十年积压的幻想。你只有一件事情可作，即从一种更直接有效的方式上，发现你自己，也发现人。什么地方有些年青温柔的心在等待你，收容你的幻想，这个你明明白白。为的是你怕事，你于是名字叫作好人。"声音既来自近处，又像来自远方，却十分明白的存在，不易消失。

试去搜寻从我生活上经过的人事时，才发现这个那个"偶然"都好像在控制我支配我。因此重新在所有"偶然"给我的印象上，找出每个"偶然"的缺点，保护到我自己的弱点。只因为这些声音从各方面传来，且从不同时间不同地点传来。

我的新书《边城》出了版。这本小书在读者间得到些赞美，在朋友间还得到些极难得的鼓励。可是没有一个人知道我是在什么情绪下写成这个作品，也不大明白我写它的意义。即以极细心朋友刘西渭先生批评说来，就完全得不到我如何用这个故事填补我过去生命中一点哀乐的原因。唯其如此，这个作品在我抽象感觉上，我却得到一种近乎严厉讥刺的责备。

"这是一个胆小而知足且善逃避现实者最大的成就。将热情注入故事中，使他人得到满足，而自己得到安全，并从一种友谊的回声中证实生命的意义。可是生命真正意义是什么？是节制还是奔放？是矜持还是疯狂？是一个故事还是一种事实？"

"这不是我要回答的问题，他人也不能强迫我答复。"

不过这件事在我生命中究竟已经成为一个问题。庭院中枣子成熟时，眼看到缀系在细枝间被太阳晒得透红的小小果实，心中不免有一丝儿对时序的悲伤。一切生命都有个秋天，来到我身边却是那个"秋天的感觉"。这种感觉可以使一个浪子缩手皈心，也可以使一个君子糊涂堕落，为的是衰落预感刺激了他，或恼怒了他。

天气渐冷，我已不能再在院中阳光下写什么，且似乎也并无什么故事可写。心手两闲的结果，使我起始坠入故事里乡下女孩子那种纷乱情感中。我需要什么？不大明白，又正像不敢去思索明白。总之情感在生命中已抬了头。这比我真正去接近某个"偶然"时还觉得害怕。因为它虽不至于损害人，事实上却必然会破坏我——我的工作理想和一点自信心，都必然将如此而毁去。最不妥当处是我还有些预定的计划，这类事与我"性情"虽不甚相合，对我"生活"却近于必需。情感若抬了头，一群"偶然"听其自由浸入我生

命中,就什么都完事了。当时若能写个长篇小说,照《边城题记》中所说来写崩溃了的乡村一切,来消耗它,归纳它,也许此后可以去掉许多困难。但这种题目和我当时心境都不相合。我只重新逃避到字帖赏玩中去。我想把写字当成一束草,一片破碎的船板,俨然用它为我下沉时有所准备。我要和生命中一种无固定性的势能继续挣扎,尽可能去努力转移自己到一种无碍于人我的生活方式上去。

不过我虽能将生命逃避到艺术中,可无从离开那个环境。环境中到处是年青生命,到处是"偶然"。也许有些是相互逃避到某种问题中,有些又相互逃避到礼貌中,更有些说不定还近于"挹彼注此"的情形,因之各人都可得到一种安全感或安全事实。可是这对于我,自然是不大相宜的。我的需要在压抑中,更容易见出它的不自然处。岁暮年末时,因之"偶然"中之某一个,重新有机会给了我一点更离奇印象。依然那么脆弱而羞怯,用少量言语多量微笑或沉默来装饰我们的晤面。其时白日的阳光虽极稀薄,寒风冻结了空气,可是房中炉火照例极其温暖,火炉边柔和灯光中,是能生长一切的,尤其是那个名为"情感"或"爱情"的东西。可是为防止附于这个名辞的纠纷性和是非性,我们却把它叫作"友谊"。总之,"偶然"之一和我的友谊越来越不同了。一年余以来努力的退避,在十分钟内即证明等于精力白费。"偶然"的缺点依旧尚留在我印象中,而且更加确定,然而却不能保护我什么了。其他"偶然"的长处,也不能保护我什么了。

我于是逐渐进入到一个激烈战争中,即理性和情感的取舍。但事极显明,就中那个理性的我终于败北了。当我第一次给了"偶然"一种败北以后的说明时,一定使"偶然"惊喜交集,且不知如何来应付这种新的问题。因为这件事若出于另一"偶然",则准备已久,恐不过是"我早知如此"轻轻的回答,接着也不过是由此必然而来的一些给和予。然而这事情却临到一个无经验无准备的"偶然"手中,在她的年龄和生活上,是都无从处理这个难题,更毫无准备应付这种问题的技术。因此当她感觉到我的命运是在她手中时,不免茫然失措。

我呢,俨然是在用人教育我。我知道这恰是我生命的两面,用之于编排故事,见出被压抑热情的美丽处,用之于处理人事,即不免见出性情上的弱点,不特苦恼自己也苦恼人。我真正已放弃了一切可由常识来应付的种种,一任自己沉陷到一种情感漩涡里去。十年后温习到这种"过去"时,我恰恰如在读一本属于病理学的书籍,这本书名应当题作:《情感发炎及其治疗》,作者是一个疯子同时又是一个诗人。书中毫无故事,唯有近乎抽象的印象拼合。到客厅中红梅与白梅全已谢落时,"偶然"的微笑已成为苦笑。因为明白这事得有个终结,就装作为了友谊的完美,和个人理想的实证,带着一

点悲伤,一种出于勉强的充满痛苦的笑,好像说,"我得到的已够多了",就到别一地方去了。走时的神气,和事前心情上的纷乱,竟与她在某一时写的一个故事完全相同。不同处只是所要去的方向而已。

我于是重新得到了稳定,且得到用笔的机会。可是我不再写什么传奇故事了,因为生活本身即为一种动人的传奇。我读过一大堆书,再无什么故事比我情感上的哀乐得失经验更离奇动人。我读过许多故事,好些故事到末后,都结束到"死亡"和一个"走"字上,我却估想这不是我这个故事的结局。

第二个"偶然"因为在我生命中用另外一种形式存在,我读了另外一本书。这本书正如出于一个极端谨慎的作者,中间从无一个不端重的句子,从无一段使他人读来受刺激的描写,而且从无离奇的变故与纠纷,然而且真是一种传奇。为的是在这故事背后,保留了一切故事所必需的回目,书中每一章每一节都是对话,与前一个故事微笑继续沉默完全相反。故事中无休止的对话与独白,却为的是沉默即会将故事组织完全破坏而起,从独白中更可见出"偶然"生命取予的形式。因为预防,相互都明白一沉默即将思索,一思索即将究寻名词,一究寻名词即将可能将"友谊"和"爱情"分别其意义。这一来,情形即发生变化,不窘人将不免自窘。因此这故事就由对话起始,由独自结束。书中人物俨然是在一种战争中维持了十年友谊。形式上都得到了胜利,事实上也可说都完全败北。因为装饰过去的生命,本容许有一点妩媚和爱骄,以及少许有节制的疯狂,故事中却用对话独白代替了。

第三个"偶然"浸入我生命中时,初初即给我一种印象,是上海成衣匠和理发匠等等在一个年青肉体上所表现的优美技巧。我觉得这种技巧只合给第二等人增加一点风情上的效果,对于"偶然"实不必要。因此我在沉默中为除去了这些人为的技巧,看出自然所给予一个年青肉体完美处和精细处。最奇异的是这里并没有情欲,竟可说毫无情欲,只有艺术。我所处的地位完全是一个艺术鉴赏家的地位。我理会的只是一种生命的形式,以及一种自然道德的形式。没有冲突,超越得失,我从一个人的肉体认识了神与美,且即此为止,我并不曾用其他方式破坏这种神与美的印象。正可说是一本完全图画的传奇,就中无一个文字。唯其如此,这个传奇也庄严到使我不能用文字来叙述。唯一可重现人我这种崇高美丽情感应当是音乐。但是一个轻微的叹息,一种目光的凝注,一点混和爱与怨的退避,或感谢与崇拜的轻微接近,一种象征道德极致的素朴,一种表示惊讶的呆,音乐到此亦不免完全失去了意义。这个传奇是……

我在用人教育我,俨然陆续读了些不同体裁的传奇。这点机会,大多数却又是我先前所写的一堆故事为证明,我是诚实而细心,且奇特的能辨别人生理解人心,更知道庄严和粗俗的细微分量界限,不至于错用或滥用,因此

能翻阅这些奇书。

不过度量这一切,自然用的是我从乡下随身带来的尺和秤。若由一般社会所习惯的权衡来度量我的弱点和我的坦白,则我存在的意义存在的价值早已失去了。因为我也许在"偶然"中翻阅了些不应道及的篇章。

然而正因为弱点和坦白共同在性格或人格上表现,如此单纯而明朗,使我在婚姻上见出了奇迹。在连续而来的挫折中,作主妇的始终能保留那个幸福的幻影,而且还从其他方式上去证实它。这种事由别人看来为不可解,恰恰如我为这个问题写的一个短篇所描写到的情形:"当两人在熟人面前被人称为'佳偶'时,就用微笑表示'也像冤家';又或在熟人神气间被目为'冤家'时,仍用微笑表示'实是佳偶'",由自己说来,也极自然。只因为理解到"长处"和"弱点"原是生命使用方式上的不同,情形必然就会如此。一切基于理解。我是个云雀,经常向碧空飞得很高很远,到一定程度,终于还是直向下坠,归还旧窠。

再过了四年,战争把世界地图和人类历史全改变了过来,同时从极小处,也重造了的人与人的关系,以及这个人在那个人心上的位置。

一个聪明善感的女孩子,年纪大了点时,自然都乐意得到一个朋友的信托,更乐意从一个朋友得到一点有分际的、混合忧郁和热忱所表示的轻微疯狂,用作当前剩余青春的点缀,以及明日青春消逝温习的凭证。如果过去一时,还保留一些美好印象,印象的重叠,使人在取予上自然都不能不变更一种方式,见出在某些事情上的宽容为必然,在某种事情上的禁忌为不必要,无形中都放弃了过去一时的那点警惕心和防卫心。因此虹和星都若在望中,我俨然可以任意去伸手摘取。可是我所注意摘取的,应当说,却是自己生命追求抽象原则的一种形式。我只希望如何来保留这种热忱到文字中。对于爱情或友谊本身,已不至于如何惊心动魄来接近它了。我懂得"人"多了一些,懂得自己也多了些。在"偶然"之一过去所以自处的"安全"方式上,我发现了节制的美丽。在另外一个"偶然"目前所以自见的"忘我"方式上,我又发现了忠诚的美丽。在第三个"偶然"所希望于未来"谨慎"方式上,我还发现了谦退中包含勇气与明智的美丽。……生命取舍的多方,因之使我不免有点"老去方知读书少"的自觉。我还需要学习,从更多陌生的书以及少数熟习的人学习点"人生"。

因此一来,"我"就重新又成为一个毫无意义的字言,因为很快即完全消失到一些"偶然"的颦笑中和这类颦笑取舍中了。

失去了"我"后却认识了"神",以及神的庄严。墙壁上一方黄色阳光,庭院里一点花草,蓝天中一粒星子,人人都有机会见到的事事物物,多用平常

感情去接近它。对于我,却因为和"偶然"某一时的生命同时嵌入我记忆中印象中,它们的光辉和色泽,就都若有了神性,成为一种神迹了。不仅这些与"偶然"间一时浸入我生命中的东西,含有一种神性,即对于一切自然景物,到我单独默会它们本身的存在和宇宙微妙关系时,也无一不感觉到生命的庄严。一种由生物的美与爱有所启示,在沉静中生长的宗教情绪,无可归纳,我因之一部分生命,竟完全消失在对于一切自然的皈依中。这种简单的情感,很可能是一切生物在生命和谐时所同具的,且必然是比较高级生物所不能少的。然而人若保有这种感情时,却产生了伟大的宗教,或一切形式精美而情感深致的艺术品。对于我呢,我什么也不写,亦不说。我的一切官能都似乎在一种崭新教育中,经验了些极纤细微妙的感觉。

我用这种"从深处认识"的情感来写故事,因之产生了《长河》,这个作品的被扣留无从出版,不是偶然了。因为从普通要求说来,对战事描写,是不必要如此向深处掘发的。

我住在一个乡下,因为某种工作,得常常离开了一切人,单独从个宽约七里的田坪通过。若跟随引水道曲折走去,可见到长年活鲜鲜的潺湲流水中,有无数小鱼小虫,随流追逐,悠然自得,各有其生命之理。平流处多生长了一簇簇野生慈菇,箭头形叶片虽比田中生长的较小,开的小白花却很有生气。花朵如水仙,白瓣黄蕊,成一小串,从中心挺起。路旁尚有一丛丛刺蓟科野草,开放翠蓝色小花,比毋忘我草形体尚清雅脱俗,使人眼目明爽,如对无云碧穹。花谢后却结成无数小小刺球果子,便于借重野兽和家犬携带到另一处繁殖。若从其他几条较小路上走去,蚕豆和麦田中,照例到处生长浅紫色樱草,花朵细碎而妩媚,还带上许多白粉。采摘来时不过半小时即枯萎,正因为生命如此美丽脆弱,更令人感觉生物中求生存与繁殖的神性。在那两旁铺满色彩绚丽花朵细小的田塍上,且随时可看到成对的羽毛黑白分明异常清洁的鹡鸰,见人时微带惊诧,一面飞起一面摇颠着小小长尾,在豆麦田中一起一伏,似乎充满了生命的悦乐。还有那个顶戴大绒冠的戴胜鸟,披负一身杂毛,一对小眼睛骨碌碌的对人痴看,直到来人近身时,方微带匆促展翅飞去。本地秧田照习惯不作他用。除三月时育秧,此外长年都浸在一片浅水里,另外几方小田种上慈菇莲藕的,也常是一片水。不问晴雨这种田中照例有三两只缩肩秃尾白鹭鸶,清癯而寂寞,在泥沼中有所等待,有所寻觅。又有种鸥形水鸟,在田中走动时,肩背毛羽全是一片美丽桃灰色,光滑而带丝网光泽,有时数百成群在空中翻飞游戏,因翅翼下各有一片白,便如一阵光明的星点,在蓝穹下动荡。小村子有一道流水穿过,水面人家土墙边,都用带刺木香花作篱笆,带雨含露成簇成串的小白花,常低垂到人头上,得一面撩拨方能通过。树下小河沟中,常有小孩子捉鳅拾蚌,或精赤身子相

互浇水取乐。村子中老妇人坐在满是土蜂窠的向阳土墙边取暖,屋角隅可听到有人用大石杵缓缓的捣米声,景物人事相对照,恰成一希奇动人景象。过小村落后又是一片平田,菜花开时,眼中一片黄,鼻底一片香。土路不十分宽,驮麦粉的小马和驮烧酒的小马,与迎面来人擦身而过时,赶马押运货物的,却远远的在马后喊"让马",从不在马前牵马让人。因此行人必照规矩下列田塍上去,等待马走过时再上路。菜花一片黄的平田中,还可见到整齐成行的细枯胡麻,竟像是完全为装饰用,一行一行栽在中间,在瘦小脆弱的本端,开放一朵朵翠蓝色小花,花头略略向下低垂,张着小嘴如铃兰样子,风姿娟秀而明媚,在阳光下如同向小蜂小虫微笑,"来,吻我,这里有蜜!……"

眼目所及都若有神迹在其间,且从这一切都可发现有"偶然"的友谊的笑语和爱情芬芳。

在另一方面,人事上自然也就生长了些看不见的轻微的妒忌,无端的忧虑,有意的间隔,和那种无边无际累人而又闷人的白日梦。尤其是一点眼泪,来自爱怨交缚的一方,一点传说,来自得失未明的一方,就在这种人与人,"偶然"与"偶然"的取舍分际上,我似乎重新接受了一种人生教育。矢来有向或矢来无向,我却一例听之直中所欲中心上某点,不逃避,不掩护。我处在一种极端矛盾情形中,然而到用自己那个尺寸来衡量时,却感觉生命实复杂而庄严。尤其是从一个"偶然"的眩目景象中离开,走到平静自然下见到一切时,生命的庄严有时竟完全如一个极虔诚的教徒。谁也想象不到我生命是在一种什么形式下燃烧。即以这个那个"偶然"而言,所知道的似乎就只是一些片断,不完全的一体。

我写了无数篇章,叙述我的感觉或印象,结果却不曾留下。正因为各种试验,都证明它无从用文字保存。或只合保存在生命中,目即同一回事,在人我生命中,意义上也完全不同。

我那点只用自己心寸度量人事得失的方式,不可免要反应到对"偶然"的缺点辨别上。这种细微感觉在普通人我关系上决体会不到,在比较特殊的一种情形上,便自然会发生变化。恰如甲状腺在水中的情形,分是即或极端稀少,依然可以测出。在这个问题上,我明白我汙神的思想,即曾经损害到这个或那个"偶然"的幽微感觉是种什么情形。我明知语言行为都无补于事实,便用沉默应付了一些困难,尤其是应付轻微的妒嫉,以及伴同那个人类弱点而来的一点埋怨,一点责难,一点不必要的设计。我全当作"自然"。我自觉已尽了一个朋友所能尽的力,来在友谊上用最纤细感觉接受纤细反应。而且在诚实外还么谨慎小心,从不曾将"乡下人"的方式,派给一个城中朋友,一切有分际的限制,即所以保护到情感上的安全。然而问题也许就正在此。"你口口声声说是一个乡下人,却从不用乡下人的坦白来说明友

谊,却装作绅士。然而在另外一方面,你可能又完全如一个乡下人。"我就用沉默将这种询问所应有的回声,逼回到"偶然"耳中去。于是"偶然"走了。

其次是正在把生活上的缺点从习惯中扩大的"偶然",当这种缺点反应到我感觉上时,她一面即意识到过去一时某些稍稍过分行为中,失去了些骄傲,无从收回,一面即经验到必须从另外一种信托上,方能取回那点自尊心,或更换一个生活方式。方可望产生一点自信心。正因为热情是一种教育,既能使人疯狂胡涂,也能使人明彻深思。热情使我对于"偶然"感到惊讶,无物不"神",却使"偶然"明白自己只是一个"人",乐意从人的生活上实现个人的理想与个人的梦。到"偶然"思索及一个人的应得种种名分与事实时,当然有了痛苦。因为发觉自己所得到虽近于生命中极纯粹的诗,然而个人所期待所需要的还只是一种具体生活。纯粹的诗虽能作一个女人青春的装饰,华美而又有光辉,然而并不能够稳定生命,满足生命。再经过一些时间的澄滤,便得到如下的结论:"若想在他人生命中保有'神'的势力,即得牺牲自己一切'人'的理想。若希望证实'人'的理想,即必须放弃当前唯'神'方能得到的一切。热情能给人兴奋,也给人一种无可形容的疲倦。尤其是在'纯粹的诗'和'活鲜鲜的人'愿望取舍上,更加累人。""偶然"就如数年前一样,用着无可奈何的微笑,掩盖到心中受伤处,离开了我。临走时一句话不说。我却从她沉默中,听到一种申诉:

"我想去想来,我终究是个人,并非神,所以我走了。若以为这是我一点私心,这种猜测也不算错误。因为我还有我作一个人的希望。并且我明白离开你后,在你生命中保有的印象。那么下去,不说别的,既这种印象在习惯上逐渐毁灭,对于我也受不了。若不走,留到这里算是什么?在时间交替中我能得到些什么?我不能尽用诗歌生存下去,恰恰如你说的不能用好空气和好风景活下去一样。我是个并不十分聪明的女人,这也许正是使我把一首抒情诗当作散文去读的真正原因。我的行为并不求你原谅,因为给予的和得到的已够多,不需用这种泛泛名词来自解了。说真话,这一走,这个结论对于你也不十分坏!有个幸福的家庭,有一个——应当说有许多的'偶然',都在你过去生活中保留一些印象。你得到所能得到的,也给予所能给予的。尤其是在给予一切后,你反而更丰富更充实的存在。"

于是"偶然"留下一排插在发上的玉簪花,摇摇头,轻轻的开了门,当真就走去了。其时天落了点微雨,雨后有彩虹在天际。

我并不如一般故事上所说的身心崩毁,反而变得非常沉静。因为失去了"偶然",我即得回了理性。我向虹起处方向走去,到了一个小小山头上。过一会儿,残虹消失到虚无里去了,只剩余一片在变化中的云影。那条素色的虹霓,若干年来在我心上的形式,重新明明朗朗在我眼前现出。我不由得

不为"人"的弱点和对于这种弱点挣扎的努力,感到一点痛苦。

"'偶然',你们全走了,很好。或为了你们的自觉,或为了你们的弱点,又或不过是为了生活上的习惯,既以为一走即可得到一种解放,一些新生的机缘,且可从另外人事上收回一点过去一时在我面前快乐行为中损失的尊严和骄傲,尤其是生命的平衡感和安全感的获得,在你认为必需时,不拘用什么方式走出我生命以外,我觉得都是必然的。可是时间带走了一切,也带走了生命中最光辉的青春,和附于青春而存在的羞怯的笑,优雅的礼貌,微带矜持的应付,极敏感的情分取予,以及那个肉体的完整形式,华美色泽和无比芳香。消失的即完全消失到不可知的'过去'里了。然而却有一个朋友能在印象中保留它,能在文字中重现它,……你如想寻觅失去的生命,是只有从这两方面得到,此外别无方法。你也许以为失去了我,即可望得到'明天',但不知生命真正失去了我时,失去了'昨天',活下来对于你是种多大的损失!"

自从"偶然"离开了我后,云南就只有云可看了。黄昏薄暮时节,天上照例有一抹黑云,那种黑而秀的光景,不免使我想起过去海上的白帆和草地上黄花,想起种种虹影和淡白星光,想起灯光下的沉默继续沉默,想起墙壁上慢慢的移动那一方斜阳,想起瓦沟中的绿苔和细雨,微风中轻轻摇头的狗尾草……想起一堆希望和一点疯狂,终于如何又变成一片蓝色的火焰,一撮白灰。这一切如何教育我认识生命最离奇的遇合与最高的意义。

当前在云影中恰恰如过去在海岸边,我获得了我的单独。那个失去了十年的理性,回到我身边来了。

"你这个对政治无信仰对生命极关心的乡下人,来到城市中'用人教育我',所得经验已经差不多了。你比十年前稳定得多也进步得多了,正好准备你的事业,即用一支笔来好好的保留最后一个浪漫派在二十世纪生命取予的形式,也结束了这个时代这种情感发炎的症候。你知道你的长处,即如何好好的善用长处,成功或胜利在等待你,嘲笑和失败也在等待你;但这两件事对于你都无多大关系。你只要想到你要处理的也是一种历史,属于受时代带走行将消灭的一种人我关系的历史,你就不至于迟疑了。"

"成功与幸福,不是智士的目的,就是俗人的期望,这与我全不相干。真正等待我的只有死亡。在死亡来临以前,我也许还可以作点小事,即保留这些'偶然'浸入一个乡下人生命中所具有的情感冲突与和谐程序。我还得在'神'之解体的时代,重新给神作一种赞颂。在充满古典庄严与雅致的诗歌失去光辉和意义时,来谨谨慎慎写最后一首抒情诗。我的妄想在生活中就见得与社会隔阂,在写作上自然更容易与社会需要脱节。不过我还年青,世故虽能给我安全和幸福,一时还似乎不必来到我身边。我已承认你十年前

的意见，即将一切交给'偶然'和'情感'为得计。我好像还要受另外一种'偶然'所控制，接近她时，我能从她的微笑和皱眉中发现神；离开她时，又能从一切自然形式色泽中发现她。这也许正如你所说，因为我是个对一切无信仰的人，却只信仰'生命'。这应当是我一生的弱点，但想想附于这个弱点下的坦白与诚实，以及对于人性细致感觉理解的深致，我知道，你是第一个就首先对于我这个弱点加以宽容了。我还需要回到海边去，回到'过去'那个海边。至于别人呢，我知道她需要的倒应当是一个'抽象'的海边。两个海边景物的明丽处相差不多，不同处其一或是一颗孤独的心的归宿外，其一却是热情与梦结合而为一使'偶然'由'神'变'人'的家。……"

"唉，我的浮士德，你说得很美，或许也说得很对。你还年青，至少当你被这种黯黄黄灯光所诱惑时，就显得相当年青。我还相信这个广大的世界，尚有许多形体、颜色、声音、气味，都可以刺激你过分灵敏的官觉，使你变得真正十分年青。不过这是不中用的。因为时代过去了。在过去时代能激你发狂引你入梦的生物，都在时间漂流中消失了匀称与丰腴，典雅与清芬。能教育你的正是从过去时代培植成功的典型。时间在成毁一切，都行将消灭了。代替而来的将是无计划无选择随同海上时髦和政治需要繁殖的一种简单范本。在这个新的时代进展中，你是个不必要的人物了。在这个时代中，你的心即或还强健而坚韧，也只合为'过去'而跳跃，不宜于用在当前景象上了。你需要休息休息了，因为在这个问题上徘徊实在太累。你还有许多事情可作，纵不乐成也得守常。有些责任，即与他人或人类幸福相关的责任。你读过那本题名《情感发炎及其治疗》的奇书，还值得写成这样一本书。且不说别的，即你这种文字的格式，这种处理感觉和思想的方法，也行将成为过去，和当前体例不合了！"

"是不是说我老了？"

没有得到任何回答。

天气冷了些，桌前清油灯加了个灯头，两个灯头燃起两朵青色小小火焰，好像还不够亮，灯光总是不大稳定，正如一张发抖的嘴唇，代替过去生命吻在桌前一张白纸上。十年前写《边城》时，从槐树和枣树枝叶间滤过的阳光如何照在白纸上，恍惚如在目前。灯光照及油瓶、茶杯、银表、书脊和桌面遗留的一小滴油时，曲度相当处都微微返着一点光。我心上也依稀返着一点光影，照着过去，又像是为过去所照彻。小房中显得宽阔，光影照不及处全是一片黑暗。

我应当在这一张白纸上写点什么？一个月来因为写"人"，作品已第三回被扣，证明我对于大事的寻思，文字体例显然当真已与时代不大相合。因此试向"时间"追究，就见到那个过去。然而有些事，已多少有点不同了。

"时间带走了一切,天上的虹或人间的梦,或失去了颜色或改变了式样。即或你自以为有许多事尚好好保留在心上,可是,那个时间在你不大注意时,却把你的心变硬了,变钝了,变得连你自己也不大认识自己了。时间在改造一切,星宿的运行,昆虫的触角,你和人,同样都在时间下失去了固有的位置和形体。尤其是美,不能在风光中静止。人生可悯。"

"温习过去,变硬了的心也会柔软的!到处地方都有个秋风吹上人心的时候,有个灯光不大明亮的时候,有个想向'过去'伸手,若有所攀援,希望因此得到一点助力,方能够生活得下去时候。"

"这就更加可悯!因为印象的温习,会追究到生活之为物,不过是一种连续的负心。凡事无不说明忘掉比记住好。'过去'分量若太重,心子是载不住它的。忘不掉也得勉强。这也正是一种战争!败北且是必然的结果。"

是的,这的确也是一种战争。我始终对面前那两个小小青色火焰望着。灯头不知何时开了花,"在火焰中开放的花,油尽灯息时,才会谢落的。"

"你比拟得好。可是人不能在美丽比喻中生活下去。热情本身并不是象征,它燃烧了自己生命时,即可能燃烧别人的生命。到这种情形下,只有一件事情可作,即听它燃烧,从相互燃烧中有更新生命产生(或为一个孩子,或为一个作品)。那个更新生命方是象征热情。人若思索到这一点,为这一点而痛苦,痛苦在超过忍受能力时,自然就会用手去剔剔你所谓要在油尽灯熄时方谢落的灯花。那么一来,灯花就被剔落了。多少人即如此战胜了自己的弱点,虽各在撤退中救出了自己,也正可见出爱情上的勇气和决心。因为不是件容易事,虽损失够多,作成功后还将感谢上帝赐给他的那点勇气和决心。"

"不过,也许在另外一时,还应当感谢上帝给了另外一个人的弱点,即您灯光引带他向过去的弱点。因为在这种弱点上,生命即重新得到了意义。"

"既然自己承认是弱点,你自己到某一时也会把灯花剔落的。"

我当真就把灯花剔落了。重新添了两个灯头,灯光立刻亮了许多。我要试试看能否有四朵灯花在深夜中同时开放。

一切都沉默了,只远处有风吹树枝,声音轻而柔。

油慢慢的燃尽时,我手足都如结了冰,还没有离开桌边。灯光虽渐渐就弱,还可以照我走向过去,并辨识路上所有和所遭遇的一切。情感似乎重新抬了头,我当真变得好像很年青,不过我知道,这只是那个过去发炎的反应,不久就会平复的。

屋角风声渐大时,我担心院中那株在小阳春十月中开放的杏花,会被冷风冻坏。"我关心的是一株杏花还是几个人?是几个在过去生命中发生影响的人,还是另外更多数未来的生存方式?"等待回答,没有回答。

一九四二年作

从新文学转到历史文物

——1980年11月24日在美国圣若望大学的讲演

各位先生,各位女士,各位朋友:

我是一个没有读过书的人,今天到贵校来谈谈,不是什么讲演,只是报告个人在近五十年来,尤其是从二十到三十年代,由于工作、学习的关系,多少一点认识。谈起来都是很琐碎的,但是接触的问题,却是中国近五十年来变化最激烈的一个阶段——二十年代的前期到三十年代。

我是从一个地图上不常见的最小的地方来的,那个地方在历史上来说,就是汉代五溪蛮所在的地方,到十八世纪才成立一个很小一政治单位,当时不过是一个三千人不到的小城,除了一部分是军队,另一部分就是充军的、犯罪的人流放的地方。一直到二十世纪二十年代,这小镇的人口还不到一万人,但是这小地方却驻了七千个兵,主要就是压迫苗民的单位。因此我在很小的时候,就有机会常见大规模的屠杀,特别是辛亥革命那段时间。这给我一个远久的影响——就是认为不应有战争,特别是屠杀,世界上任何人都没有权利杀别一个人。

这也就影响到我日后五十年的工作态度,在无形中就不赞成这种不公正的政治手段。到了我能够用笔来表达自己意见的时候,我就反映这个问题。但是社会整个在大动乱中间,我用笔反映问题的理想工作就难以为继了,照着原来的理想,我准备学习个五十年,也许可算是毕业,能作出点比较能满意的成绩。但是时代的进展太快了,我才学习了二十年,社会起了绝大的变化,我原来的工作不易适应新形势的要求,因此转

了业，这就是近三十年来，我另换了职业的原因。

今天回看二十年代以来二十多年的中国文学的发展，真是问题太多了。我是在大学教这个问题，教了二十年，现在要把那么长一段时间的各种变动，压缩到不到一个钟头来讲，仅仅只能谈个大略的印象，所以会有很多欠缺的地方。现在，我们新国家有很多的有关"五四"以来的专著都在编写，我只能谈到很少的部分，即是与我的学习和工作有关的一部分。

我是一九〇二年生的，一九二二年到了北京。这之前，我当了五年小兵，当时所见的对我以后的写作有密切的关系。这段时间，正是近代中国史上所说最混乱、腐败的军阀时代，从地方上很小的军阀以至北京最大的军阀的起来和倒台，我都有比较清楚的印象。

刚到北京，我连标点符号都还不知道。我当时追求的理想，就是五四运动提出来的文学革命的理想。我深信这种文学理想对国家的贡献。一方面或多或少是受到十九世纪俄国小说的影响。到了北京，我就住到一个很小的会馆，主要是不必花钱。同时在军队中养成一种好习惯，就是，没有饭吃全不在乎。这可不容易，因为任何的理想到时候都要受损伤的。但是我在军队久了，学得从来不因为这个丧气。这也就是后来住到了北京大学附近，很快就得到许多朋友赞许的原因。北京的冬天是零下十几度，最低到零下二十多度，我穿着很薄的单衣，就在那里呆下去了。别人不易了解，在我而言，却是很平常的。我从不丧气，也不埋怨，因为晓得这个社会向来就是这样的。

当然，仅是看看《红楼梦》，看看托尔斯泰的作品，是不会持久的。主要是当时一些朋友给我鼓励和帮助，包括三个大学：北京大学、燕京大学和农业大学。当我实在支持不下去的时候，我就靠着它们，作个不速之客。在这种情况下，有许多对社会有更深了解的人都觉得非革命不可。我是从乡下来的，就紧紧地抓着胡适提的文学革命这几个字。我很相信胡适之先生提的新的文体能代替旧的桐城派、鸳鸯蝴蝶派的文体。但是这个工作的进行是需要许多人的，不是办几本刊物，办个《新青年》，或凭几个作家能完成，而是应当有许多人用各种不同的努力来试探，慢慢取得成功的。所以我的许多朋友觉得只有"社会革命"能够解决问题，我是觉悟得比较晚的，而且智能比较低，但是仍能感觉到"文学革命"这四个字给我印象的深刻，成为今后文学的主流。按照当时的条件来讲，我不可能参加这样的工作，我连标点符号还不懂，唯一的可能是相信我的一双眼睛和头脑，这是我早年在军队生活里养成的习惯，对人世的活动充满了兴趣。

恰好住的地方是北京前门外一条小街上，向右走就是文化的中心，有好几百个古董店。现在看来，可以说是三千年间一个文化博物馆。大约十五分钟就可从家走到那里，看到所要看的一切。向左边走二十分钟又到了另外一个天地，那里代表六个世纪明朝以来的热闹市集，也可以说是明清的人文博物馆。因为这个时期仅仅隔宣统逊位十二年，从十七世纪以来，象征皇朝一切尊严的服装器物，在这里都当成废品来处理，像翡翠、玛瑙、象牙、珍珠等，无所不有。一面是古代的人文博物馆，上至三四千年前的东东西西；一面是前门的大街，等于是近代的人文博物馆，所以于半年时间内，在人家不易设想的情形下，我很快学懂了不少我想学习的东西。这对我有很深的意义，可说是近三十年我转进历史博物馆研究文物的基础。因为，后来的年青人，已不可能有这种好机会见到这么多各种难得的珍贵物品的。

按照社会习惯来说，一个人进了历史博物馆，就等于说他本身已成为历史，也就是说等于报废了。但对我来说，这是一个机会，可以具体地把六千年的中华文物，劳动人民的创造成果，有条理有系统地看一遍。从个人来说，我去搞考古似乎比较可惜，因为我在写作上已有了底子；但对国家来说，我的转业却是有益而不是什么损失，因为我在试探中进行研究的方法，还从来没有人作过。

我借此想纠正一下外面的传说。那些传说也许是好意的，但不太正确，就是说我在新中国成立后，备受虐待、受压迫，不能自由写作，这是不正确的。实因为我不能适应新的要求，要求不同了，所以我就转到研究历史文物方面。从个人认识来说，觉得比写点小说还有意义。因为在新的要求下，写小说有的是新手，年青的、生活经验丰富、思想很好的少壮，能够填补这个空缺，写得肯定会比我更好。但是从文物研究来说，我所研究的问题多半是比较新的问题，是一般治历史、艺术史、作考古的、到现在为止还没有机会接触过的问题。我个人觉得：这个工作若作得基础好一点，会使中国文化研究有一个崭新的开端，对世界文化的研究也会有一定的贡献。因为文化是整体的，不是孤立的。研究的问题上溯可到过去几千年，但是它新的发展，在新的社会，依然有它的用处。这并不是我个人有什么了不得的长处，主要还是机会好，条件好。在文物任何一部门：玉器、丝绸、漆器、瓷器、纸张、金属加工……都有机会看上十万八万的实物。那时又正当我身体还健康，记忆力特别好的时候。可惜我这次出国过于匆忙，没来得及带上一些小的专题来与各位讨论。若将来有机会我能拿我研究中比较有头绪的一二十个专题来，配上三五十个幻灯片，我相信各位一定会有兴趣的。

因为我们新的国家，对文物的管理和保护都有明文规定，随着国家工业、农业的建设，已大规模地发现古物。整个来说就是把中国的文化起源，往前推进了约两千年。根据最近的发现，大约在四千年前就懂得利用黄金，同时也有了漆器、丝绸的发明，而且也知道那时候服饰上的花纹设计。我的

工作就是研究这四千年来丝绸上花纹的发展。因为研究丝绸的关系,也同时使我研究起中国的服饰基本图案。最近已出版了一个集子,将来很可能会另外出些不同问题的专书。我今年已七十八岁了,在我兴趣与精力集中下,若是健康情形还好,在新条件下我至少可望还工作五六年。

我举个大家会感兴趣的例子:在商朝,大约是公元前十六世纪,从新出土文物中,就知道女士们的头发是卷的。因为材料多,我研究是用新的方法来作,先不注意文献,只从出土的材料来看问题;不谈结论,先谈实物,以向各部门提供最新资料。这只算是为其他各研究部门打打杂,作后勤工作,说不上什么真正研究的成绩。

现在在国外的朋友以及在台湾的兄弟们,希望各位有机会回去看看。每个人都知道中国有所谓《二十五史》,就没有人注意现在从地下发掘的东西,比十部《二十五史》还要多。那些有兴趣研究中国文化史、艺术史与工艺史的朋友,都值得回去看看。任何部门都有大量的材料,存放在各省博物馆的库房里,等待有心人来整理和研究。这大多数都是过去文献上从没提到的,我们也只是进行初步的探索。但这工作明显需要大量的对中国文化有兴趣的朋友来共同努力。这种研究的深入进展,十分显明是可以充实、丰富、纠正《二十五史》不足与不确的地方,丰富充实以崭新内容。文献上的文字是固定的,死的,而地下出土的东西却是活的,第一手的和多样化的。任何研究文化、历史的朋友,都不应当疏忽这份无比丰富宝藏。

可惜的是,到目前为止,中国本身的事情太多了,再加上最近十年的动乱,许多工作有点来不及注意处理。直到最近几年才给予它应有的注意。在座中大约有研究明清史料的。仅就这个问题而言,我们尚有一千万件历史档案有待整理和研究。根据中国社会科学院历史研究所的同事说,光是这方面就需要有一百个历史研究员研究一百年。

大家都知道敦煌、龙门、云冈三个石窟,是中国中古以来的文化艺术的宝藏。其实还有更多的史前和中古近古的壁画出土,将来都会逐渐公诸于世的。照过去的习惯,我们多以为对汉唐文物已知道了很多;但从新出土的文物来比证,就发现我们从前知道的实在还太少。例如在文献上虽常常提及唐代妇女的服饰,但它究竟是怎么回事,实并不明确。因为文献只有相对可靠性,不够全面。那么现在不甚费力就能分辨出初唐(武则天时代)、盛唐(杨贵妃时代)与晚唐(崔莺莺时代)妇女服饰基本上的不同。所以这些研究从大处说,不仅可以充实我们对于中国民族文化史的知识,从小处说,也可以帮助我们纠正对许多有名的画迹、画册在年代上的鉴定。这也就是我虽快到八十岁,根本没想到退休的原因。我希望最少能再作十年这种研究,而且将来能有机会拿文物研究中一些专题向在座各位专家朋友请教。

刚才金介甫教授对我的工作夸奖似太过了,我其实是个能力极低的人,若说有点好处,那就是揪住什么东西就不轻易放过。这是金岳霖教授对我的评语。我也希望再用这种精神,多研究个五年、十年。至于我的文学作品,应当说,都早已过时了。中国情况和世界其他国家的情况不同,它变化得太快了,真如俗话说的:"三年一小变,十年一大变。"我的一切作品,在三十年前就已过时了。今天只能说,我曾在文字比较成熟的三十年代前后,留下一些社会各方面的平常故事。现在已是八十年代!

许多在日本、美国的朋友,为我不写小说而觉得惋惜,事实上并不值得惋惜。因为社会变动太大,我今天之所以有机会在这里与各位谈这些故事,就证明了我并不因为社会变动而丧气。社会变动是必然的现象。我们中国有句俗话说:"塞翁失马,焉知非福!"在中国近三十年的剧烈变动情况中,我许多很好很有成就的旧同行、老同事,都因为来不及适应这个环境中的新变化成了古人。我现在居然能在这里很快乐的和各位谈谈这些事情,证明我在适应环境上,至少作了一个健康的选择,并不是消极的退隐。特别是国家变动大,社会变动过程太激烈了,许多人在运动当中都牺牲后,就更需要有人更顽强坚持工作,才能够保留下一些东西。在近三十年社会变动过程中,外面总有传说我有段时间很委屈、很沮丧;我现在站在这里谈笑,那些曾经为我担心的好朋友,可以不用再提心!我活得很健康,这可不能够作假的!我总相信:人类最后总是爱好和平的。要从和平中求发展、得进步。中国也无例外这么向前的。

听众问:"请问沈老,您最近出版的第一部大作,可在什么地方买到?"沈先生答:

最近在香港印行的是有关服饰的。这部稿子在"文革"期间几乎被烧掉。书名是《中国古代服饰研究》,是当时周恩来总理给我的一个任务,在一九六四年就完成了。有二十多万字说明,四百多张图片,从商朝到清初,前后有三千多年。不久将来或许将有英、日译文本了。但里面应用的材料可能太深了点,不大好懂,在翻译中将有些删减。我倒希望有些版本能不删减,可作为研究资料用;许多问题还有待讨论。

我的第二个文物集子也在进行中,到底是用断代好呢?还是分类好?现在还没决定。这工作现在来作,条件实在很好,也得到相当多的经费,给了两个副研究员的名额,但助手选择也并不容易,他必定要知道历史、知道文物,几须具有各方面的知识,还得有文学和艺术知识,才能综合资料,提出新的看法。这种人员的训练很不容易。资料分散在全国各地,一切东西都

是崭新的。举例来说：过去我们以为铜器上的镶金银是源于春秋战国时代，现在知道在商朝就有了。另外，我还对于中国使用镜子用了点心，二十多年前编过一本《唐宋铜镜》。镜子，过去也以为是春秋战国产物，现在出土的商朝镜子就有七八面，三千三百年前就有镜子了。

又如马王堆出土的花纱衣服，一件只有四十八克重，还不到一两。像同样的文物，中国近代出土的实有万千种。工艺上所达到的水平，多难于令人设想的精美。许多工作都在进行中。我们大家对秦始皇墓中的兵马俑都很感兴趣，在中国，类似的新文物有很多很多。另外朱洪武第十七太子在山东的陵墓，大家以为是明朝初年的，其实也并不全是，我们搞服装的从大量殉葬泥俑就知道，当差的服装多半还照元朝的官服，牵马人的服装又是照宋朝的官服。原因是中国历来各朝代常将前一朝代最高贵品级的服饰，规定为本朝最低贱人的服饰，表示对于前一朝代的凌辱。又如北朝在洛阳建都，力求华化，帝王也戴"漆纱笼冠"，一直沿用下来，但到了唐朝，漆纱笼冠都是较低品级的官吏服用。这就是我说的，我虽"不懂政治"，但这些涉及政治的问题，却不能不懂一点。（幸好只懂得这么一点点，要懂得稍多，这时我也许不会到这里来谈话了）